长江，你好

安徽网络作家"长江的微笑"主题采风创作作品集

时代出版传媒股份有限公司
安徽文艺出版社

作者介绍：

周志雄，男，1973年生，湖北黄冈人，安徽大学教授，安徽大学网络文学研究中心主任，二级教授，享受国务院政府特殊津贴，安徽省皖江学者特聘教授，安徽省学术和技术带头人，国家社科基金重大项目首席专家。中国作家协会网络文学委员会委员，中国文艺理论学会网络文学研究分会副会长，安徽省网络作家协会副主席。成果获省社会科学优秀成果一等奖，首届"啄木鸟杯"中国文艺评论年度优秀作品奖，教育部人文社会科学优秀成果二等奖等奖励。出版著作十余部，发表论文200余篇。

余同友，男，祖籍潜山，二十世纪七十年代初出生于皖南石台县，现供职于安徽省作协，任安徽省网络作协主席，一级作家。有诗歌、中短篇小说等在《诗刊》《十月》《人民文学》《长江文艺》等刊发，多部小说被《小说选刊》《小说月报》《中篇小说选刊》等选刊及年度选本选载，曾获澎湃新闻首届非虚构写作大赛特等奖、曹雪芹华语文学奖中篇小说奖、安徽省社科奖文学类政府奖、安徽省五个一工程奖、飞天十年文学奖小说奖等奖项，出版有中短篇小说集《站在稻田里的旗》《去往古代的父亲》《斗猫记》等。

长江，你好

安徽网络作家『长江的微笑』主题采风创作作品集

周志雄　余同友／主编

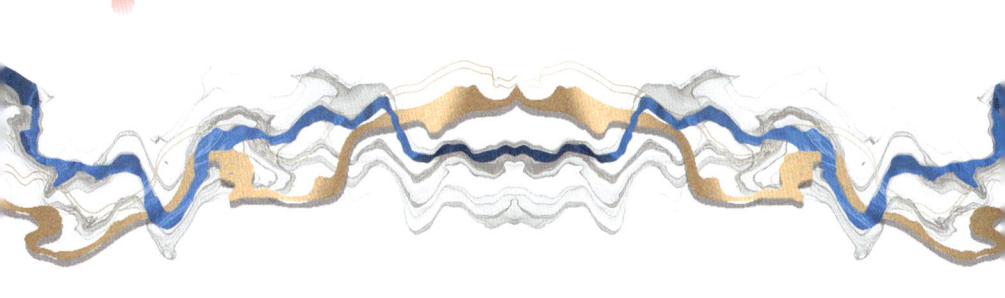

CHANG JIANG,NIHAO
ANHUI WANGLUO ZUOJIA "CHANG JIANG DE WEIXIAO" ZHUTI CAIFENG CHUANGZUO ZUOPIN JI

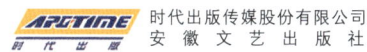

时代出版传媒股份有限公司
安徽文艺出版社

图书在版编目（ＣＩＰ）数据

长江，你好！：安徽网络作家"长江的微笑"主题采风创作作品集 / 周志雄，余同友主编. -- 合肥：安徽文艺出版社，2025. 1. -- ISBN 978-7-5396-8123-8

Ⅰ. I247.7

中国国家版本馆 CIP 数据核字第 202412NA27 号

出 版 人：姚　巍
责任编辑：宋晓津　　　　　　　　　装帧设计：徐　睿

出版发行：安徽文艺出版社　　www.awpub.com
地　　址：合肥市翡翠路 1118 号　　邮政编码：230071
营 销 部：(0551)63533889
印　　制：合肥创新印务有限公司　(0551)64456946

开本：880×1230　1/32　印张：11　字数：220 千字
版次：2025 年 1 月第 1 版
印次：2025 年 1 月第 1 次印刷
定价：45.00 元

(如发现印装质量问题，影响阅读，请与出版社联系调换)

版权所有，侵权必究

网络文学的"轻"与"重"
——《长江,你好!》序

周志雄

2022年8月,安徽省网络作家协会组织十余位网络作家开展了一次有意义的作家采风活动。此次活动的背景是国家长江大保护战略实施以来,长江生态得到了很大程度的改善,作为长江旗舰物种,被称为"微笑天使"的江豚,近年来种群数量显著增加。这次采风活动通过实地调查研究,走进江豚保护现场,以"长江的微笑"为选题,引导网络作家书写长江生态保护的阶段性成就,这本小说集《长江,你好!》就是这次文学活动的成果。

"夫情动而言形,理发而文见,盖沿隐以至显,因内而符外者也。"从写作过程来说,作家采风通过现场实地考察,看现场,听故事,开眼界,诱发情感,激荡经验与想象,最终化为文学篇章。一路所见所感,对习惯写玄幻、历史、仙侠等题材的网络作家来说,该如何处理生态保护这个重大现实题材呢?文学创作不是无源之水,文学是现实生活的折光,是时代的产物,是传统的延续。网络作家与传统作家的区别在于选择的差异,如何处理题材,采取一种什么样的情感、想象去表现现实。

网络文学拥有广阔的民间文学、通俗文学、现代文学视野,在表达方式上,如卡尔维诺在《未来千年文学备忘录》中所说:"一种倾向致力于把语言变为一种像云朵一样,或者说得更好一点,像纤细的尘埃一样,或者说得更好一点,磁场中磁力线一样盘旋于物外的某种毫无重量的因素。另外一种倾向则致力于给予语言以沉重感、密度和事物、躯体和感受的具体性。"网络小说处理现实题材的总体倾向是卡尔维诺所说的前一种,即把语言变为"像云朵一样","像纤细的尘埃一样"的"毫无重量"的"轻逸"风格,这种风格主要体现为倾向选择一些曲折的、传奇性的人物故事,情节密集,悬念迭起,有较强的趣味性和娱乐性,以表现真善美,弘扬民族文化和民族精神为己任。

"才有庸俊,气有刚柔,学有浅深,习有雅郑。"对不同的网络作家来说,因自身的才学、气质、素养、喜好的不同,在处理生态保护这个现实题材上也各不相同,这本小说集大体有以下三种方式:

一、平行的现实时空

所谓平行现实,是指故事表现的世界与现实时空是平行的,人物在现实生活的矛盾是作品的主要内容,这类作品类似于五四以来"为现实、为人生"的现实主义文学,作品的成就往往取决于作家对生活的发现以及对人性的洞察力。

周林的《守护者》是一篇有现实深度的作品。小说讲述了一个老实守旧的农民,在生活条件改善后,怀着大侠梦想守护江豚,自掏腰包,组建了"侠客行"江心洲渔民巡江队,为之尽心尽力。小说写出了农民的可爱与执着,展现了农民式的耿直与尴尬。作者对农民的精神心理把握特别准确、深入,善良、纯朴、好面子、认死理,不断碰壁,感觉不被人理解。小说将江豚保护的主题寄寓在农民精神心理的深层书写上,体现了作者雄健的笔力。

蒋诗经的《江猪不是猪》讲述了富有意味的陈年旧事,那些生死、情感纠葛故事中蕴含着人物对江豚的复杂感情。大舅去世,因为大舅被打卦的人说成是江猪,外婆不让二舅杀江猪。外公与刘寡妇的风流韵事,二舅、槐香、常毛之间的分分合合,有着说不清道不明的人间况味。二舅一生守护江猪,但为了被烫伤的槐香的儿子常言杀了一头江猪。"长江边,再也寻找不到一丝当年的痕迹。唯有浑浊的江水,依旧悄然东逝。"那些陈年旧事都随风一样远去,有一股中国传统小说中常见的历史沧桑意味。

尘世伊语的《微笑天使》是一个关于儿童保护江豚的故事。江小龙是个小学生,他的母亲喜欢江豚,与江豚共舞,为救江豚"小蓝",生下江小龙之后就去世了。江小龙继承母亲的遗志去守护江豚,他喜欢江豚，用自己的零花钱买鱼去喂江豚，他经常跑到江边把捕江豚的网给扯掉。江小龙的叔叔为了给患白血病的女儿治病，去捕杀江豚卖钱，江小龙忍受着内心的煎熬要保护叔叔。小说以老师方欣的视角讲述江小龙的故事，朴素明快，给人传递了温暖与信心。

二、虚构的江湖传奇

在这类故事时空中，有一个与现实社会平行的江湖社会，这是中国武侠小说中常见的时空设置。在这样的背景下，个人依靠武功超越普通人，他们的人生不为柴米油盐而为爱恨情仇，江湖人生、正义复仇、爱恨纠葛是常见的故事主题。在这样的故事主题中，江豚只是一个符号，人与自然的和谐主题隐逸在江湖争斗的故事之中。

甘臻的《江豚殇》讲述了胡望江、胡守江、胡水生祖孙三代守护江豚的民间传奇故事，叙事手法老到、简练，没有拖泥带水的铺陈，矛盾集中，故事引人入胜，经过一番曲折较量，最终正义战胜了邪恶。在这个故事中，背景隐似民国时期，虚构了一个江湖世界，有黑帮，有武林正派，有地方政权，类似"今古传奇"式的奇人奇事，贯穿其中的是民间百姓依靠朴素的正义保护自然生态的主题。胡守江、胡水生、胡望水、司空山等人物表现了鲁迅所说的"中国的脊梁"般的精神人格，他们有担当，有勇有谋，不向邪恶屈服，自立自强地消灭黑暗势力。

伯乐的《江一流》讲述了一个爱恨情仇的江湖故事，故事背景是模糊的,在这个故事时空中有江湖帮派柳叶帮,有县丞,有神奇的武功,很明显,这个故事借鉴了武侠小说的时空,爱恨纠葛、快意恩仇是故事的叙事动力。主人公江一流(江水)与江豚关系很好,人与动物和谐相处,江豚是江一流的坐骑。这个故事中江豚只是道具,故事的重心在人物情节上。小说笔法老到、笔墨精练,叙事收放自如,悬念运用精妙,故事情节不断反转,引人入胜。小说以主人公的名字作为小说的题目,人如其名,"他在江中的速度一流,刀法,更是一流"。当然更重要的是,还有一流的人品格局。江一流的父母为水家所杀,深爱江一流的柳叶帮帮主紫韵杀了水家全家,江一流养着水家的女儿春娇,为春娇谋划未来。与紫韵的疾恶如仇、简单直接相比,江一流是隐忍的,是善良的,是沉默的,也是一个大气的人,是一个个性独特的艺术形象。

三、变形与想象的世界

在民间故事、神魔小说及童话故事中,常见人、神、魔、妖、动物共存的世界,在这个想象世界里有各种超越人自然能力的神奇法力,动物具有人的灵性,千百年来文人墨客留下了许多描绘这个幻想世界的动人文学篇章。网络作家积极借鉴了这一文学传统,以变形与想象的世界虚构表现了生态保护这一重大主题。

存叶的《我叫张龙》以一只扬子鳄的口气讲述了扬子鳄所面临的

生态环境被破坏带来的生存积压,以及人类建立自然保护区对扬子鳄的保护,在扬子鳄的迁徙中,表现了扬子鳄与人类之间的深厚情谊。

衡尔的《玉珑说》是一个美丽的童话故事,江豚化成一个姑娘,与锦衣卫少年一起救助经受饥荒的百姓,与少年相恋,一起抗击倭寇,最终却因为当今圣上痴迷寻找精怪长生,不得不再次化身为江豚,回归到大江之中,被取走金丹的江豚再也不能变成人形,留下一个凄美的故事在人间流传。似民间传说,似安徒生童话,又似聊斋故事。故事主题清晰明了,让人读后感叹唏嘘。

白凡的《怅望江头江水生》的故事背景是现实的,小说向自然环境的极度破坏发出警示,人类已经进入人类世,生态环境需要我们共同来保护,小说以跨国科学家科考的"悬疑""谍战"故事表达了这一主题。在想象的故事中,"透过观察镜,不仅是普通的鱼类,还有白鱀豚、长江白鲟、鲥鱼这些被证明已经灭绝的物种,在镜头前摇曳生姿,鱼翔浅底"。"怅望江是我给起的名字,你知道我为什么起这么个名字吗?""我是为水中的那些生灵起的啊!它们在怅望啊!怅望哪儿?怅望长江啊!那里才是它们的家啊!"作品直抒胸臆,如泣如诉,引人沉思。

梨魄的《不争》是一则童话故事,少年黄松化作江豚,在江水中感受到江豚生存环境的严酷,"黄松没等到风来,却发现自己总会在睡梦中疼醒,他化作的江豚,身上无鳞,却总是青一块紫一块地伤着。屡屡到夜半,他就疼得打滚,带着江底的泥沙滚动,乌烟瘴气"。面对电网的捕捞,水质被农药污染,渔民过度捕捞,江豚的食物短缺,生态环境被严重破坏,一头饿死的江豚肚子里竟然都是石头,小说以拟人化的叙事表现了保护生态环境刻不容缓的严峻现实。

王慧的《金麟鱼》虚构了一个鱼族、人族、魔族并存的世界。"我们鱼人,不仅是人类的食物,也是魔族的食物。我们是魔族圈养的宠物,只要抓住我们,他们就可以从我们的肚子里吸取元气。"鱼族本来是快乐生活着,兄弟俩一个叫快人,一个叫乐人,但遇到贪婪邪恶的魔族一再以鱼族的性命来实现自己的野心,故事隐喻了人类对自然界的挤压掠夺。

从这十部小说来看,网络作家理解的小说是要讲述好看、有趣的故事,叙事偏重于想象虚构,承续通俗小说的传统,"非奇人不传,非奇事不传,非奇人奇事不传"。在想象的故事中,网络小说打动读者的是对人心、人性、情感、人情事理的写照,是那些与读者心意相通的故事与细节。网络小说少有去写那些复杂的情感,不表现托尔斯泰式的"心灵辩证法",不表现现代派小说中的"不确定性"。网络小说的价值倾向是明晰的,在传奇的人物故事中,在人、鬼、神共存的世界中,在以鱼类为叙述者的童话故事中,打破了人类中心主义,谴责了人类对自然生态的破坏,表达了万物平等的生态主题,维护自然与人的和谐共处,这些作品在故事形态上是"轻逸"的,内在意蕴上又是"厚重"的。

■ 长江,你好!

■ 008

  文学采风是带有任务性质的创作,有点应景写作的命题作文意味,所写的题材也许并不是网络作家们熟悉的。从这部集子中的作品来看,网络作家是真诚为文的,他们没有如传统作家那样正面表现复杂与艰难的现实,那不是他们拿手的,他们擅长的是以虚写实,立足现实展开飞扬的想象。《长江,你好!》展现了安徽网络作家的精神风貌,他们以自己的方式讲述中国故事,回应了对时代重大题材的关切,他们关怀现实,富有社会责任感和人文情怀。

目 录

网络文学的"轻"与"重"
——《长江,你好!》序　周志雄　　001

江猪不是猪　蒋诗经　　001
怅望江头江水生　白凡　　035
我叫张龙　存叶　　067
不争　梨魄　　103
玉珑说　未妖　　135
微笑天使　尘世伊语　　171
金鳞鱼　王慧　　199
江豚殇　甘臻　　233

江一流　伯乐　　275
守护者　周林　　309

附录：
触摸大地的律动　感受长江的微笑
　　——安徽网络作家奔赴皖江沿线开展"长江的微笑"采风创作活动综述　　336

江猪不是猪

作者简介：

蒋诗经，20世纪70年代生人，安徽省作协会员，第九届安徽文学院学员。一个喜欢用文字讲述故事的人。2007年开始写作，发表作品百万余字。2016年开始从事编剧创作，现为自由编剧。

1

大年初三那天,七十五岁的母亲突然就发了火。母亲说,我还没死,你就没有舅舅了?天上雷公大,地上娘舅大。我知道她老人家的意思,我该去给舅舅送节了。

我只有一个舅舅:二舅。

大舅呢?大舅我没见过,只听说过。母亲是老大。在过去,女孩是没有排行的。所以,我确实应该有一个大舅。但,大舅只存在于母亲的记忆中。在她老人家的口中,大舅几乎已经被神化了。

母亲说,大舅走的时候,只有十二岁。十二岁的大舅已经可以划江。在长江边,能划江的才是男人。在母亲的叙述里,大舅应该是天赋异禀。

那天傍晚,大舅带着二舅去江边玩儿。大舅将二舅扔在浅滩边,要去划江。此时,一艘小火轮拐过板子矶喷着黑烟驶过,拖着翻滚的、白色的尾浪。

六十年前,小火轮是高端交通工具,没生在江边的人是没福看到的。大舅有福,他不但看到了小火轮,还摸到了小火轮。最后,还死在了它的手里。

这么说,只是我图叙事方便,说大舅死在小火轮的手里是极不正确的,是偷懒的行为。按照母亲的叙述,大舅应该没有死。但我推断出,大舅应该是死在了小火轮的桨叶下。

大舅死的那天,二舅说,江猪哭了。

九岁的二舅在还原大舅死亡的那一刻,语无伦次。这一点,我觉得可以理解,一个九岁的孩子是说不清很多事的。

大舅看到小火轮自上而下地驶来,拖着白浪的尾巴,骄傲地行驶在江心。而在二舅的哭诉中,更着重强调的是,小火轮的尾巴上,无数头黑色的江猪跟着在翻滚,在跳跃。

我纠正了一句,江猪不是猪,是江豚。母亲说,你懂个屁!

大舅看到了小火轮尾巴上的江猪,兴奋了起来。他指着小火轮说,我要跳到小火轮的尾巴上。大舅在江里,水性好得也像一头江猪。他飞快地游向了小火轮,拽住了小火轮沿边的橡胶靠把。二舅亲眼看见大舅爬上了小火轮。

简而言之,大舅上了小火轮之后,过了没多久,不知为什么,抱着一个救生圈,从船头一跃而下。我以为,合理的解释就是:大舅被小火轮上的人发现了,逃了。慌乱中,他忘记了应该从船尾跳下来。

二舅说,就在那时候,江猪哭了。

江猪会哭吗?我不知道。多年以后,因为某件事,我走访过渔民,突然就想起这个问题。我换了个方式问他们,江猪会叫吗?皮肤黝黑、皱纹如刀刻般的渔民肯定地告诉我,江猪不会叫,它们只有喷水的时候会发出"呼"的声音,如同人的叹息声。

二舅坚信,即使是小火轮突然长了一条红色的大尾巴,大舅肯定也会在某个瞬间从水底冒出来。只是,一直等到天黑,浑浊的江水淹没了最后一丝晚霞,也没再看到大舅的身影。

再后来,二舅的号啕声传遍了整个龙塘村。外公和外婆慌张地来到江边,叫魂一般地叫着大舅的名字。

第二天,江边的渔民沿江而下,用滚钩在江边一寸一寸地犁。滚钩是一根长长的绳子,上面有无数粗大的鱼钩,一旦钩上猎物,无数的钩子就前赴后继地锚上猎物,即使你有江猪一样油滑的皮肤,也逃不掉。

这是长江寻尸手段中最残忍的打捞方式,伤筋动骨。可见,当时外公和外婆已经失去了主张。活要见人,死要见尸。

滚钩一直从板子矶犁到了几百里下的天门山,也没滚到我十二岁的大舅。按渔民多年的经验,落江而死的人,是"走"不了这么远的。

大舅走了,去向一直是个谜。后来,外婆找来了一个会打卦的。打卦的把十个指头挨个地捏了一遍,大惊失色,说,你儿子不是人,是江猪。

外婆收起了悲伤,长长地松了口气。为了证实这个猜想,她问二舅,那天小火轮后的江猪有几个?

二舅的回答有些含糊,不得要领。二舅说,它们肯定是一家人,可能是六七个,又像七八个。

对于二舅的这种回答,我是存疑的。江猪是哺乳动物,一胎只生一个,连双胞胎都没有,一家"人"不会有这么多。所以我觉得二舅肯定是记错了,应该没有他说的那么多。

外婆从此笃信,大舅不是死了,而是被一群江猪叫回家了。母亲一再强调,大舅的腰上有一块白色的胎记,像一块地图。

大家都知道,江豚全身都是黑的。如果有谁发现了某一头江豚的腰间有地图一样白色的印记,请记得联系我,那可能是我多年前走丢的大舅。

2

大舅走了。村里有个婆娘好心地建议外婆,该给大舅埋衣冠冢,这样大舅才能魂归故里,早日投胎。当然,那个婆娘的原话肯定没我说得这么斯文。所谓的衣冠冢在她的嘴里,只是"老衣坟"这一类没有想象力的词语。为了表述得清晰一点,我不得不舍弃乡间口语的原汁原味。

那个婆娘说这句话的时候,脸上一定带着神婆般的狡黠和丑陋。神婆一般都长得很丑陋。不是抹黑这个行业,我有我的道理。长得好看的婆娘大都沉迷于世间俗事,仅收集男人垂涎的眼神这一项,就够她们忙活的了,哪里还有时间静下心来,和神灵对话?

外婆一口吐沫钉在了那个婆娘丑陋的脸上,放你妈的屁!信不信我撕烂你的臭嘴,再把你扔到龙王嘴里喂鱼。

外婆说的龙王嘴就在板子矶下。长江自西而东,浩浩荡荡,一往无前。板子矶江段是皖江仅有的一段直线,狭窄,奔涌。刀鱼每年逆流而上的时候,这里就是个坎。无数刀鱼就是在这儿葬身人腹。刀鱼就像奔忙的我们,你觉得累了,想歇一会儿,离死就不远了。

板子矶突兀地立于江边,急流撞击着矶身。矶身之下,石头清一色地如刀林立。水磨制了刀锋。刀锋切断了水势。相辅相成,刀鱼可能就是刀锋石的化身。在板子矶被刀锋断过的水,跟受了气的小媳妇一样,更加湍急,急势而下。

板子矶下,豁然开阔,被奔流的江水洄旋成一个洄水涡。水势缓慢的时候,平静的水面下暗流激涌。水势湍急的时候,水面则会一直现出一个巨大的旋涡,像一张饥饿的嘴。

外婆说,那张嘴,扔一头牛下去,也给你吞了。那里是龙王的嘴。板子矶上刀一样的怪石,就是龙王的犄角。江边的人,都视那儿为圣地,划着鱼船都不敢进去。龙王嘴里的鱼,都是它的子民,不能捕,捕了龙王会发怒。龙王若不爱子民,会被哪吒剥皮抽筋的。

当然,传说只是传说,姑妄听之。许多年后,我混迹于长江的一艘工程船上,开始正确地审视这些传说。到了我们这个年代,长江的每条船后都可以翻出小火轮的白尾巴。这里已经是柴油机的天下,是科学的天下了。工程船抛锚后,我们乘坐的交通船,是铁制的"小划子"。

小划子很小，但动力很足。柴油机在小划子的屁股上突突地冒着黑烟，送我们上岸，送我们去隔壁船上推牌九，送我们去想要到达的任何一个水域。

那天，正是年关。腊月赌钱，是漂在长江里的惯例。我开着小划子准备去推牌九。不知是一时兴起，还是该有此劫。路过龙王嘴的时候，我突发奇想，想挑战一下龙王的权威。小划子开入了龙王嘴，手持的船舵突然变得有些飘忽，前进的方向变得游移。内心的恐惧如旋涡一样被放大，我死死地掌着舵，把柴油机的油门踩到了底，黑烟突突地冒出来，向着岸边开去。

小划子终于还是靠了岸，科学最终还是战胜了龙王。我有一种虚脱后的庆幸。绕过龙王嘴，我装作什么也没发生一样去推牌九。那一天，是我输得最惨的一次。但从那以后，我就不再赌钱了。科学赢了龙王，我却输了。这有些唯心。但，人总是要有一些信仰的，对吧？

说远了。

外婆当然没能把那个婆娘丢进龙王嘴里。大舅没死，在外婆的眼里是个事实。只是外婆从大队领的几个月口粮却成为人们忌妒的原因。那时候，是生产队，是大集体。大舅的口粮成了空饷。吃空饷是不道德的，是违法的。

大队停了大舅的口粮，等于默认了大舅的死亡。对于这个结果，外公坦然接受了。外婆在端着菜碗上桌的时候，指着外公破口大骂，那是你儿子,别人说你儿子死了,你就这么认了？外婆愤怒的眼神,仿佛外公就是杀死大舅的凶手。外公茫然地看了一眼在饭桌边吮着手指的二舅说,我现在只有一个儿子了,在这里。

九岁的二舅仿佛也听出了话音,伸手就抓向桌上的豆腐干,送进了嘴里。二舅当时的举动,有点像不知天高地厚的暴发户。外婆拿起筷子毫不留情地抽在了二舅的嘴上。二舅的咽喉努力地吞咽着,将还没来得及咀嚼的豆腐干送进了胃里,然后张开空洞的嘴,向着外公号啕。外公沉着脸,终是没再说话。

一个孩子的离去,是对婚姻的大伤害。外公和外婆分房睡了。外公带着二舅,外婆带着母亲。这样的格局仿佛平息了外公、外婆各自心头的怒火,相安无事。

悲剧一旦启程,终点就会变得遥遥无期,而途经的岁月肯定还有凄风苦雨。

事件的另一个导火索是家谱。谱是一个人生命的落脚点。在我们这儿,如果说一个人"没谱",基本上他的一生是荒唐的,是漂浮的。死了即使有坟有碑,也是得不到承认的,仿佛他的命就消散了,无痕了。所以,不管是谁,都应该做个"靠谱"的人。

可以预见,那次的家族会议是在冬日里一个闲散的日子,而且是雨天。不是因为悲剧总要以雨天为背景,而是因为只有雨天,族人才不用去大队里上工分,才有时间开会,讨论一下族里的家长里短。比如兄弟间的恩怨、妯娌间的计较,都可以让族长说句公道话。族长德高望重,抽着烟锅,沉默是金。族长不说话就罢了,那证明他还没有想好。但族长一说话,就一定是深思熟虑的,是斩钉截铁的,不容置疑。

大舅的事,对一个家庭来说是大事,但对于一个家族来说,情绪浓度就被无限稀释了,不过是族长一句话的事。这件事,族长并不用太多考虑,往事有迹可循,以往都是这么来的。很多约定俗成的东西,慢慢地就成了规矩。规矩大过天。

族长说,大舅按规矩不应该上谱,早夭的孩子上谱,有损家族的气数。气数是什么?看不见,摸不着,如果每个人都说这个东西是真理,那就是公认的真理。原始部落里,每个人都承认石头是货币,那石头就是硬通货。有一个人,靠着努力得到一块巨石,那他就是巨富。就这么简单。

外公一个人势单力薄,抵不过气数,只能默认这个结果。二舅跳上高跷,踩着雨点,飞一般地跑回家,将这个消息告诉了外婆。外婆不干了,扣了大舅的口粮她可以忍,让儿子"没谱"的事,不行。

外婆大闹祠堂的事发生在大舅离开的那个冬季。这个秘密族人一直讳莫如深,后辈基本没有听说过。因为族长发了话,闭嘴。如今,族长的话只有一个人敢不听,就是外婆。

外婆后来跟我说这些话的时候,很是平静。那年我也九岁。男孩的九岁几乎都要经历一次自我的头脑风暴,再大逆不道地成长。外婆在我的脑海里横眉冷对,睥睨一切。我为她骄傲。

外婆有一把黄油伞。竹的骨,油的布,很重,举起来很费力。据说那把伞比外婆的年龄还大。六十年前的那天,外婆怒火中烧,恐怕无法悠闲地打着黄油伞去祠堂。在我的推测中,外婆冒着冬日的雨水,踩着泥泞的村路,来到了祠堂。

祠堂的门前,有一块剔脚石。剔脚石上有刃,和板子矶上的石头有异曲同工之妙。这块石头就竖立在祠堂的门前。为的就是让进门的人剔去脚上的泥巴,不能把祠堂弄脏了。这是常识。

常识是给常人用的。在外婆平淡的描述中,我看到了一个大闹天宫的英雄。外婆走进祠堂,带着一脚的泥水。族长的眉头皱了皱。婆娘属于族人,却是外姓人。男人在祠堂议事,外姓人闯进了门,成何体统?

外婆披着雨水站在祠堂的中央,根本无视墙上画着的列祖列宗。雨水顺着外婆的发尖滴落,她的脸上毫无惧色,而且带着怒容。

祠堂内出现了短暂的沉默。族长的烟锅重重地磕在顶梁的石墩上,发出沉闷的响声。族长的眉头锁住了他的不满。德高望重的人都是这样,应该是压抑情绪的,是理智的。族长拿余光看了一眼外公。外公知道,坏了。

外公的补救措施很无力。他低低地吼了一声,回去!外婆根本没看外公,直接走到茶桌前,拿起了族长喝水的搪瓷缸子。搪瓷缸子上面写着鲜红的字:大海航行靠舵手。族长很喜欢这句话,他就是这个家族的舵手,掌握着家族前行的方向。要不然,家族的大船会走弯路,会搁浅。

外婆直接将搪瓷缸子里的茶水泼在族长的头上。那是一杯柳叶茶,舒展的柳叶挂在族长的眉毛上,滑稽而可笑。族长没有想到,他遇上了暗礁。板子矶刀锋石一样的暗礁。

乱了套了。外公上前狠狠地给了外婆一巴掌。两个族人上前钳住了外婆的双臂,向祠堂外推。他们制伏了外婆的行动,但没能封住外婆的嘴。外婆尖厉的声音充斥在祠堂内。外婆说,谁要让我的儿子上不了谱,我就一把火烧了祠堂。我不但要烧祠堂,还要用河豚子毒死你们家的牲口,还有你们。

河豚子剧毒,在江边,这不算什么稀罕东西。从外婆的疯狂举动上来看,她不是危言耸听。族长浑身都在发抖。他扯下了眉梢上的柳叶,最终只说了四个字:大逆不道。

外婆被推出了祠堂,踩在夹杂着动物粪便的稀泥路上。外婆没有恋战,转身喊了一声二舅,老二,家去。

二舅没忘了柳树做的高跷。在村子里,高跷替代了人们的雨靴,把泥泞的村路戳得千疮百孔。

3

外公死于大舅离开后的第二个夏天,用生命成全了那场悲剧的完整性。

祠堂事件之后,大舅上谱的问题被搁置了。外公成了村子里的笑柄。分床睡已经无法表达外公和外婆夫妻之间的裂痕。外公花去一个月的时间,用麻绳织好了一张渔罾,又用旧船板搭了一个罾棚,去外宿了。

外公成了一个酒鬼。在那个年代,买醉也是一种奢侈的妄想。但外公自有他的办法。从那以后,外婆没再叫过外公的名字,而是叫他"猪料"。这是一个骂人的词,等同于骂别人是猪。

外公离开了家,夜宿在江边一个小小的三角窝棚内。窝棚两脊上盖着江边收集来的芦苇。窝棚里,用几根木棍支起了一张简易的床,成了栖身之地。窝棚尖尖的屁股对着堤岸,有点不问世事的感觉。窝棚没有门,敞荡着胸怀,面对着浑浊的江水。

外公搬起窝棚前巨大的渔罾,偶尔会捞到几根枯枝。当然,多少会有几尾透明的江虾或小鱼在离水的罾纱里绝望地挣扎。外公将这些鱼虾捞起,放入准备好的木桶内,留着去镇上换一角钱二两的山芋酒喝。

白天去大队挣工分,晚上扳罾,外公的离家变得理所当然。没有引起任何人的怀疑。他和外婆冷战彼此心知肚明。二舅可能完全感觉不到,家庭里笼罩着一抹不祥的气氛。甚至,他会为偶尔吃到新鲜的江鱼而庆幸。

这种情况下,唯一知情的可能就是我的母亲。可惜的是,母亲永远成不了主角,不管是在娘家,还是后来在婆家,甚至在我的这篇小说里,她永远只是一个可有可无的人物。这是传统女性的悲剧。即便母亲有冷眼旁观的眼力,也无力更改外公和外婆已经貌合神离的事实。

冬天的江水,没有了春的朝气、夏的奔放、秋的平静,开始如老牛一般瘦弱。就连龙王嘴也了无生气,成了一窝浅水。外公的窝棚搬得离家越来越远,离龙王嘴越来越近。

族长在一个冬日的傍晚,去了外公的窝棚。当时的外公已经喝得醉眼迷离,正看着天边的晚霞在傻笑。族长用身体挡住了外公的视线。外公说,来了?族长紧了紧身上的棉袄,看了近在咫尺的龙王嘴,叹了口气说,再往前走,就是报应了。

外公笑得更厉害了,指着远处江边的火烧云说,爷,着火了,把江水都烧着了。族长摇了摇头,他知道,这个人已经无药可救了。那把火,会把人心烧焦的。

这一次的对话无迹可寻。外公死后,族长和别人闲谈时说出了这一幕。是真是假,无从考证。族长像一个先知,洞见了未来。

外公在山芋酒里度过了整整一个冬天和一个春天。又是一个夏天,江水涨上来的时候,外公并没有挪窝,江水已经涨到了窝棚边。

大舅离家已经整整一年,一切仿佛恢复了平静。媒婆第一次登门的时候,外婆的脸上终于有了一丝喜色。媒婆是冲着母亲来的。母亲已经十七岁了,到了许个人家的年龄。

媒婆的行踪很诡异,她总会在你猝不及防的时候出现。媒婆在煤油灯下和外婆谈了很久。懵懂无知的二舅已经在竹床上酣然入睡。

媒婆悄然而来,翩然而去,像黑夜里的一只蝙蝠。外婆的内心像灯盏里的开了花的灯火,忽明忽暗。毕竟是女儿的终身大事,应该和那个睡在窝棚里的"猪料"商量一下,至少也应该让他知道有这么一件事。

外婆是不屑于去叫外公的。在冷战中,主动言和的人就是被打败的一方。这一点,好强的外婆是无论如何不能接受的。外婆拿巴掌拍醒了还在梦中吧唧着嘴的二舅,去把你那猪料的爹叫回来。

夏夜的江风很清凉,夜空中繁星点点,很有诗情画意。年仅十岁的二舅不知风月,他赤脚踩在松软的沙滩上,细腻的沙子穿过脚丫,留下一片清凉。江水的波浪涌起,又退去,发出夜晚的叹息。

窝棚里没有灯,却有一阵奇怪的动静。二舅站在窝棚后,惊奇地发现,窝棚不止一个人!窝棚里有奇怪的节奏声,有外公的喘息声,还有一个女人的声音。那个声音说,猪料,猪料,猪料啊。女人的声音像是波涛上淡黄的浮沫,清晰可见又若有若无。二舅搞不懂,为什么还有别人会骂外公是"猪料"。这骂声里,有一种幽怨,又有另一种含混不清的快乐。这里面,有十岁的二舅无法理解的语焉不详。

江边每年都会遇到落水而亡的冤魂,据说这些冤魂在尸体没被打捞上来之前,都无家可归。打小就在江边长大的二舅一眼就能分辨出淹死的是男人还是女人。淹死在水中的男人总是面孔朝下,而女人则恰恰相反,仰面朝天。

趁着星光,他甚至能偷偷看见,外公正面朝下方,埋在女人的乱发间,在拼命地挣扎。而女人脸朝上,死死地搂着外公,不让他离开。女鬼说,猪料,猪料,猪料啊。

二舅被这奇怪的动静吓坏了,现在他几乎可以断定,外公遇鬼了,而且是个女鬼。

二舅没有发出一丝声响,飞一样踩着沙滩跑回了家。他躲在门槛边,瑟瑟发抖,结结巴巴地告诉了外婆这惊险的一幕。外婆的脸色霎时变得铁青。外婆喃喃地说,是的,你那猪料的爹,真的遇鬼了。

那天晚上,外公确实是遇鬼了,而且不止一个。后半夜,他的脸被另一个女鬼尖利的指甲抓得稀烂,整张脸像一块抹布那么难看。好在女鬼手下留情,没要了他的小命。

外公脸上的伤还没好,又发生了一起惊动了整个大队的恶性案件。农谷队里的粮食被人偷了,那里面有要给公社的火腿,还有留着来年做种的作物。这些作物都在后村刘寡妇家的床下被翻找了出来,同时,还有许多鱼干。

这起案件被侦破,主要得益于刘寡妇七岁的儿子常毛。常毛从来没吃过火腿。火腿太香了,吃完了,嘴里还留着余香。常毛站在村口的槐树下,把嘴张得大大的,让小伙伴挨个地去闻火腿的味道。二舅也闻了,是真香。

有孩子回去吵着也要吃火腿。接下来,事情传到了大队书记的耳朵里,案件就自然而然地水落石出了,并没有任何戏剧性。

富有戏剧性的是,刘寡妇打死也不肯承认她偷了公家的东西。刘寡妇说,我不敢偷,我要是被抓了起来,谁帮我养常毛?

假设刘寡妇说的是实话,那火腿还能像人腿一样,主动跑到她家的床下去了?刘寡妇的眼神挂了下去,落在她的格子布褂子上。她的布褂子已经很旧了,奶渍浸出的胸口部位褪了色,更加出卖了她身材的饱满。没有火腿和鱼干的滋养,她能有这么大的奶子?

大队里有聪明人,很快有人指出,就算刘寡妇没偷,肯定也是她背后野男人偷的!这个结论得到大家的一致认同。如果刘寡妇不交出这个背后的人,就把她交给政府,她就必须坐牢!刘寡妇死死地咬着嘴唇,直到嘴角滴出了血。

案件还在侦查中,刘寡妇还被关在大队反省。当天夜里,农谷队里又一次出了贼。这个贼胆也忒大了,竟然在门上留下了一张拙劣的字条,东西都是我偷的,我有罪。字条的署名,是外公的名字。歪歪扭扭,像是人醉后的呓语。

那天夜里,二舅几次从噩梦中惊醒,站在外婆的房门口说,娘,听,你听,江猪又哭了,江猪又哭了。

第二天,人们循着纸条,在窝棚的里里外外也没找到外公,只闻到一股山芋酒夹杂着鱼腥味道,久久不散。后来,人们在窝棚的一角,找到了一只被剖了腹的河豚,明眼人发现,这只河豚只被摘了胆。

龙王嘴里,一群江猪在疯狂地跳跃。渔民有渔民的信仰,也有渔民的迷信。他们每个人都坚信,江猪的身体是赤裸的,看到了就代表看到了不洁。最后,有人指着外公的扳罾说,看,那里面有一头江猪。

等人们扳起罾,赫然发现,那不是江猪。那是一具头埋在水里的尸体,那是我死去的外公。没有悬念,他吞下了河豚身上最毒的胆。

外公的葬礼上,没有哭声。外公用死亡取得了大家的原谅。但他的死,不值得人们为他流一滴眼泪。那天,只有懵懂的二舅仍在不停地告诉别人,昨天晚上,我听到江猪又哭了。

4

接下来,二舅的故事我只能从二十年后说起了。

这二十年里,母亲嫁给了父亲。生下我的两个姐姐和我。当然,母亲嫁的并不是第一个来说亲的那位。因为外公,母亲的婚事一直迟迟没有着落,直到又一个媒人介绍了我跛腿的父亲。

在龙塘村，外婆带着二舅生活，没有再嫁。倒是邻村的刘寡妇，后来嫁给了一个因下放劳教而滞留本地的老头。老头的身份不太光彩，但刘寡妇也不是什么好货色。老头原是城里人，在板子矶上游的一个码头工作。他有粮票，有配粮，还有工资。更重要的是，常毛竟然因此上了镇上的小学，识字了。并且在老头死后，顺利地顶了老头的职。完成了这一系列的使命，刘寡妇也安然离世。常毛还算厚道，将刘寡妇和老头葬在了一起。

命运就是这样无常。同样是寡妇的儿子，常毛开始活出了人样，成了码头上的工人。而二舅，年近三十，大字不识一个，连个媳妇也娶不上。

小时候，母亲常常骂我是野猫投胎，特别爱吃鱼。每逢节假日，我都会走几里的山路，再走几里的圩路，去外婆家吃鱼。我家离外婆家只有十几里，站在山顶就能远远地看见长江。记得我有个同学写作文的时候说，远远看去，长江就像一根悠长的飘带。这根"飘带"让这个同学受到了老师的盛赞，足以让他在同学中扬眉吐气。这一点，我深深地忌妒。其实，我同学是外婆嘴里实实在在的"山巴佬"，连江边都没有去过。凭什么他能写出这样的句子，而我不能？再说，除了在地图上，我实在没看出长江有"飘带"的模样。

二舅更看不出来长江和"飘带"有什么联系，他每天与长江为伴，恐怕是"只缘身在此山中"。二十年过去了，二舅早已不再是那个十岁的男孩。他的形象,更像我们课本里的闰土。二舅不爱说话,我猜,这和大舅、外公有关。可能他很早就已经发现,在死亡的面前,语言是多么地无力,活着才是生命的唯一证明。当然,这只是我的总结,二舅不可能说出这么文气冲天的话来。

二舅喜欢抽烟,烟瘾特别大。下棋的时候,一根烟快烧到头,他眼睛盯着棋盘,自然而然地从兜里抠出另一根,往棋盘上顿一顿,平头香烟就会空出一截。他用已经熏黄的指甲,掐住燃烧的烟屁股,接在空出的一截里。香烟变长了,一丝也不浪费。二舅的最高纪录是一整盒烟,只用了一根火柴。

二舅下棋从来不挑对手,不管你是小孩还是老头,不论你是高手还是棋篓,来者不拒。谁也不知道他是在过烟瘾还是在过棋瘾。或许,二舅也喜欢思考,只是在那个年月,思考没有给他带来任何收获,他才喜欢上了用这种方式消遣。

我去外婆家,外婆唤回二舅,让他去网鱼。二舅叼着烟卷,只问我一句,想吃什么鱼?这才是二舅真正的绝活,想吃什么鱼,他就能网到什么鱼。我曾暗中尾随二舅观察过,一个渔盆,一张渔网,没什么特别。二舅网鱼,是在一条通江的汊河里。这里有很多我知道土名,却叫不上学名的鱼。鸡腿子,车卷子,草鞋板,敢死子,小毛刀,翘嘴鲌……一时细数,难以胜计。

那一年,天漏了,雨一直没停过。江水来得特别汹涌,漫到了外婆家的门槛。我站在门边,拿着竹篮,在里面放一点带着油花的菜渣,就能提起很多蜻蜓一样的小鱼花,很开心。

外界的传言越来越疯,说江里漂来一个大箱子,打开里面全是钱。那是被淹的人家收拾的财产,终究还是没保住。

江边的人们也疯了,他们划着渔船在江心"捞江"。运气好捞到大圆木,运气一般捞到扁担和板凳。听说还有运气不好的,从江心里捞起了一张四脚朝天的八仙桌,桌子里绑着一个人。只不过人已经没气了。

在江边,有个不成文的规矩,叫救死不救活。救活等于挡了阎王索命,会受惩罚的。但如果遇上死尸,却不能躲,只能把他们捞起来,用草席卷起,让他们入土为安。

传言愈演愈烈。开始有人说,江里漂来了黑漆漆的棺材,棺材里蜷着已经饿死的一家人,个个都泡得像个水馒头。人们捞江的热情终于慢慢褪去。整个夏天,人们在传言中惶惶地度过。很多人已经搬离了村庄,从江堤外搬到了江堤内的安全地带。

捞江的人里没有二舅,二舅是高手,是不屑于捞江的。二舅和外婆没有搬离村庄。村里只剩下一些不愿离开村庄的人。没有了路,没有了场基,全是大片大片的水。没有人再陪二舅下棋。二舅就坐在门槛上,看着浑浊的江水抽烟,一根接着一根。

生活中总有一些意想不到的小插曲。有一天,有人看见村子里来了一群江猪。它们游过村庄,甚至还在村里绕了一圈。更为可笑的是,第二天,人们发现有一只江猪落了单,被困进了已经漫水的猪圈里。

江猪进了猪圈,是村子里的人听过最好笑的笑话了。笑话以风一样的速度在村里传播。外婆听到消息后,带着二舅来到了那个豁了口的猪圈。一头江猪正在猪圈中,在残存的江水里奄奄一息。

二舅看了看猪圈边的水印说,退水了。江水退得有些急,落单的江猪出不去了。

江猪落在谁家的猪圈,就应该属于谁,这是大家公认的,没有人有异议。外婆看了看二舅,二舅点了点头。外婆说,这头江猪我要了。

有些年纪的人知道外婆要这头江猪干什么。外婆和江猪很可能是亲戚呢,因为她的儿子就是一头江猪。唯一可惜的是,这头江猪的腰间没有地图样的白色胎记。

外婆所说的"要",并不是白白地索取,而是交换。外婆答应用等重的鱼来换。也就是说,外婆和二舅为了这头江猪,欠下了一百斤的鱼债。大家也都明白,这对于二舅来说,不算什么难事。

外婆取来一张床单,和二舅一起将江猪小心地兜起,划小渔盆将它送入了深水。外婆看着江猪一耸而逝,对着江水深深地叹了口气。她坐在渔盆里挥了挥苍老的手,二舅默默地划着渔盆。回到家,天已经尽黑了。

也就是那天夜里,二舅掐灭了临睡前的最后一根烟,他听到了远远的江面上有江猪在哭。

如今的二舅再不是二十年前的他了,他翻身而起,走进了黑色的夜。门外,全是水。对于二舅来说,在黑夜里,水比陆地更亲切、更安全。二舅蹚着江水,沿着平时去江边的小路,隐入了几乎淹没了村庄的、苍茫无际的江水之中。

这,是二舅这一生中绝无仅有的一次捞江。只是,他捞的不是财,不是物,而是人。一个活生生的人:女人。

女人槐香就这样趴在一块门板上,顺江而下,在夏天的一个夜里,湿淋淋地闯进了二舅平静的生活中。

二舅抱着几乎虚脱的槐香进了门,外婆一边烧着姜汤一边破口大骂,小猪料,你忘了祖宗的话了,救了个大活人回来,怎么得了?

二舅一声不吭地舀起姜汤,一口一口地给槐香喂了下去。槐香被救上来的时候,又黑又瘦。半个月后,她就恢复了元气,翘屁股挺胸,眉眼像春天的柳枝一样摇摆不定。

槐香二十一岁,还没许婆家。她的家在上江的一个村子,村子全被淹了。槐香家里只有一个老父亲。二舅后来陪槐香去找过。村子里除了一间倒塌的土屋,什么也没有。槐香对着老屋哭了一场,又跟着二舅回到了龙塘。

也就是这一趟行程。二舅向外婆提出,要娶槐香。外婆像不认识二舅一样,将二舅和槐香都上下细细地打量了一番。二舅站在外婆的面前有些不安,嗫嚅着说,槐香识字呢。外婆不识字,但在家中、在村里的地位一直强悍无比,当年的祠堂事件可见一斑。此刻的槐香却挺着她傲人的胸脯,面对外婆凌厉的眼神,镇定自若。识字的女人果然不一样。

外婆最后叹了口气,让槐香先出去。外婆从衣兜里掏出所有的积蓄,摊在了二舅的面前。外婆说,老二,你要想好了,槐香虽然识字,但她的眼里有风,能不能留住她,是你自己的事了。

二舅摸着后脑勺,在外婆的叹息声中,莫名其妙地笑了。

就这样,槐香成了我的二舅母。她的到来,看似有些神奇。外婆临终的时候却说,这是劫数,是轮回。

5

洪水退去之后,江边的滩地上,到处是龟裂的红泥,像冬天干裂的嘴唇。一脚踩下去,又变回了软稀稀的红泥。生活的表象也发生了大变化。洪水过后,二舅迎娶了槐香,幸福生活仿佛也从此开始。

这一年,农民早都分到了田地。二舅一边种田,一边打鱼。很快还完了一百斤的鱼债。剩下的钱,二舅再也没交给外婆,而是交给了槐香。二舅不再和外婆相依为命,而是和槐香如胶似漆。外婆的眼神变得越来越浑浊,像冬天瘦弱的江水。

冬闲的时候，槐香拿出一些钱，买了一种叫"康乐棋"的玩意儿。那是一个木头的盘子，里面有一颗大的母棋、二十八颗小的子棋，有点像后来流行的台球。区别是，康乐棋便宜，很适合乡间。乡间没什么娱乐活动，玩一盘康乐棋二分钱，顺便还能和风骚的老板娘聊聊天，何乐而不为？

槐香在家经营着康乐棋盘和做家务，二舅在外面打鱼。日子过出了滋味。康乐棋盘也从一台增置到了三台。比较夸张的说法是，附近村里年轻人见了面，不再问吃了吗，而是说，去槐香家？

外婆家的堂屋成了乡村俱乐部。日子有了盼头，二舅把香烟也戒了。二舅甚至开始笑呵呵地开口说话。二舅说，戒了烟，明年盖个小洋楼，以后你们来玩也宽敞一点。

时代变了。整个社会都开始进入助跑状态，连人心都变得慌张起来。长江里开始出现了冒着黑烟装货的拖头。一个拖头，能拖很多小船，比火车头还厉害。厉害的还有，江里又有了大量的机械船只，它们像野兽一样在江面上游走，汽笛打破了江心的宁静。这些船，有的是铁板焊制的，有的是用水泥浇铸的。人类真是太聪明了。当初小火轮出现的时候，渔民都大惊失色，铁竟然还能漂在水里？现在，慌张的可能只有嬉戏的江猪和它的小伙伴们了。

有一次，一头江猪被波浪推上了沙滩。围观的渔民指着江猪失去的半个脑袋说，是桨叶打的。你们知道吗？每一条船的屁股后面，都长着一个巨大的电风扇,把它们都转昏了。

那头江猪,二舅没有再帮外婆"要"回来。外婆在江边一直站到了黄昏,才佝偻着身子回到了家中。家中热闹如常,来玩康乐棋的人和围观的人爆发出了一阵阵的笑声。外婆讪然地从后门进了屋,直接进房睡了。她弄不明白,这个世界为什么突然发生了这么大的变化。让她眼花缭乱,让她猝不及防。

百废待兴的黄金水道两岸,遍地出黄金。一家国有的大型水泥厂将在板子矶附近拔地而起。这儿有山是资源,有水是航道,条件得天独厚。土地刚刚分到手的农民心慌了,这是又要把土地收回去吗?是的,收回去。但被占用了土地的农民将会得到更为美满的结局,被征地的每户人家可以安排一个人去水泥厂上班,转户口,吃商品粮。

没被征用到土地的人开始忌妒,当初分田地的时候,怎么就不长眼呢?二舅家的田被征收了。母亲听到这个消息后,喜出望外。母亲说,我兄弟要吃商品粮了,要当国家工人了。

没过几天,外婆带信来让母亲回去一趟。母亲回去后,外婆躺在床上,双眼无神。母亲以为外婆病了。细问才知道,二舅把当工人的机会让给了槐香。也就是说,二舅以后还是二舅,而槐香成了国家工人。外婆对母亲说,你兄弟魔怔了。

母亲找到正在补网的二舅。二舅梗着脖子说,槐香和我是一家人。

母亲没能劝动二舅,只能把气病的外婆接到我家,暂时住一段时间再说。那段时间,我也很少去二舅家了。说良心话,槐香二舅母对我确实还不错。但母亲不让我去,我也没办法。

二舅的故事到了这里,开始有了转折。

在外婆住在我家的这段日子,水泥厂还在基建,未来的女工人槐香正经营着康乐棋盘,憧憬着美好的未来。也就在这段一切充满着希望的日子里,"乡村俱乐部"里来了一个新客人。一个让故事的走向急转直下的人——常毛。

码头工人常毛踩着翻毛皮鞋,一步三晃地来到了二舅家。常毛递给二舅的香烟屁股上包着一截海绵。常毛说,那叫过滤嘴。有钱真好,有钱能把香烟的屁股都打扮得漂漂亮亮。二舅闻着过滤嘴继续捕鱼晒网。常毛进了屋,和一整屋的人谈笑风生。

常毛精湛的康乐棋技术,让人洞悉了他悠闲的业余生活。他将赢来的彩头大方地丢给了槐香,吹着口哨扬长而去。槐香看着常毛的背影,不自觉地把那些彩头捂在了胸口。她怕心会跳出来。

那段时间,常毛和槐香眉来眼去的,整个村里人都清楚。唯一不知情的,只有二舅。我跟着外婆回到龙塘村,外婆隐约感觉到了什么。外婆每天在家里追鸡骂猪,弄得鸡飞狗跳,让我一度以为外婆的病并没痊愈。当时的我并不明白,这种事没有证据,是无法声张的。二舅被打落的门牙,吞到了外婆的肚子里。

又到了一个夏季。二舅一生的悲剧总是被这个炎热的季节贯穿。

水泥厂建成了。槐香穿上了淡蓝色的工作服,人显得更加精神。槐香在水泥厂特地领了一双大码的翻毛皮鞋。槐香把翻毛皮鞋放在了床头。二舅闻到了工厂的味道,咧开嘴,笑了。槐香却哭了,槐香泪滴在床前的泥地上。泥地平时被布鞋底打磨得很光滑,泪水滴在上面,盈盈地不肯融入泥土中。

槐香说,好人,你放了我吧。

二舅依然在笑。他的笑容一直僵在脸上,成了悲剧的定格。

水泥厂离龙塘村有十里地。槐香住到了厂里的宿舍。外婆非常不解,这么点路就把腿走细了?二舅又一次点起了平头香烟。二舅和槐香已经离婚了,偷偷的。外婆念叨,赶紧生个娃吧,生个娃就能绊住她了。

槐香再一次用行动证明,女人的变心都是蓄谋已久。一个月后,槐香和常毛举行了婚礼。按理刘寡妇再嫁,嫁了个不光彩的老头,已经不属于常家人。再者,槐香也是个二茬货。这样的婚礼注定是低调的、简陋的。

消息是怎么传到外婆的耳朵里,不得而知。乡间的小道消息总有你意想不到的方式传达。它们所走的小道,很可能是某个你根本不在意的群演人物,将改变主角人生的重大消息巧妙地送达。

反过来想,你眼中所谓的主角,在整个世界来看,可能也只是一粒尘埃。这尘埃般的消息,在外婆的世界,无异于一颗小行星的撞击。外婆独自去了槐香和常毛的婚礼。她老人家站在宿舍楼下,开始了无尽的詈骂,直到宿舍里所有人都探出了头。

路灯亮了起来,将漆黑的夜晚捅出无数个窟窿。最后,常毛脸色铁青地从宿舍楼上走了下来,指着外婆的鼻子,咬牙切齿地说,"他"睡了我妈,槐香是你家应该还给我的。

外婆知道"他"指的是谁,是我的外公。常毛的话如同一段咒语。外婆突然噤了声,如秋日的寒蝉。

6

槐香来了又走了。我欣喜地发现,日子仿佛又恢复了往日的平静。二舅再一次沉默起来,他把平头香烟一根接着一根抽入肺中,再从鼻孔里冒出来。以前说过的话散得比烟雾还快。他的小洋楼被一截一截地烧掉了。

外婆不再骂骂咧咧,而是开始坐在躺椅上,看着槐香留下的康乐棋盘,把钱一分一分地攒起来。只不过生意突然就不同往日了。本来二分钱一盘的康乐棋变成了五分钱三盘,然后是一毛钱七盘。价格一降再降,人气终是一天不如一天。

玩的人少的时候,我就搬着小板凳,站在板凳上,算作一个凑数。可是我的技术太臭,最后输的基本都是我。输的人,是要付盘费的。

这样,外婆守了一天,可能一分钱也收不到。技术极差的我聚精会神地等着别人犯一个致命的错误,然后偶尔会捡到一次胜利。只是这种胜利的机会少而又少。长大后我才明白,自己不够强大,等着别人犯错误,机会也不一定属于你。

我觉得,沉默的二舅就是在等这样一个机会。等槐香回头。二舅从来没有这么说过,但我认为我的猜测有些道理。如若不然,他为什么还天天穿着那双翻毛皮鞋?为什么还留着和槐香的合影?合影就在他的床头柜里,伸手就可以拿到。

三年。二舅等了三年的时间,终于等来了一个机会。槐香再一次踏进了这个家门。槐香进门后,什么话也没说就扑通一声跪倒在地。当时的堂屋里,还有几个玩康乐棋的人。他们都是和我差不多大的孩子。他们被眼前的场面吓坏了。整个屋里,只有惊奇的眼神在碰撞,没有人发出一丝声音。槐香跪在地上说,老二,求求你,求求你救救我的常言吧。

常言是槐香的儿子,今年三岁了。村里的孩子落地就是一岁,不像城里人,按周岁算。槐香这两年过得并不好。结婚后,常毛在码头上打架,被开除了。常毛开始四处浪荡,吃喝都靠槐香的工资。直到一年前,两人才商量着,四处求告,借钱买了辆货车。常毛不在家,槐香独自带着常言。孩子一不小心,拉倒了暖水瓶,整个腰都被烫伤了。

孩子在厂医务室里救治。医生认为烫伤很严重,不太好办。有人

■ 长江,你好!

建议槐香找些江猪油来,因为这东西治烫伤最有效。据说,江猪油很神奇,治好了烫伤连疤痕都不会留下。槐香向周边的人打听,哪儿有江猪油。有知道槐香和二舅故事的人就调侃,你有现成的老二不用,还来向我们要?所有的人都被这双关的荤话笑岔了气。槐香愣了片刻,转身就来到了龙塘。

外婆坐在躺椅上骂,你个贱货!你来我家要江猪油?你是想把我家老二的油熬干了吧?槐香知道犯了外婆的忌了。槐香当然听说过大舅的事,也知道外婆从来不让二舅伤害江猪。但她已经走投无路了,孩子在等着救命。槐香低头不语,一直跪着。

二舅终于还是从房里冲了出来,手指门外,冲着槐香吼道,滚!槐香抬眼看了一眼二舅。她眼神里摇摆的风已经没有了,有的只是一个母亲的眼泪。二舅扭过头去,失去了耐心般地,我让你滚,你听到没有?

槐香终于还是空着手离开了村子。说实话,那一刻,村子里的人都感觉挺解气。都说二舅这样做,才是真正的江边男人。

三个月后,又是一个夏天。二舅的故事,从夏天开始,也在夏天结束。

常毛跑货车回来了。他把货车开进了龙塘村,一边坐着的是槐香,手里抱着已经痊愈的常言。常毛从车上拎下了好几条过滤嘴香烟和一大袋糖果。常毛的神情是庄重的,也是真诚的,没有一丝得意和矫情。常毛说,我常毛晓得是非,我是来还恩的,还救命之恩。

事后,有人感叹,难怪那段时间板子矶边到处是一股腥气,原来是老二干的事。江猪特别腥气,谁都知道。答案揭晓了。二舅杀了一头江猪,熬了江猪油,送给了槐香,救下了常言。

外婆站在摇椅前摇摇欲坠。二舅想上前扶住外婆,外婆无力地打开了二舅的手。外婆的脸上失去了血色,皱纹如同被水泡过一般苍白。

常毛推了推常言,指着二舅说,去,叫二爹。

常言没有答应,只是跑到了外婆的身边,仰着头奇怪地看着外婆,一眨不眨。外婆的目光一寸寸地跌落,落在了常言光光的身体上。江边的孩子,在夏天几乎从来不穿衣,常言也不例外。

外婆的目光终于落在常言的腰上。他的腰上,因为烫伤,有了一块白色的疤痕,像一块地图。外婆的眼神突然变得笔直,沙哑地叫了一声,我的儿啊。

之后,外婆直直地倒在了那张上了年纪的躺椅上。躺椅发出一声痛苦的呻吟,散了架。

外婆终于在那个夏天也走了。外婆在弥留之际,和我说了很多胡话。包括她说,槐香是这个家的劫数,是轮回。后来,外婆让我叫来二舅。外婆说,听。二舅一声不吭地跪在外婆面前。我也试着去听,看看到底能听见什么,可我什么也没听见。外婆问,你听到什么了?

二舅说,江猪哭了。

外婆终于长长地吐了一口气,走了,在又一个苍茫炎热的夏天。

听村里人说,那个夏天,有人亲眼看见了龙王嘴有许多江猪在跳跃。就在那天,二舅跳入了龙王嘴。二舅能从龙王嘴里活下来,证明他命不该绝。也证明了,他和大舅不一样,他不是江猪。江猪的家族没有收留他。

从那以后,二舅再也不去捕鱼了。自此,我也就很少再去二舅家了。他划着一只小船,做摆港子。也就是书上所说的,在渡口做摆渡人。

二舅做了很长一段时间的摆港子。汽渡的出现淘汰了二舅的这个职业。再然后,长江大桥淘汰了汽渡。时代就是这样变迁发展着,由不得你愿不愿意。但只要你生长在江畔,就会有活路。二舅依然不愿去打鱼。他开始给小船装上了发动机,在小船上摆满了烟酒、蔬菜和生活用品,去锚地卖给那些抛锚的大船。

空载的船很高,船老板就用篮子将钱吊下来。二舅收了钱,将船老板要的东西放入篮中,再吊上去。很生活。有段时间,我在长江里讨过生活,也经常在这样的小船上买东西,很方便。

7

七十五岁的母亲是有理由生气的。我已经好几年没给二舅送节了。有一件事,我一直没有告诉母亲。

那还是几年前。江堤外的村庄全都要求拆迁至堤内。这和后来的渔民上岸一样,是利国利民的大好事。

二舅成了龙塘村唯一的钉子户,就是不愿离开。拆迁办里有我的老同学,来搬我这个救兵。我甚至自作主张为二舅提出了一些更高的要求。我以为,这本是一件两面讨好的事情。可是,我找到二舅,二舅却一直只抽烟,不表态。

这让我很没有面子,所以,我有生气的理由。

然而,更让我生气的事还在后面。二舅最终还是同意了,原因是另一个镇的常镇长去做了工作。二舅什么话也没说,没提任何要求,就同意了。

哪个常镇长?我有些奇怪。他们说,常镇长好像叫常言,喊你二舅叫二爹。不应该也是你们家的亲戚吗?你不认识?

我笑了笑,没再多说。这件事,我一直埋在心里。后来,长江禁渔护卫队请去了二舅,让他帮助巡视长江,因为他熟悉这段江面的每一个角落。据说,这两年已经失踪多年的江猪又回到了龙王嘴。

哦,对了。二舅在他最幸福的那段日子里曾告诉过我,你二舅母说,江猪不是猪,叫江豚。

二舅的故事终于讲完了。大年初三,我驱车去了板子矶。二舅不在屋里。

我站在江边,等着二舅归来。远处,有大桥横跨两岸。江心之中,每一条船都拖着白色的尾巴。板子矶上下,码头林立。就连板子矶,也被开发成了旅游景点。

长江边,再也寻找不到一丝当年的痕迹。唯有浑浊的江水依旧悄然东逝。

怅望江头江水生

作者简介：

白凡，安徽宣城人。安徽省作协会员，安徽省网络作协理事，天涯文学签约作者，历史公众号朝文社特邀作者。

梦境

怅望江,是一个梦。准确说来,是江水生梦里的江。

不知从什么时候开始,这一江缥碧,穿林绕麓,百转千回,像一根丝缘与他模糊的意识纠缠交织在一起,时常在他堆满水生物学知识的脑壳里任意东西。他不知道她有多长,也不知道她有多宽,他唯一可以断定的是,江里有数不尽的鱼,满江的鱼儿,成群结队,忽东忽西,时沉时浮,衔尾而游,怡然自得。一股江鲜的腥咸之气扑面而来,伴着江风一起,由鼻入喉,灌得江水生一个激灵。

突然,哗啦啦一声,一条"大鱼"蹿出水面又飞速地潜入水下,虽然一切只发生在刹那之间,但江水生仍能凭借自己丰富的水生物学知识,认定刚才那条破水而出的生物不是什么大鱼,而是——一头成年的白鱀豚。

怎么可能?也不知道是第几次,江水生带着这样的惊叹从梦中醒来。是啊,怎么可能?白鱀豚是中新世延存至今的古老孑遗物种,分布于长江中下游干流,是我国特有的珍稀水生哺乳动物,被誉为"水中大熊猫"。生存至今大约有四千五百万年的历史,对研究动物进化的价值极高。

然而,伴随着新世纪的钟声一同到来的是人类对长江经济开发活动的日益频繁,白鱀豚栖息环境急剧恶化。2006 年,由中、美、英等六国三十多名科学家组成"长江淡水豚科考调查小组",对我国白鱀豚的种群数量进行科学考察。在历时二十六天,历程一千七百多公里的科考过程中,科考小组没有发现一头白鱀豚,遂宣布白鱀豚功能性灭绝。虽然,2007年的时候有渔民声称见到过白鱀豚,但至今再也没有任何证据表明白鱀豚仍有活体存在。更何况……2006年那支科考调查小组,父亲也是其中一员,也在调查报告上签了字。

父亲江孝然是江水生的偶像,也是他的骄傲,正是因为父亲,他才会选择成为长江水生生物科学研究院的一名研究员,算是子承父业。他记得父亲说过,"科学是一件严谨的工作,任何研究若没有百分之百的把握,都不能盖棺定论"。所以,他对父亲的职业素养百分之百地信服,只要是父亲认定的事情,都是有绝对的科学依据的。所以,这就是一个梦,一个纯粹的梦罢了!江水生下意识里这样告诉自己,随后做了一组眼保健操……

长江水生生物科学研究院位于长江之滨的古镇通江镇,外形上仿古徽州建筑,古朴雅致,颇有几分书斋气息,且临江望湖,选址极佳,江水生的科研室的位置更是百里挑一,一打开临江的窗户,江山数百里间的景色,朝云夕霭,水光岚翠,都纷纷延入屋中,成为与科研室不可分割的一部分。

江水生其实心里清楚,院里关照自己,将最好的一间科研室分给自己用,也是因为父亲江孝然。院长曾和父亲是多年的老朋友,是看着他长大的伯父。十年前,父亲莫名失踪,活不见人,死不见尸,是这位慈爱的伯父向他伸出援手,不然他和母亲就真是孤儿寡母,了无依靠了。

在曾和的关照下,他大学一毕业,便进入研究院实习,后来顺利转正,并且选择了和父亲当年一样的研究方向——长江淡水豚类研究。曾和很高兴,便将这间位置最好的科研室分给了他。刚开始的时候,院里的一些同事对此还颇有微词,每每听到这类不和谐的声音,曾和都只淡淡一句"就凭他是江孝然的儿子,他就比任何一个人更配得上这间科研室",就把各类不服的声音压了下去。这事一直激励着江水生,唯有努力成为像父亲一样的人,才不辜负曾伯父的一番美意。

"水生,又在发什么愣呢?"

一串悦耳的女声将正对着江水发呆的江水生拉回现实。

"早啊,静怡,有事?"

不请自来的女人叫曾静怡,曾院长的千金,也是江水生研究院同事中不多的朋友。曾小姐肤白貌美,清纯可人,又贵为院长千金,气质中自然流露出一股拒人于千里之外的高冷。但兴许是受父亲影响,这位曾大小姐对江水生的态度远比对别人要温暖不少。然而这种似有若无的温暖反而让江水生和同事们本就不算融洽的关系又蒙上一层寒霜,他分明能从那些理工男眼中的犀利寒光里看到大大的"情敌"两个字。

"早？这都几点了,还早?"曾静怡乜斜着眼睛,气鼓鼓的像一只河豚。

"对不起啊,我可能最近没休息好,有些恍惚了。"水生抬手看了看表,已经是上午十点多了。

曾大小姐也不计较,只把那张如花似玉的美颜凑到水生跟前,换上一副讨好似的笑容,水生一时间只觉得被一股极浓的名贵香水味呛得不能呼吸,忙起身避开,半个身子都伸出了窗外。可是曾大小姐却不管这么多,一双纤纤玉手揪住他的衣领就把他拉了回来,将他那张比在梦里见到白鱀豚还惊骇的脸重新放置到自己眼前,眼神中流露出十分奇怪的神色,水生读不出那是欣赏,是垂涎,还是其他什么意图。

她就这样看了好一阵,才幽幽道:"我怎么就看不出你有什么特别之处？为啥什么好事都往你身上粘？真是不可思议。"水生被她这两句话说得丈二和尚摸不着头脑。曾静怡也不解释,继续着让水生汗毛倒竖的微笑,一边帮他平整着衬衣,一边说道:"我爸在办公室等你,一会儿就知道了。不过我们可说好了啊,苟富贵,勿相忘。一会儿你一定知道该怎么说吧?"水生虽然完全不知道她在说些什么,但仍然坚定地点了点头。因为他知道,如果不做这个动作,他很可能就会从窗口被投到长江里喂鱼。

在曾院长的办公室,水生见到两位陌生的客人,一个盎格鲁撒克逊人长相的中年男子和一个东方面孔的年轻女人。

"小江来啦,我介绍一下,这位是乔·格里奥先生,来自美国加州。这位是铃木香女士,来自日本京都。他们二位都是世界濒危野生动物保护协会的会员。"

两人起身,向水生鞠躬致意。水生也微欠了一下身子表示还礼。

曾院长继续说道:"二位对我国长江淡水豚物种十分感兴趣,所以千里迢迢来到这里,想要做进一步的调查研究。正好你也是研究这个方向的,我就推荐你作为他们此行的向导。你也不要有什么压力,就当作普通的学术交流就可以了。"

水生打量着两位异国客人,两个人都是一身黑色职业装扮,那位叫乔·格里奥的美国先生一头光亮浓密的棕色毛发,整齐而讲究地梳背在头顶,一双盎格鲁撒克逊人特有的波斯猫般的眼睛凹刻在瘦削的脸上,鼻梁挺拔,形象颇为刚毅。而那位被称为铃木香的日本女人身材丰满,肩膀宽厚,与人们惯常认知里日本女人小巧玲珑的形象多有不符。乌黑的长发干净利落地盘起,束拢在脑后,乍看之下算不上绝色美女,但若多看两眼,便发现这女人周身上下弥漫着成熟贵妇特有的韵味。

"江桑,刚才曾院长介绍说你父亲是著名水生生物学家江孝然教授,果然是虎父无犬子啊,幸会。"

铃木香说着一口流利的中国话,礼貌地向水生伸出右手。

"铃木小姐谬赞了,幸会。"

水生轻轻握了一下铃木香的手,谦虚地客套了一句。

"情况曾院长已经说过了,不知道江桑意下如何?"铃木香微笑着,表情很诚恳。

"当然,如果调研期间需要助手的话,江桑可以选一个合适的人一起,我们会尊重江桑的选择。"可能是担心水生拒绝,铃木香紧跟着补充了一句。还没来得及回答,水生就瞥见身后的曾静怡直勾勾地盯着自己,那眼神分明一半是威胁一半是乞求。江水生就是再白痴此刻也醍醐灌顶,明白了曾静怡在科研室里说那番话的意思。

其实自从那个怪梦入脑以来,江水生的状态一直不好,每天也只是坚持来院里报个到,院里也没有给他安排什么实质性工作。想必曾伯父给他安排这活一半是为了接待国际友人,一半也是为了让他利用这段时间好好放松一下吧!

"好吧,正巧曾院长的千金和我一样,是研究长江淡水豚方向的,就由我们两个陪二位四处转转吧!"想到这里,水生便应了下来。

"真的吗?那太感谢你了,江桑!"见水生答应,铃木香显得有些激动,居然迎上去给了水生一个大大的拥抱,抱得水生那叫一个猝不及防。

今天是命犯桃花吗?接连与两位美女来了个零距离接触,让江水生着实有点哭笑不得。

"那你们想从哪里开始?"

"我在日本的时候,就一直听说江孝然教授的老家江上湾是个好地方,要不我们就先去那里看看,也让我们见识一下培养出两代优秀科学家的宝地有着怎样不同凡响的风水。"

铃木香口中的江上湾是通江镇下辖的一个村,位于通江镇东郊约百余里。那里是江水生的老家,往上数来,也不知江家从多少代祖辈开始就一直寓居于此,直到江水生父亲考上大学,后来又成为著名水生生物学家,这个家族才算是从山沟沟里走了出去。铃木香的话勾起了江水生些许乡愁,虽然只隔着百余里山路,老家已然是异乡。

当听到铃木香的这个要求时,江水生甚至开始怀疑这两个外国人是不是曾伯父找来陪自己回老家散心的,却编了个这么冠冕堂皇的理由。总之,一切事宜敲定,大家便各自回去准备,约定第二天启程。

江上湾

一行四人到达江上湾的时候已是日暮时分,云灿风软,烟霞似锦,入眼皆是如画风景。

当双脚再次踏上故土时,江水生无限感慨,小时候父母经常会带着他来这里小住。爷爷奶奶只他这么一个独孙儿自然是喜欢得不得了,经常是爷爷带着他满山村玩耍,奶奶准备了一桌丰美的山珍等着一老一小玩累了回来。那时候水生总能克服掉挑食的毛病,两大碗饭和一桌子菜在一阵呼噜呼噜之间风卷残云。每每见此光景,一大家子人都边笑边唤道:"水生你慢着点吃,没人跟你抢!"然而不想造化弄人,父亲离奇失踪,爷爷奶奶也双双离世,十年生死两茫茫,故土虽在脚下,但已物是人非。触景生情,江水生不由得鼻尖一酸,眼眶微红。

"这就是你老家啊?真漂亮!"曾静怡拖着一个超大号的行李箱,跟了上来,嘴里不住地赞叹。

确实,这江上湾因地处偏僻,百十年如一日,人工开发的痕迹不多,山川形胜,水随山转,山因水活,很适合想要远离城市喧嚣的人修身养性。曾静怡这种在城市中成长起来的千金小姐,初来乍到,看着这样原生态的风景,呼吸着这样清新的空气,自然觉得既漂亮又好玩。

"喂喂喂,你不懂什么叫绅士风度,什么叫怜香惜玉吗?没看到我一个人拖着这么重的箱子都要累死了吗?"

由于太过原生态,多是羊肠小道,即便他们是开着越野车来,也只能停在离江家老宅约五公里的地方,剩下的路只有靠腿走过去。曾大小姐在赞叹完这里的好山好水之后,还是忍不住抱怨了起来。

"我早就和你说过,这里路不好走,让你留一部分行李放车上,你自己不听怪谁?"江水生说着瞅了一眼那个超大号的行李箱,心想这位大小姐是真把这次国际调研活动当成观光度假了。

"那怎么行?这里面可都是我的宝贝。"曾静怡故意抱着行李箱,娇声道。

"江桑,这就是你的不对了,你应该拿出绅士风度,照顾好女士。"

这时铃木香也凑了上来,打趣道。

"就是!"曾静怡得到外援助攻,得意地双手一摊。

"卡哇伊,恋爱中的小情侣真可爱,羡慕啊!"

"哪有!"

铃木香冷不丁的一句调侃让两个年轻人不约而同地红了脸,一行人就这样在你一言我一语的轻松氛围里来到江家老宅门前。

老宅是很传统的农村院落,两层建筑,门前用篱笆围着一个七十余平方米的院子,已经荒芜。屋顶与门窗上附着的苔藓与斑驳的墙面似乎是在提醒着江水生,这里已经很久没有家人闲坐,灯火可亲的场景浮现了。打开门,一切都是老样子,一切又都不是老样子了。

"你们先休息一下,我去打点水,简单收拾一下应该可以将就一晚。"江水生说着拎起两个水桶往外走。

"我和你一起去。"曾静怡跳着跟了出来,完全没有了先前让水生帮她拖行李箱时的柔弱无力。

"江桑,不用太客气,我们帮你一起弄。"铃木香说着同乔也拎了水桶出来。

打水的地方叫龙井,就在村口不远处。龙井不是井,是一条洞里的"河"。龙井洞口似溶洞,拾级而下,内里并不十分宽阔,一泓清流于洞口处五步之外横流而过,清冽甘醇,村民多聚于此取水,如今村里居民多已外迁,所以来这里的人并不多。

"真清凉!"铃木香掬一捧清泉在手,贴近鼻尖,然后一把拍在脸上,水花顺着那张圆润的鹅蛋脸滑下来,在下巴处重新汇聚成水滴滴落,犹带芬芳。

"这水真清,真凉快!"曾静怡蹲在边上拨弄着泉水,同声感叹。

"小的时候,每到夏天,爷爷都用这里的水冰西瓜,用这水冰镇的西瓜清脆爽口,比冰箱里冰过的都好吃。"江水生不觉历历往事涌上心头。因为提到了吃,曾静怡不自觉地咽了咽口水。

"江桑,这么多的水不知道是从哪里流过来的,又流到哪里去呢?"铃木香问。

"听村里的老人说,这水从哪里来已不可考,但已经证明是一直流到长江的。"

"哇!真是太神奇了!"听了水生的介绍,众人一齐惊叹。

说起这龙井,与水生一家确实有一段缘分。江上湾与通江镇那些沿江发展的红火集镇不同,这里远离江滨,是个被遗忘的角落。然而谁都没想到,龙井洞里的一条暗河,将江上湾这个被遗忘在远方的孩子,也将江孝然、江水生这对父子的命运,同浩荡长江婉转勾连在一起,自此居然分也分不开了。

回到江家老宅,水生开始分配住房。由于老宅只有三间卧室,水生决定自己在堂间打个地铺。

"江先生,我带了帐篷,晚上在院子里就可以。"一直不怎么说话的乔·格里奥终于开口,也难得看见那张刚毅的脸上流出一丝笑意。

"这怎么行?"水生一下绷直了身子,让国际友人在院子里搭帐篷,开什么国际玩笑?!我中国堂堂礼仪之邦,哪有这样的待客之道?

"你随他去吧,乔以前干过雇佣兵,习惯了野外安营扎寨,他这样也是为了我们的安全。"铃木香倒是一脸轻松惬意,看来她一直都把这位山姆大叔当成保镖在使唤呢。乔·格里奥也不多话,自顾提着自己的一大包行李出了屋子。

夜沉,微月半天,只有江家老宅里灯光掩映。嵌在江上湾的群山之中红火微星,楚楚动人。

江水生的房门被轻轻叩响。他住在二楼,顺着窗户可以看见院落里乔的帐篷里灯火微明,曾静怡在这个时间点早与周公幽会去了,那么敲门的只有一个人了。

"铃木小姐,这么晚了还没休息?"水生侧身将铃木香让进房间,擦身而过时,一股淡雅的香味也随之掠过鼻尖。

"江桑这不也没睡吗?"铃木香已经换上一身宽松的睡衣,丰满的胸部瞬间解放出来,随着她步子的节奏春光乱颤,整个身姿也因为睡衣的熨帖而显得活色生香。水生没有搭话,他不想把自己最近总做怪梦的事情告诉别人,这已经成为他隐秘世界的一部分。

见他不说话,铃木香自顾走到窗边,望向院落里的一豆孤灯。水生捉摸不透铃木香的来意,为避免气氛的尴尬,主动问道:"铃木小姐明天有什么计划?"

"这里是江桑的老家,当然客随主便。"铃木香微微一笑。

"恕我直言,铃木小姐,这里确实是我,或者说是我父亲的老家,但科学是不讲情怀的,但讲究个寻根问祖。据我所知,这里没有任何地方是能够开展长江淡水豚研究的。"江水生试图提醒他们此行的目的。

"这里的水真好。"铃木香似乎并没有认真在听水生的话。

"什么?"

"我知道你们中国唐朝有个状元才子,叫张又新,他根据茶圣陆羽的《茶经》,写了一篇叫《煎茶水记》的文章,把天下的水分为二十个等级,其中扬子江南零水排在第七,江水中排第一。"铃木香似乎越说越远,居然扯到什么茶、水当中去了,"我一直将信将疑,今天看到这里龙井的水源算是开了眼。"

"铃木小姐懂的真多。"

"别忘了,在日本,茶道也是一种非常普及的传统文化呢!"

"那又和长江淡水豚有什么关系呢?"

"我听说长江淡水豚大都对水环境的要求很高,龙井的水很好,而且已经证明水道和江河湖泊是相通的,江桑真的觉得这里和淡水豚类的研究没有关系吗?"

水生愣住了,他不由得想到那个梦,以及那个梦里出现的叫怅望江的江河,那一切都太过真实。

"对不起,江桑,我班门弄斧了,今天太晚了,我先回去了,明天见。"说完,铃木香朝水生微微鞠了一躬,恭敬地退出门外,神态完完全全又恢复了一个日本女人的恭谨、含蓄。

目送铃木香的背影消失在楼梯口。合上门,房中依然残留着淡雅的香味。不简单,对于这个刚刚认识四十八小时的日本女人,水生如此定义。

龙井

"你在找什么呢?"曾静怡打着哈欠,问已经蹲在龙井边出神半个多钟头的水生。水生没有听见一般,继续观察着脚下的流水,不时伸手到水里探着什么。铃木香和乔站在旁边,一声不吭。

"你们今天都好奇怪啊!"曾静怡嘟哝着,揉着惺忪的眼睛。

"这不可能。"在反复确认过龙井的环境后,水生遗憾地摇摇头,站起身子,看了一眼铃木香。铃木香只是回以淡淡的笑,仿佛这一切与她无关。

回程,乔开着车,曾静怡靠在副驾驶座上又睡了过去。水生和铃木香并坐在后排。

"你也看到了,龙井的河道比小溪还浅,别说淡水豚,连条河豚估计都游不过去。"水生同铃木香说着。

"江桑,我并没有说什么。"铃木香笑得迷人又神秘。

夜幕降临,江南山区飘起蒙蒙细雨,泥土深处蒸腾出万物垂死与生息的气味。一盏灯火在江上湾的一条山路上飞速移动着,从道路两旁的木石上一扫而过,又将它们丢弃在身后雨夜的一片黑暗寂静里。

半个时辰后,一辆黑色越野车停在大路尽头,再往前,是逼仄的小道。手电灯光亮起,一个背着背包的高瘦身影,穿过小道,径直走到那座叫龙井的山洞前。他用手电四处探照,像是在寻找什么。

"Mr. 乔,找到了吗?"一束灯光打在乔·格里奥的脸上,乔下意识地伸手遮蔽,待身后那个人影走近,他才看清楚了那张脸。

"江先生,你好。"他似乎并不意外,语气平和地同江水生打了个招呼。

"看来我们有必要重新认识一下了,你们到底是谁?你们来这里的目的究竟是什么?"水生用手电继续照着乔·格里奥。

"是的,我们是该重新认识一下了。那个,其实我是加州大学伯克利分校地质系教授,铃木早年留学中国,是研究长江水生生物的,用你们中国话说,算是同行啦!"乔用一口不算流利的中文一字一句地解释。怪不得这家伙话不多,比起铃木香,他的中文水平确实不算好,水生心想。

"铃木小姐说你当过雇佣兵,怎么又扯上什么地质系教授了?"

"这在我们美国不算什么,二战的时候,我们的飞虎队小伙子们有很多都不是正规的美国空军服役人员,不是仍然来华帮助你们抗战了?"乔继续用不太熟练的中文说道。

美国的自由主义已经自由到这个程度了吗？水生心道。他放下手电,并不是因为他已经完全相信了乔的说辞,而是因为这毕竟只是一个手电,不是手枪,相信以乔当过雇佣兵的身手如果想弄死他,他恐怕连呻吟的机会都没有。

"你们的目的是什么?"水生继续问。

"目的？你们的曾院长不是已经说过了?"乔笑着耸耸肩。

"但我觉得你们可不仅仅是简单的感兴趣而已。"

"是的,这个猜测,不,是判断,如果是真的,无论在地质学还是水生生物学,都将是一个跨时代的发现。而且,可能与你父亲的失踪有关。"乔说着,深嵌的眸子闪着兴奋的光芒。

"我父亲?"水生一惊。

"是的,铃木其实很崇拜你父亲,在中国留学期间就对你父亲的研究一直很关注。她知道你父亲一直到失踪前都在寻找长江灭绝物种还存活的证据,并且这项工作似乎已经有了很大突破。"

跟随着乔的讲述,水生再一次被记忆牵引。那时候他还只是个十来岁的孩子,父亲极少和他提及工作上的事,只记得父亲失踪前那段日子回老宅的次数比以往多了,有时候带着他和母亲,有时候干脆自己一个人去,直到有一天,父亲没再回来,就这样消失在他们的世界里,十年间音讯全无。

"你发现了什么?"他压抑着内心的冲动,低声问。

"你听说过小约翰·克里夫·西蒙吗?"

"你说的是那个主张地球中空论的美国科学家?"科学毕竟是相通的,水生倒也听说过这个人。

"是的,包括瑞士数学家欧拉,还有哈雷,他们都相信南北极有裂口可通地心。小约翰·克里夫·西蒙还曾试图组织探险队前往北极,寻找通向地心的通道。"乔难得这样侃侃而谈。

"去了吗?"

"没去成,总统没同意。"看着乔眼神里的一丝遗憾,水生暗自好笑,心想,你们美国不是一直标榜自由民主吗? 也有做不成的事情。

"所以你们来到通江,找到曾院长,找到我,最后找到江上湾的龙井,一切都是计划好的?"

"嗯,早上来到这里,发现这里的地质很特别,我们之前查阅过中西方相关专家的研究成果,其中也包括你父亲的研究,基于这些成果和信息,我们判断,这里完全具有通往另一个'世界'的可能性。"乔越说越兴奋。

"我们现在怎么办?"

"喏,装备我都带上了,先往水流过来的方向探探,到了里面岩石也会给我们指引方向。"

"天哪,真疯狂!"水生露出不可思议的表情。

"江先生一定也早发现了端倪,不然也不会出现在这里吧?"乔瞅了水生一眼,边说边整理着背包里的装备。

"咦,铃木小姐呢? 你们不是应该一起行动吗?"水生这才发现铃木香一直没有出现。

"你是问哪个?"

"哪个? 难道还有几个铃木小姐不成?"

"如果你是指昨天与我们同行的那位,已经被我绑在宾馆里了。"乔淡定地点燃一支烟。

"什么?"

"她不是铃木香,我过来的时候刚刚审讯了她,她叫千代美惠子,是个间谍,仗着自己和铃木身形有几分相似,就……对了,你们中国话怎么说来着? 哦,易容,易容成铃木的样子,混在我们当中了。"

"你是什么时候发现的?"

"简单,铃木从来不称呼我为乔,她只叫我格里奥。"水生这才想起昨天晚上,乔要去院子里搭帐篷时,铃木香顺嘴叫了声"乔"。这些人真可怕,生与死的较量有时候就隐藏在闲言碎语的机锋之间。昨天晚上,那个假铃木还在他家的老宅,他的房间里……他不敢继续往下想。

"不用担心,问题都解决了,现在真铃木就在宾馆里看着假铃木,她不会再给我们添麻烦了。"乔叼着烟,用被烟熏黄的手拍了拍水生的肩膀,表示一切尽在掌握之中。

"那个间谍,叫千代什么来着?"

"千代美惠子。"

"对,千代美惠子,她也发现了这个秘密?"

"是的,那臭娘们鼻子很灵,在用泉水洗脸的时候就嗅到了水里有江鲜的气味。"水生很讶异,这个乔中文并不熟练,但"臭娘们"几个字的发音却很有那么一股子浓郁的国产的味道。

两个人一边议论着,一边朝清泉涌来的上游走去。刚开始,洞口极窄,人要侧身才能勉强通过。再行至深处,洞口压得极低,两个人试图趴在地上爬过去,试了几次都没有成功,只能先退了出来。

"这样不行,等天亮后我们再想办法。"计划停当,乔便在洞口安置好帐篷。

"水生,水生!"睡梦中,不知道谁在呼唤自己。他蒙蒙眬眬睁开眼,看见父亲江孝然坐在跟前,正凝望着他。

"爸爸!"水生一下子坐了起来。父亲看着他笑,笑得很和蔼,一如多年前,看着他狼吞虎咽,看着他游戏玩耍时笑的样子。

"爸爸你回来了?"他去抓父亲的手,生怕父亲又消失了。他抓住了,是父亲的手,温暖、有力、结实。

"这么多年你去哪了? 我和妈妈都好想你!"水生几乎就要哭出来。但江孝然并不回答,只说:"水生,你跟我来。"说完钻出帐篷。水生看了一眼旁边依然安睡的乔,紧跟着也钻了出去,但帐篷外却不是龙井洞。这个地方水生认识,是长江港二号码头,这个码头近年因为生态环保整改已经不再使用,处于半废弃的状态,基本上没有人。

腥咸的江风从夜的深处刮来。月色横空,江波静寂,悠悠逝水,吞吐蟾光,水生看见父亲站在江边,伟岸的身躯迎着习习江风。他回头看了一眼水生,纵身跳入长江。

"爸爸!"水生见状也顾不了许多,跟着父亲纵身跃下。

真奇怪,跃入长江的水生仿佛变身为一条鱼,可以在水底自由呼吸。他看见父亲,他也像一条鱼一样,朝着江河深处游去。

"等等我,爸爸!"水生呼唤着,紧跟上去。不知道游了多久,他能够感受到水在变清,呼吸渐渐畅快起来。他还看见许多鱼,绕着他转圈,形成一股水柱。真漂亮!他忍不住赞叹。

江面越来越近,似乎就在头顶,一抬头就能透过青碧的江面看见月亮,这可真是奇观啊!同样是水中望月,此水中月真是天上月啊!水生正在感叹着,忽然一条长长的大鱼的影子悠悠然地从头顶游过——是……是白鱀豚!

"怅望江!"一刹那,无数个日夜里的梦境朝水生一齐涌来。

"你说什么江?"乔听见水生呓语,也醒了过来。

水生忽地坐起来,搓着额头,又是一个梦,梦境和之前的一样真实,但是好奇怪,今天是第一次梦到父亲!难道……水生想到了什么,突然抱住乔的肩膀:"乔,你有潜水的装备吗?"乔愣了半晌,缓缓道:

"这个……真没有。"水生按着额头沉思良久,终于拿出手机拨通了一个电话。

"现在几点了?你干吗?"电话那头,一个女声不耐烦地嚷道。

"静怡你听我说,我知道这话听起来有点扯,但事关重大!"

"嗯,你说。"电话那头的情绪稍微稳定了一些。

"你能不能帮我借一艘潜水艇?"

"江水生,你有病吧!"啪!电话挂断了。

"哥们,你玩这么大?"一旁的乔听得目瞪口呆。水生来不及解释,接着又一个电话打过去。

"江水生你有完没完?"

"静怡你听我说,我有我父亲的消息了,我需要你的帮助。"

"你没开玩笑?"

"真的不是开玩笑!"

怅望江

长江港二号码头,废弃的仓库像一个个巨大的集装箱,整齐划一地排列在江畔上。一架架吊机还傲然挺立着,然而它们的钢筋铁骨早已失去用武之地。一轮红日冉冉升起,江水辉映着晨曦,波光粼粼,光影扑朔。

乔·格里奥靠在车门上抽着烟,脚边撒落着一地烟头。江水生不停地看手机,焦急等待着。俄顷,一辆红色丰田轿车向他们驶来。

曾静怡停好车,打开后备厢,里面放置着三套潜水服和氧气瓶。

"潜水艇那么高大上的东西我是没本事弄到手,将就着用这个吧!"曾静怡潇洒地将一头秀发往后一甩,阳光下整个人有一种干练的爽气。

"谢谢……咦,怎么会有三套?"

"我不用吗?"

"你?绝对不行,这太危险了!"

"不带你这样的,用人朝前,不用人朝后。要不去大家都不去!"见水生不答应自己跟着一起,曾大小姐一下就急了。关上后备厢一屁股坐在上面,有一种同归于尽的架势。

"潜水是需要专业训练的,你以为是玩呢?"水生跟着也急了。

"咦,江水生你好意思提这茬,研究院开展研究员潜水训练的时候你最终考核成绩还不如我好吧!"经她这么一说,江水生突然想起是有这么回事,当时好多同事还都说曾大小姐虽然养尊处优,但潜水还真有天赋呢。

"好吧,那你记得一定要跟紧我。"

"遵命!"曾静怡一下跳起来,一把搂住水生的脖子,在他脸颊上亲了一口,唰地一下,水生整个脸迎着朝阳都红透了。

循着梦里父亲的指引,水生找到了码头边的那个河口。三人换好潜水装备,一跃入水。水下,水生努力按"梦"索骥,辨别着方位,静怡和乔紧随其后。

爸爸,我来了!他在心中默念,朝着梦的方向,逆流而上!

水越来越清,阻力越来越小,鱼的种类越来越多!没有错,一切和梦里的情境一模一样,顺着这条水道,他离另一个世界越来越近,离父亲越来越近了!忽然,身边亮堂了起来,他们不必借助探照灯的光也可以看清身边的鱼儿。他们抬头,一条白鱀豚游过。水生侧过身子,朝身后的同伴比了个 OK 的手势,同伴也朝他比了个 OK 的手势。紧接着,他一个潇洒的转身,奋力向水面游去。

破水而出的那一霎,水天一碧,环视天地悄然无声,一带云峰,横苍径远,晴原漫漫望不尽,山色照野光如濡。这洞天福地,比起那"世外之地"江上湾,亦是有过之而无不及。

三人上了岸,换下潜水装备,再去看那条江河,浩荡逶迤,不知几曲几折,只道是能穿透山河岁月,绕遍荆棘莽原!一行人沿着江边走,看着一江春水,锦鳞千百,真是前所未见的奇景。

"江伯伯!"曾静怡突然惊叫起来,她有点不敢相信自己的眼睛,不远处站着的那个人,就是那个人间蒸发十年,著名长江水生生物专家江孝然教授。面前这个江孝然,鹤发长髯,颇有些仙风道骨之气,身旁站着一个貌似只有十六七岁的小女孩,看上去身体有些孱弱。

"爸爸!"江水生的泪腺此时再也绷不住了,他狂奔向自己的父亲,他要紧紧地拥抱他,他要把这十年缺失的父爱讨要回来,他有太多的话要向父亲诉说,他以为父亲再也不会出现在自己的世界里了,他再也没有父亲了!今天,他要把这些委屈都发泄出来。曾静怡的泪点本来就低,看见这样感人的一幕,怎能不受触动?突然哇的一声抱住乔,哭了起来。乔吓了一跳,手一时也不知怎么放好了。也许,美国人很难理解中国人的情感,他们不明白中国有一个词叫"共鸣"。

江孝然不说话,他轻轻抚摸着水生,等到水生激动的情绪慢慢稳定下来,才附在他耳边说:"水生,对不起,这么多年让你受委屈了。其实,这么多年我一直都在你们身边,你不要怪爸爸。"说完,几行老泪顺着满含沧桑的脸流了下来。

江孝然将三个人带到他的大本营——怅望江水生生物观察站,同他们讲起这数十年间发生的故事。

2006年11月,江孝然奉命参加六国组织的"长江淡水豚科考调查小组",对我国白鱀豚的种群数量进行科学考察。在二十六天一千七百多公里的考察中,科考小组一无所获,遂宣布白鱀豚功能性灭绝。

2015年6月,斯坦福大学、普林斯顿大学和伯克利大学的科学家联合发表了一份研究报告,指出地球上脊椎动物灭绝率正迅猛加速,目前已经达到正常水平的114倍。

说到这里,乔·格里奥点了点头,表示自己曾参与过这份研究报告的调研。江孝然微微颔首,继续说。

报告的主笔杰拉尔多·塞巴洛斯预测地球的第六次大灭绝时期正在到来,如果按照这样的灭绝速度持续下去,这些物种可能需要数百万年才能恢复。获得诺贝尔化学奖的保罗·克鲁岑也抛出"人类活动对地球的影响足以划分出一个新的地质时代"的论点。

而对动物来说,只要有一点点气候变化,就会造成极其严重的影响。虽然它们有着极强的适应能力,但是进化速度远远跟不上人类对环境的改变速度,如此,它们最终会一步步走向灭绝。简言之,地球已经进入了新的地质时代——人类世。

人类世的到来,直接影响了对水环境要求较高的长江淡水豚类的生存环境,导致包括江豚在内的众多淡水豚族群逐渐减少,甚至灭绝,也激荡起江孝然作为一个知识分子的那一份淑世精神。他将自己全部的精力都投入对长江水生生物生存环境的研究当中。直到他偶然发现江上湾龙井的秘密,那里的水质好,但一直以来村里人只知其去处,不知其来处,从那时候起他就判断在洞的另一头藏着一个别有洞天的世界。于是他查阅了大量当地地质学资料,再同前人的研究成果对比,更坚定了他的判断,但最终发现这条长江水道,还是多亏了小汐。

江孝然用力搂了搂那个十六七岁女孩的肩膀。小汐是个孤儿。十年前的某日,江孝然参加某调研活动夜宿江滨,偶遇流落街头的小汐,也拉开了他消失十年的序幕。

■ 长江,你好!

　　江孝然发现,这个六岁的女孩儿有一种特殊的能力,她能够感知潮汐的力量并加以利用。这种能力对于六岁女孩儿来说可能换不来一块面包,但对于一个科学家来说,简直是如获至宝。江孝然收养了她,带她去龙井,在一个皓月当空的晚上,她感受到潮汐的力量,准确地找到了连接长江的出水口,并进一步探索到隐藏在大江之下更为深邃、宽敞的水道,那是连接长江与怅望江的水道。顺着水道,他们找到了一个新世界,一个没有人类文明的新天地。

　　再后来,他们发现,这个通往新世界的入口并不固定,它是根据潮汐变化而不断变化的。

　　"等等,你是说如果下次再要来到这里,水道就不在老地方了?"乔敏锐地捕捉到问题的关键。江孝然点点头:"所以,十年来,没有人发现过这条水道,我相信很多人都找过,但是,没有如小汐一般对潮汐力量的感知能力,这几乎是不可能实现的目标。"

　　"您就在这里生活了十年?"曾静怡小心地问道。

　　"是的,正如你们所见,这个世界物产丰饶,除了人应有尽有,我们在这里建立了观察站,这也是这片土地上唯一的建筑。"

　　"您就没想过要回家看看?"水生终于有机会问出那个一直让他耿耿于怀的问题。

　　"当然想,但小汐的身体太差了,而且她每使用一次天赋,身子就又差一些,出去,我们可能就再也回不到这里了!所以,我必须要在家庭和科学间做抉择！对不起!"江孝然昂起头,湿润的眼睛直直望着天花板,努力使泪水不流出来。

"那您说的这么多年一直在我们身边是什么意思?"水生追问。

"你来看。"江孝然将水生引到一台用废旧零部件组装的电脑前。

"我把这台电脑叫托梦机,到了晚上,借助小汐对潮汐的控制力间接控制地球磁场,将这里的影像数据传输到你脑波里,这样,你就能看到我这里的一切。我也可以通过你的脑波了解到外面世界发生的事。"

"这么说,那些梦里的东西都是真的?"

"是的,直到昨天,我想你已经发现了龙井的秘密,知道我还活着,所以就利用这台托梦机把你带到了这里,这就是真相。水生,对不起!"

这是江孝然一连说出的第三个对不起,饱含了一个老父亲对儿子的忏悔。

"这是什么?"曾静怡率先打破这略显沉重的气氛,小跳着奔向一台貌似太空望远镜的机器。

"这是观察镜,可以观察它们的生活状态和习性。"透过观察镜,不仅是普通的鱼类,还有白鱀豚、长江白鲟、鲥鱼这些被证明已经灭绝的物种,在镜头前摇曳生姿,鱼翔浅底。

"为了它们,我觉得一切是值得的!"江孝然坚定得像一盏长明灯,不论发生什么事,生命存在,此火不灭!

"搞研究,搞保护,一定要在这里吗?"水生问。江孝然不答,指向那条江。

"怅望江是我给起的名字,你知道我为什么起这么个名字吗?"

"我是为水中的那些生灵起的啊!它们在怅望啊!怅望哪儿?怅望长江啊!那里才是它们的家啊!"

"那就让我来送你们回家吧!"一把勃朗宁袖珍手枪顶在曾静怡右侧太阳穴上。千代美惠子握着枪站在她身后,身上是湿漉漉的潜水衣。

"你把铃木怎么了?"乔第一时间意识到铃木香恐怕遭遇不测。

"放心,那个蠢女人,杀她都嫌浪费子弹,还是留着对付你们的好!"美惠子狞笑着,面容可怖。这是水生第一次见到美惠子的真容,正如乔所说,她和铃木香确实很像,稍加修饰便可以假乱真,就是这个女人,在那个晚上,穿着香艳,与自己在房间里交谈了半个多小时,想想都让人后怕。

"你想怎么样?"水生说着冲乔皱了皱眉头,像是在说,这就是你说的一切尽在掌控?乔无奈地摇摇头,他承认轻视了这个女人,让这么多人此刻身陷险境。

"过来,佳奈!"美惠子喊了一句,众人一时莫名其妙。只见小汐晃着单薄无力的身躯,一步一摇地向美惠子走去。

"别去,小汐!"江孝然冲上前一步想要拉小汐,枪声突然响起。

"爸爸!"

"江教授!"

水生、乔、小汐齐齐围在江孝然身边,江孝然倒在血泊里,胸口的血浸染了白色衬衣。

"你杀了我吧!"小汐朝美惠子怒吼着。

"别傻了,佳奈,你的天赋,你的力量,不应该浪费在这里!"美惠子回应道。此时,江孝然仍血流不止,他攥着水生的手,颤抖着张开嘴:"水……水生,磁盘里,磁盘里有我多年的研究成果,你……你能做得更好!"说完,咽下最后一口气。

众人还没来得及对江孝然的死表示哀思,美惠子一把推开静怡,又一把将小汐拽过来,拉着就往外走。水生紧跟着冲出去,猎犬一般扑向美惠子,美惠子抬手两枪,不知击中何处,水生直直跌进怅望江里。

入水那一霎,他听见大家在惊呼他的名字,感觉身子一沉,不由自主地往江底沉去,就在他放松了整个身体,任身躯随波逐流的时候,底下不知是什么东西将自己顶住,继而又一股力量,不对,是好几股力量从四面八方推着自己,往江面顶上去。

岸边的人们还在哀号,突然洪波涌起,白浪被一股巨大的力量劈开,众人看见成群的江豚、白鳖豚、白鲟,众星拱月般驮着水生劈波斩浪,水生在这股合力的作用下飞了起来,直接向美惠子的方向飞过去。美惠子也被眼前的一幕惊呆了,反应慢了半拍,被直接砸翻在地。大家这才反应过来,一齐扑过去,一拨人扭打在一起。

美惠子毕竟是间谍出身,体力比一般女人要强很多,水生他们虽然人多,但仍不能将其迅速制伏,还是乔经验丰富,寻了个机会抽身退出战斗,冲进观察站里找了根绳子,又反身扎进人堆。就这样,大家七手八脚,总算将歇斯底里的美惠子给绑缚结实。

美惠子还在做最后的挣扎,嘴里不停地喊着:"乔!八嘎!乔!八嘎!"乔不知从什么地方摸出个东西,顺手塞进美惠子嘴里,边塞边调笑道:"我还是喜欢女人叫我格里奥!"制伏了美惠子,安葬了江孝然的遗体,小汐向大家坦白了自己的身世。

她原名叫江户川佳奈,是日本人,六岁的时候因为异于常人的天赋被间谍美惠子发现,送进 H 国秘密研究所进行特别训练。小佳奈不想自己成为恐怖主义罪恶的帮凶,就逃了出来,随私渡客流落到中国,机缘巧合下在这里遇到了江孝然教授,小汐是江孝然给她起的名字,可能是因为她拥有能感受潮汐力量的能力。后来的事就如江孝然说的那般,只是没想到,十年过去了,恶魔的爪牙还是没有放过她。

"都结束了,我们回家吧!"看着眼前这个女孩,她现在的年龄和当年父亲失踪时自己的年龄一样大,而父亲却将本该陪伴自己的十年陪了她,水生百感交集。

"我就不跟你们一起回去了,江教授说过,那个世界已经进入人类世,人类的世界没有给我留下多好的印象,还是这里好。"小汐看着怅望江里欢游着的鱼、豚,喃喃低语道。

"呀!我袜子哪去了?"好容易回过神来的曾静怡又开始一惊一乍地找袜子,刚才一片混战之中这位大小姐勇悍异常,鞋子、袜子散落一地也不管不顾。好不容易找到那只失踪的袜子,居然被塞在美惠子嘴里。

"算了,就让她这么安静一会儿吧!"

尾声

铃木香被美惠子绑在通江宾馆的一间储藏室里,在江水生他们赶回宾馆后被解救出来,所幸没有什么大碍。

乔·格里奥表示要把这段神奇的经历写进论文里,江水生劝说他,通往怅望江的水道已经无法找到,怅望江世界的存在已无法求得实证,所以有些事情还是永远藏在心里好。虽然遗憾,但乔对水生的观点还是表达了认同。

美惠子落网后被移交司法部门,由于她长期在中国大陆从事间谍活动,官方驳回了她遣送回国的请求,等待她的将是中国法律的严惩。

一周后,铃木香、乔·格里奥双双回国,长江淡水豚调研事件亦告一段落。

江水生没有把这些事告诉母亲和曾和院长,他不想让无辜的人再受一次伤害,父亲的秘密,就让他一个人独自守护吧!

曾静怡在经历了这场生离死别后更加理解水生,她决定同他一起守护这个秘密。

一年后的微雨清晨,江水生手捧黄菊,与曾静怡并立在那条连着两个世界的龙井暗河前,丝丝菊瓣顺着龙井那碧绿泉水优雅地打了两个旋儿,穿过幽暗的岩洞,淌过漫长的时光,缱绻流向滚滚长江。

漫步在山间小道,静怡撑着伞,水生两手插在裤兜里,若有所思。

"水生,你在想什么?"静怡停住脚步。

"我在想父亲和小汐的话,怅望江的世界真的那么好,我们这个所谓的人类世就那么糟糕吗?"

"我觉得可能是江伯伯没能看到今天的长江吧!"

"你说我们的长江以后会更好吗?"

"当然会,因为你、我,还有爸爸,我们都会为此而努力的啊!"

"光我们努力就够了吗?"

"我相信我们的努力会感染更多的人和我们一起努力!"

我叫张龙

作者简介：

存叶，本名张玉龙，1997年出生，安徽临泉人，安徽省作家协会会员，安徽省网络作家协会监事，阜阳市作协网络文学委员会副会长。

自2016年发布网络文学作品，陆续创作《我能采集万物》等作品

长江,你好!

068

逾两千万字。作品《提前登陆武侠世界》获阅文集团武侠频道'侠之世界——朝堂与江湖'主题征文二等奖,科幻题材《我能采集万物》获七猫2021年度大热榜TOP30。

一

那个人类又用棒槌捶我的头了。

"你呀,就是长得太凶了,好像那些个什么……法国斗牛犬?差不多那样。要我说,就是丑一点嘛,其他都蛮好的嘛……"

那个人类又开始絮叨了。虽然他看上去没有比我老多少,可为什么会有那些老年人类才有的毛病呢?我不爱听,朝着他龇牙咧嘴,以此示威。只不过我的示威好像没什么用,他的脸上像往常一样露出了无奈的表情,随即不知道从哪里掏出了一条已经晕厥过去的大鲫鱼,丢到了我面前。

送到嘴边的食物哪有不吃的道理?于是我嘴巴一张,开心地咀嚼了起来。

那个人类真好,总是为我准备食物,还总是保护着我,不被其他人类骚扰。

"龙龙……龙龙!"

我正在开心地咀嚼食物,一只雄性人类幼崽从不远处飞也似的跑了过来。人类的基因真好啊,出生不过四五年就能长得比我们还要长,虽然力气小,也没什么捕食能力,但个头却足以震慑天敌。

哦,不对,人类好像没什么天敌,他们就是绝大多数"我们"的天敌。

当然，我并没有捕食这个人类幼崽的想法。他是那个名叫张建国的人类的孩子，看到他，就像看到当年和我一窝被母亲孵出来的弟弟一样。

这个人类幼崽和往常一样，又是一屁股坐在我的后背上，然后迅速趴了下去，伸出手不停地摆弄着我的尾巴。我不是很喜欢人类幼崽的这种行为，但看在张建国今天也给我带了一整条大鲫鱼的分上，就陪这个人类幼崽玩一玩吧。

我还在香甜地咀嚼着食物，张建国又像往常一样一屁股坐在了我的面前，磨磨叽叽地开始絮叨了："阿龙啊，你说说你，我不是和你说过很多次了吗？别人来家里的时候你就不要上岸了嘛。你可是土龙啊，我们认识这么久，我是不怕你的，可别人不这么想啊。以后我要是再打你，你可别往心里去，那都是做给别人看的……"

嘴里的鲫鱼还没有咽下去，我抬眼看了看张建国手里的棒槌，没当回事。

人类的力气又能比我们大多少呢？

其实如果不用棒槌，他用尽全力也伤不了我什么。

二

忘了说，我是一条扬子鳄，其他人类喊我"土龙"，而张建国给我起名叫作"张龙"。

很久很久以前,我是不认识张建国的。

在我遥远的记忆中,大概五六年前,我出生在母亲的小窝里。对父亲的记忆已经模糊不清,好像从出生开始,就没有见过那个身影,是母亲独自把我们抚养长大的。

我和我的兄弟姐妹们出生在母亲为我们铸造的巢穴当中,那是由枯枝、落叶、杂草与泥土混合而成的圆形巢穴,炎热夏天带来的充足热量为我们的出生提供了必要条件。从降临到世间的第一个瞬间开始,母亲就将我们引入水中,渐渐地我们适应了在水中游动、捕食以及在岸上用我们锋锐的趾爪打洞。

母亲说,打洞是每一只扬子鳄都必须要学习的技能,这是我们天生血脉中带有的东西,过去是为了给自己筑温暖适宜的巢穴,现在则是为了更好地躲避天敌。

那时候我还小,并不知道"天敌"是什么东西。

在母亲的带领下,我和我的兄弟姐妹茁壮成长。生命中第一次冬眠期过去之后,当我们再次感受到丰饶的大地与温暖的阳光的时候,破土而出的我沐浴在明朗的太阳下,感受到身体内有一种呼之欲出的感觉即将喷薄而出。

可我还没来得及向母亲问清楚那是什么东西,灾难就来了。

那是一个温暖的午后,饱餐一顿泥鳅与螺蛳之后,我们躺在岸边懒洋洋地晒太阳,可一阵伴随着草丛波动的细微脚步声引起了我们的注意。

母亲是第一个发现异常的，我是第二个，可一切都已经晚了。

数个高大的人类突然从岸边的树林中奔出，他们手里还拿着尖锐的东西，神情中带着我从未见过的凶恶，一时间将我震慑在原地。直到那些生物直挺挺地奔来的时候，我都不知所措。

"跑！！！"

母亲的厉喝传来，紧接着她迅速爬向了那些身影，对那些人类展开了攻击。

我从没见过温柔的母亲发出过那样的声音，但我来不及细想，迅速转过身朝着水塘的方向奔去。

噗、噗、噗的声音从我的身后传来，一股又一股破风一般的声音从我耳旁划过，入水的瞬间我看到一柄极长的东西插入水中，与我擦身而过。

我不清楚那是什么，只能听从母亲的话，死命地冲入水底。虽然有一整条大河的水作为隔断，可潜在水底的我还是不停地听见岸上传来的哀号。

我清楚，那些声音都来自我的兄弟姐妹。

我在水底瑟瑟发抖地潜伏着，肚皮贴着河底，眼睛也不敢睁开。许久过去，连我也不清楚过了多长时间，耳边的声音终于消失，而我终于也睁开了眼睛。

第一眼,我看到的就是那个黑色的、长条状的、有着两个锐利尖刺的东西。在后来的岁月中我才知晓,那是人类锻造的名叫钢叉的东西。除了用来杀死我们,它缔造的最多的冤魂,名叫猹。

岸上的声音好像消失了,只留下稀稀疏疏的脚步声,可河里只剩下了我。我终于鼓起勇气冒出水面,向着岸上看去,却只是一眼,便不由得迅速潜入水底,不敢再看。

那一幕在我之后的生命中从未忘记:血液纵横交错,将本来整齐的岸边染得混乱不堪。我的兄弟姐妹都失去了呼吸,那些后来被我知晓名为人类的生物互相笑着赞叹着,不知道在说些什么东西,而我的母亲被他们中间笑得最欢的那一个人类拖着尾巴,向着树林中走去。

三

我开始了流浪。

沿着小河向南走,我很快抵达了南山,这是一种源自血脉中的呼唤。

从以前母亲讲给我们听的故事里,我清晰地知道我们的生存领域正因为人类的扩张而被持续压缩。那些农田、水坝以及人类栖居地的持续增长,让我们的生存范围和食物都逐渐地减少。

南山是一块宝地,自古以来就是。飞禽走兽杂处,食物不曾减少,人类的踪影也很是稀少,我很快就在这里定居了下来,开始了独自生活。

在我为自己筑起的巢穴即将完工的时候,我遇见了自己生命中的第一个朋友,那是一只黑褐色的大鸟,据说人类叫它鹰,而我把它唤作大雕。

我还记得那是一个阳光明媚的下午,工作了许久的我正趴在河滩上面晒太阳。那是许久不见的暖阳,在阴雨连绵的天气里分外稀少。在这样一个天气里,似乎危险也变得没有那么容易察觉了。

大雕就是在这个阳光明媚的日子里,从不知道多高的天空中向我俯冲而来。

按理说,飞禽和走兽是很少打交道的,而我们扬子鳄能和飞禽有交集,又几乎是不可能的事情。但有些事情就是这么神奇地发生在了生命中,令人惊诧不已。

当时,一阵黑影突兀地出现在了遍地阳光和河滩上。我敏锐地抬头,便瞧见一阵阴影从高空中俯冲而下,迅疾而猛烈,来不及细想,不过片刻,那黑影凶狠的眼神我也能瞧见了。

一阵恶寒从我的脊椎中瞬间腾起,直冲头颅。感受到自己的生命即将遭受威胁,我立即仰起头来,努力张大了自己不算长也不算大的嘴巴,将所有利齿展示给那个黑影,试图以这种方式喝退、吓走对方。

可彼时的大雕却没有理会我,我也并不知道它的目标与我无关。

片刻后,黑影从我身旁掠过,竟然仅仅是贴地盘旋了一下便继续直冲高空。我还在愣神的工夫,却见一个绿色小东西从高空中奔向大地,直挺挺地砸了下来,四分五裂。

定睛一看,是刚刚在我身旁慢吞吞喝水的乌龟。

而后,大雕再一次从空中飞了下来。它捉起那乌龟,没有停留,反而是轻轻振翅,带着自己的猎物在一旁的树梢上停了下来。

"刚才怕是把你吓破了胆吧?"

大雕一边咀嚼着新鲜、热乎的吃食,一边得意地开口说道:"也是,你们这些鳄鱼怕是连高处都没有见过一眼,刚才那种阵势,要是没把你吓傻了才怪呢。"

看着开心进食的大雕,我心里非但没有了恐惧,反而是满满的疑惑。

不过是吃个乌龟而已,用得着这么费力吗?

看我四肢短小粗壮,就真当我是软柿子了?

巧了,此时又有一只乌龟经过,不过看了先前那只的惨状之后,四肢紧紧地缩在壳子里不动弹了。

虽然它距离河流只有一步之遥。

没理会大雕絮絮叨叨说的那些东西,我盯紧了那只缩在壳子里的乌龟,四肢骤然发力,以迅雷不及掩耳之势冲了过去,一口咬住龟壳,只是一使劲儿,那龟壳便出现了大片的裂纹。

我似乎已经听见了乌龟的哀号,而停在树上的大雕瞪大了双眼。

没办法,物竞天择,我饿了啊。

不一会儿,那只乌龟就完完整整地进了我的肚子。轻轻打了个饱嗝,我抬起头向树的方向看去,大雕已经低下了头,默不作声地用自己的喙撕咬着食物。

说不打不相识好像有些不太准确,但我和大雕之间的友谊就这么奇怪地结了下来,虽然能吃乌龟可能是我们之间唯一的共同点,但跨物种的友情往往就是这么不讲道理。

在之后的日子里,我和大雕分别捕食,分别生活,但随着彼此相见的机会渐多,也就越发熟络了起来。我帮它捕食乌龟与河鲜,它则经常给我讲述人类聚集地的事情。

用人类的话说,它在讲八卦,而我付费听。

大雕说这叫"知识付费",人类发明的新词。

"人类啊,真是越来越多了。不仅仅是城里多,山里也多。那些人类好像是无穷无尽一样,不停地有新的人类前往山里,或者平原。在山里他们建高塔,在平原他们开垦田地、建造城市,一个又一个聚集地不停地出现。"

"我都不知道那些人都是从哪里冒出来的。他们的聚集地里面都是至少有一栋白色的高高的建筑,然后每天都会有新的人类幼崽从里面被他们抱出来。虽然人类的生长速度很缓慢,但他们的生育速度真的太快了。"

"人类好像是有什么神秘的仪式,最近他们的聚集地总是在冒黑烟。那些黑烟不停地冒出来,不分昼夜,直通天际。可黑烟冒完了,他们拿出来的东西我却看不明白。各种形状的都有。"

"人类最近好像消停了不少。他们不是种地吗?我看好多人都不种了。他们不是有那种能在地上跑的冒黑烟的绿皮龙吗?被人类叫作火车,但我觉得跟龙很像!"

"我看那些龙最近越来越多了。我说土龙,你说那绿皮龙会不会是你的亲戚啊?"

……

大雕是一只非常絮叨的雕,每次来找我都能絮叨很久。

就在这些絮絮叨叨的声音中,我捕食、休息、生长,渐渐地长到了足有三四个大雕那么大。

也是在这些絮絮叨叨的声音中,我遇见了自己的伴侣。我们相识、相知、相爱,很快便在我建造的小窝中一起诞下了十二颗蛋。

十二颗蛋孵化出了我的六个孩子,孩子们也在大雕的絮叨声中长大了。

四

时光易老,白马难追,转眼之间,我的孩子们都长到了和我差不多大的体型。这些年来,我和伴侣没有再生第二窝蛋,而是专心致志地抚养着我们的孩子成长。除了一个意外地中途夭折,其余五个孩子都健健康康地长大了,拥有了独立捕食、生存的能力。

不是我们不想繁衍更多子孙,而是这食物愈加匮乏、环境紧张,实在不允许我的小小族群继续扩张下去。

如若一个新生命的降世注定是要以最快的速度走向死亡,而我无法停止甚至是延缓这个过程的话,我宁愿它从未来过这世间。

然而,越是希冀什么,现实就越是背道而驰。就当我以为自己拼命保护的家庭能在当下环境中安居乐业的时候,几个人类的闯入打破了这份平静。

人类,又是人类。那几个穿着简朴的人类不知怎么就找到了我们栖居的这片土地,虽然初见的时候他们受到了极大的惊吓,我们也迅速惊恐地逃入了水中,但第一次见面,双方相安无事,似乎是分隔了两个世界。

他们对着我们生存的这片土地比比画画,同行的人类甚至拿出一个黑色的小箱子不停操弄着,让那个东西发出刺眼的光芒来。他们的这一切举动,都让我惴惴不安。

果不其然,大雕紧随其后带来了坏消息。

"那些人类来了,来这边了,来了好多人,恐怕都是侦察队。而且我听他们说话的语气,好像是要在你家这里建立什么什么区的,具体的我没有听清楚,总之,人类恐怕要对你这里动手了。走吧,走吧,人类一来你们就要遭罪了。拖延不得,你们赶紧走吧……"

彼时,大雕已经在一处断崖上筑了巢穴、安了家。虽然距离这里很远,但它依旧飞了过来,把自己得到的最新消息告诉了我。

大雕的话很轻易地就激起了我的危机感,再三思索之后,我终于还是下定了决心:携家带口离开这里,到远方去,到很远的远方去,到很远的完全没有人类的远方去。

说干就干。这天我们在自己的巢穴附近饱餐了一顿,这是最后一顿,而后便一同顺着河水南行,顺流而下,开始了寻找栖居地的旅程。

后来,据我所知,大雕的话一语成谶,我那个"家"被人类建成了一个什么什么区,人类来往越来越多,虽然对食物来源并没有什么影响,但已经完全不适合我和我的妻儿生存了。

而那一日和大雕的谈话,也是我们见的最后一面,这是我终生的遗憾。

梦想很美好,现实很骨感,其实寻找新家园的旅途并不好过。

人类的飞速发展带来了许多我没有见过的东西,顺着河流而下,我们却并不能一直顺着河流走,总是要上岸的。

在上岸的那些日子里,我们路过了黑色的道路,见到了钢铁般的怪物,偶遇过惊诧恐惧的人群,也被人类的宠物们骚扰过。

其中有一条黄狗让我记忆深刻。

"你们就投靠了人类呗。"黄狗百无聊赖地趴在我的身边,不经意地说着,"投靠人类多好啊!有吃有穿还能出门玩,虽然总是有绳子挂在脖子上控制着我们,但说实话,很多时候还是很自由的,你唯一要付出的代价就是给人类摸一摸。摸一摸怎么了?又不会掉块肉对不对?不用自己打洞,睡的地方冬暖夏凉,隔三岔五还有人类的新奇东西可以吃,日子简直是过得不要太舒服哦。"

那一整天,黄狗都在和我炫耀它跟着人类所获得的舒适又新奇的生活,我的孩子们都听得入了神,而我却对它所叙述的一切不为所动。

纵然,那是不愁吃穿的日子,可终究还是用自由换来的。不自由,毋宁死,我不愿卑躬屈膝地活着,哪怕只有一天。

哪怕只剩下一天生命,我也宁愿趴在寂静的河滩上,听着大河流水声,仰望夜空与群星,就那么等待着死亡的到来。我的血肉是父母,更是这片土地山林赐予我的,我不能将它轻易地交给任何一个生物,哪怕那生物待我如亲人。

可实际上,我却愿意将子女们交给人类。它们出生的时候,扬子鳄的荣光已经在岁月的打磨中消失殆尽。物竞天择,虽然我们仍处在食物链的顶端,虽然能对我们造成威胁的天敌已然不多,甚至是对我们构不成任何威胁,可生存的环境仍在被持续地压缩着。

越生长,我反而越能感受到生命的逼仄。

然而啊,人类却并不一定能接受我们。多少年来,我们一直被称为"土龙",那是很高的称呼,却也是威胁。纵然我们拔光了利齿与趾爪,可生来丑陋的模样又能被几个人类所接受呢?

论模样论可爱,土龙怎么能比得过黄狗呢?在人类眼里,我们的身体上恐怕连一处柔软的地方都不曾拥有过吧。

作别黄狗后,我带着妻子儿女们继续前行。不知道走了多久,也不知道走了多远,只记得在穿过了一片郁郁葱葱茁壮成长的人类稻田,沿着一条人类乡村的土路走了许久后,我们找到了一片小池塘,并在这里定居了下来。

池塘不大,中间有一个更小的岛,但小岛上树木葱茏,成排的杨柳依次把它们的枝叶垂了下来,映照在池塘水上面,造出大片大片的阴影,足以供我们乘凉。虽然水源不多,但对我们来说足以当作一个栖身之地。食物也充足,用人类的话来说,足以安身立命了。

选择这里,更重要的一个原因在于,这里的人类很少。

不是很少,严格来说是只有一个家庭。

我们扬子鳄,其实是很难做到长途跋涉、长途迁徙的。在我和我的族群找到这片池塘之前,一路上我们已经见过了太多的人类,他们与我们都受到了太多的惊吓。

如果继续向前,可能会有更好的家园。但我们能否坚持到那里,就是另外一回事了。

随着在这里定居,很快我们也知晓了周围的情况:池塘附近只住着一户人家,是两大一小三个人类,以捕鱼、种植为生。除此之外,周围没有其他人类居住,不过偶尔会有其他人类来到这里,似乎是来找那三个人类中的成年男性的。

我们在这里居住了一段时间,与人类之间相安无事,直到那一天。

其实在那一天之前,大概有四五天的光景,我发现我们赖以为食的螺蛳正在逐渐减少,似乎有些将要不够吃的迹象。

本就是为了食物而带领族群迁徙到这里的我对此十分警惕,经过几天的观察之后才发现了事情的真相:居住在岸上的那个人类,不知道从什么时候开始养了一群鸭子。人类给那些鸭子喂食,但有些时候也会把鸭子带到池塘里,让鸭子们吃螺蛳。

螺蛳是我们的食物,如果没有了螺蛳,我们就又要过上颠沛流离的生活。

为此,我决定给那个人类,也给那些鸭子一个教训。

毕竟,鸭子也是很好吃的。

这一天下午,那个人类又把他豢养的鸭子赶到池塘来吃螺蛳了。我在水中潜伏着,静静地等待着那个人类回到自己的居所里,等到那些鸭子兴高采烈地开始吃螺蛳的时候,潜浮在水中许久的我猛然发力,蹿出水面,一口咬住了一只鸭子的头颅,撕扯着把鸭子向水底拖去。

被我咬住的鸭子发不出任何声响,但其他鸭子却在一瞬间受到惊吓,它们不停地努力扑腾着翅膀向岸上逃去,同时传来纷乱又嘈杂的嘎嘎嘎的声音。

但这时候已经晚了,那只鸭子已经被我拖进了水里。

进入水中之前的一瞬间,从眼角的余光中我看到,那个成年男性人类急匆匆地从他的居所中奔了出来,他拿起自己务农的工具似乎想要攻击我,可终究还是慢我一步。

那一天,我和自己的族群足足地饱餐了一顿,但那个人类恐怕就要气得半死了。

为了防止那个人类的报复,接下来足有十天时间,我们都没有去那个人类的房子那边晒太阳,而螺蛳也没有进一步地减少,看来是我的震慑起到了作用。

实际上,虽然与那个人类一直是相安无事的状态,但人类生活中却有一点让我十分羡慕,那就是他们会做饭。

在这个池塘定居了之后,我和我的族群无数次被人类居所中传出来的饭菜香味所吸引。在我看来,或许这就是人类与我们最大的不同,他们对食物的加工技术炉火纯青又出神入化,其中风味的变化远不是直接食用所能比拟的。

因此,我和我的族群其实也十分喜欢到人类居所附近的岸上晒太阳。虽然我们不会去吃他们的食物,但闻一闻味道,也是一个不错的选择。

吃了人类一只鸭子之后的某一天,我们再度被人类居所中传来的香味所吸引。我根本不知道人类到底是用了什么样的方法，竟然能把鲫鱼的味道做得如此美妙。

由着这种美妙勾引，我和我的妻子、孩子们不由自主地上了岸。这绝不是因为当时恰好到了我们每日一度的晒太阳的时间，仅仅是因为我们对这个世界更好奇，想要探索得更多一点而已。

对，仅此而已。

人类的居所旁边有一个很大很长的石板，那是一个好位置，我们齐刷刷地趴在了上面。阳光温暖，饭菜飘香，虽然还没有到我们进食的时间，但有什么样的扬子鳄会拒绝这种顶级享受呢？

渐渐地，我们进入了半睡半醒的愉悦状态中，睡眼蒙眬，嘴巴也不由自主地张了起来，朝向着的就是发出香味的那个房间。

"土龙！！！"

一声惊叫突然传来，那个人类不知道从什么时候开始就出现在了我们的面前，我们甚至连他的脚步声都没有听到。

不过无所谓，我们想要的是那种香气，人类的存在并不妨碍我们。

当然，我的心中还是保持着警戒的。虽然没有发出攻击或威胁的动作，但我的视线一直紧紧地锁定着那个人类，防止他做出什么事情来。

尽管长久以来的相处已经让我相信了他是一个温和的人类，但害人之心不可有，防人之心不可无，我不得不更加警惕一些。

只见那个人类对着我们端详了一阵子,脑袋里不知道在想些什么,旋即转身离开,似乎是回到了居所内。

我们继续闻着饭菜的香味,这是在我们的世界里不会有的东西。

过了一会儿,那个人类慢悠悠地从他的居所内走了出来,手里拎着的是一个圆形的大大的铁做的东西,似乎在他们人类的世界里那个东西叫盆。

我不清楚那东西的具体叫法,但面对钢铁做的东西,我有着十分的戒心,而我的族群也似乎受到了惊吓,我们迅速地回头,同时跳进了水里,只敢分别露出脑袋在水面上,静静地盯着那个人类的动作,想着他下一步可能做出来的事情。

很久以后,当我能听懂了人类的语言时,才明白当时他有些哭笑不得地说出的那句话:"你们啊真是的,给你们吃的都不吃吗?"

现在想想,我仍觉得当时的那个人类有些莫名其妙。

我们扬子鳄为什么会吃你们人类的食物呢?虽然你们常年以食用水稻、大麦等植物为生,可你们有谁见过扬子鳄是吃素的吗?

我们扬子鳄,是吃肉的啊。

那个人类把他手中的盆展示给我们,里面是满满的已经煮熟了的饭,然而我们对此不为所动。

见到我们对他给出的食物不为所动,那个人类有些无奈地挠了挠头,似乎是想到了什么,拿着手里的食物转过身去又回到了自己的居所内。

等到他再回来的时候,我看见他拿着一只很大的铁桶。他走到我们刚才晒太阳的石板旁边,从水桶中拿出一条又一条鲜活乱蹦的大鲫鱼来,而后随手一下又一下地,依次把那些大鲫鱼都摔在了石板上。

那些鲫鱼全部晕厥了过去,而他对着我们做出了一个"请"的手势来。

妻子询问我的意见,我思虑再三,觉得这个人类应该是没有恶意的,便带着我的族群缓缓地爬上了岸。

因为戒心尚未消除,族群中其他的扬子鳄又对那些大鲫鱼垂涎欲滴,我便让妻子带头,大家分食了那些鲫鱼。

我没有吃,我要盯着那个人类,以防这是一个陷阱。

虽然场面看起来有些尴尬,但这确实是我们和那个人类的第一次接触。

让我自己也没有想到的是,在以后我漫长的生命中,竟然会和那个人类结下悠长又坚固的友谊。

五

那个男人名叫张建国,是一个朴实的农民。他的心性非常单纯,单纯到就连我这样的扬子鳄都会觉得他单纯了。

自从第一次送给我们大鲫鱼之后,那个张建国似乎笃定了我们不会伤害他,并把我们当作了朋友,隔三岔五地就找东西来送给我们吃。

吃东西,我们自然是很开心的,这是我们之间友情的桥梁。无法沟通,语言不通,这让我的内心有些遗憾。如果会说人类的语言,我倒是不介意成为张建国的酒肉朋友,陪爱喝酒的他没事儿的时候喝喝酒,听听他说话,也陪着他聊聊天。

当然,作为回报,他要给我蒸熟的鲫鱼吃。知识付费嘛。

张建国给我们带来的食物其实很杂,各有不同,风味不一。有时候,是人类豢养的家畜的内脏;有时候,是他不知道从哪里捉来的泥鳅和螃蟹;更多的时候,他则会带来鸡架这样的肉不多但是很好吃的东西。

我们对他带来的东西来者不拒,一并收下。张建国似乎是很爱看我吃东西,每次我把鸡架叼进嘴里咯吱咯吱咀嚼的时候,他总是或抽着烟,或喝着酒,在一旁笑呵呵地看着我,好像我们早已经是多年的好友,是有着过命交情的战友,抑或我是他的儿女、子孙一般。

张建国喜欢把我们当作自己的倾诉对象,在他的絮叨声中,今年粮食收成怎么样、明年地里要怎么种东西、村东头那家媳妇回娘家了、自己的孩子长高了多少,渐渐地都传进了我的耳朵里。

随着张建国的絮叨,我渐渐地对人类有了更多的了解,比如人类并不是有意侵占我们的生存环境,这一切的根底都是他们自己也要发展;虽然有很多人类是在猎杀我们或者其他的动物,但更多的时候是有着更多的人类想要保护我们,为此他们还建立了很多保护区,分门别类地为包括我们在内的各种动物提供帮助。

关系渐渐地便近了,张建国对我们的态度也变得更加友好,他好像是把我们当成了自己的亲人一般,甚至还给我起了个名字。

"张龙,快带着你的崽子们上来吃东西咯!"

自从起了名字之后,每次他给我们带食物的时候,都会站在岸上喊这么一嗓子,而我们也会极快地回应着他。往往张建国的这一嗓子喊完之后,如果有人在旁边看着的话就会发现,池塘的水面先是出现了几圈涟漪,而后便有着几条黑铁色的脊背浮出了水面,而后渐渐地朝着岸边游了过来,那就是我们要上岸了。

不过更多的时候,我们当然绝对不希望有人在岸上看着的。

我们不太喜欢和张建国之外的其他人类接触,这不仅仅是因为几乎张建国是唯一对我们很好的人类,更是因为除去他之外的很多人,貌似都对我们抱有着极大的恶意。

有一次,我们险些全都失去了生命。

那是一个阳光明媚的下午,我和我的族群照旧在张建国家附近的那块石板上晒着太阳,暖融融的阳光洒在身上,别提有多舒服了。

"土龙!是土龙啊!!好多土龙!!!"

然而,那天阳光所带来的平静和愉悦很快就被打破了。尖叫声传入耳中之后,一连串的脚步声接踵而至。我抬头,先看到的是一个未成年的雌性人类幼崽的身影,紧接着就是一个壮硕的中年雄性人类赶了过来。

那个人先是把人类幼崽护在了身后,而后恶狠狠地盯着我们,左顾右盼似乎是在寻找什么东西一般,旋即抓起旁边一个被人类称为锄头的长条形棍状物,举起手就要朝着我们打过来。

看样子,目标正是我的头颅。

那时候,张建国已经给我们带了好几年的食物,而我也已经长到了两米以上的身长。那一瞬间,我明显感受到了生命的威胁,便立即张大了口,把自己嘴中的所有利齿都摆向了那个男人。我的妻子和儿女们也在同一瞬间与我做出了相同的动作,我们试图以这样一种行动来威慑那个人类,让他知难而退。

人类,并不在我们的菜谱上。

与张建国相处了这么多年,我们也并不想把人类当作食物。

但那个人类并没有被我们威慑住,锄头依旧向着我的头颅落下,只是在落下前的瞬间,张建国猛然冲到我的面前,用出浑身力气伸出手抓住了那个锄头。

"别,它们不伤人的……"

"不伤人?你是失心疯了吗老张?"那个男人咆哮着,好像是要把生活和生命中的所有不满全部宣泄到我的身上一样,"那可是土龙,是土龙啊!是,没错,伤不到你我,但要是咬到了娃儿怎么办?它就没咬死过你的鸭子吗?"

张建国连忙摆手,他一边忙着扶着男人手里的锄头轻轻地把它放下,一边绷紧了脸解释关于我们的一切:"别的土龙可能咬人,但我家这几只肯定不会。我们认识很久了,我总喂它们呢,都喂熟了,不会不会,你别紧张……"

"什么不会啊?别开玩笑了,这可是,这可是……"

"好了好了别紧张,我们去那边说,去那边说……"

张建国用尽了全身力气才让那个男人平静下来,而后他就用手半搀扶半引着那人走向了自己的屋子里。

临走前,那个男人对我们投来的目光中有仇恨,但似乎更多的是复杂。

张建国看向我们的时候,抛过来的眼神却是"安心"。

后来的很长一段时间,都没有充满敌意的人类出现在我们的面前,我想应该是张建国成功地说服了那些人类吧。但与之相反的是,倒是隔三岔五地有人类或在张建国的带领下,或偷偷摸摸地跑到水塘附近来看我们。

我告诉我的妻子和儿女们,和这些人类保持一定的距离,但也不要表现出明显的敌意来。这么处理以后,我们和人类相安无事了很久。

生活又恢复到张建国对我们喂养的过程当中来了。渐渐地,虽然之后的接近五年的时间中,仍然有过两次出现了对我们抱有敌意的人类,但都被张建国成功安抚、解决了事端。并且随着时间的缓缓流逝,我们感觉到水塘以及附近的区域中可以吃的食物越来越多了。

随着时间缓缓向前,我们渐渐地不再把自己的活动范围局限于这个小小的水塘当中,也偶尔到稻田当中觅食。我们也在鲫鱼和螺蛳之外,吃到了泥鳅、草鱼、鲢鱼等。

人类每年都要定时地向稻田中喷洒一些药物,那些药物对我们来说是有毒的,但张建国和他的妻子却会在每年喷洒药物的那段时间里,到处检查田埂处的泥土,通过保证田埂的筑牢以防止有毒的水流淌到我们居住的水塘中。

在张建国的帮助下,我的族人数量以一种非常稳健的速度持续地增加着,稳步上涨,渐渐地已经超过了之前我父母所建立的那个族群。

我其实非常感谢张建国。在我的族群最式微、最需要帮助的时候,是张建国勇敢地站了出来,勇敢地保护着我们,让我和我的族人们免受了我父母、兄弟们的命运。

然而,天下没有不散的筵席,只是我没有想过,那一天会到来得那么突然。

六

自从那几个戴着眼镜的人类频繁出现在水塘附近,并且开始频繁进出张建国的居所之后,我的内心就开始惴惴不安了起来。

起初,我的妻子觉得,可能是张建国变心了。她从祖辈那里听说,我们"土龙"也就是扬子鳄的身体,很多地方都可以为人类所用,尤其是药用,在人类的世界里价值很高。她觉得,恐怕给我们喂食了这么多年,张建国是想要把我们给卖掉吧?

我觉得不会。我相信张建国,我相信相处了这么多年,我们之间的友情不会让张建国做出这种事情来。

虽然按照人类的说法,友情这个东西有时候比金坚,有时候比纸薄,是最不可靠的东西,但我依然相信张建国,相信他的品格,也相信我们之间的感情。

其实我并没有什么特别的理由去相信他,但是我知道,一个人类的眼神,是骗不了扬子鳄的。

那些戴着眼镜的人类每次来找张建国的时候,都会与他交谈许久。每次交谈,张建国都会刻意地避开我们,但我仍能听见他们之中传来的些许争吵声音。

有一段时间,那些戴着眼镜的人类没有出现,张建国依旧按照以往的习惯每天给我们送食物,我以为这件事情只是一个小插曲,已经告一段落了,那时候便没有将它放在心上。

只是我妻子最担心的那一刻,还是出现了。

那天到来之前的晚上,张建国给我们送完食物之后破天荒地没有立即回到自己的居所中,反而是在我的身旁坐了下来,一边抽着烟,一边沉默不语。

他不说话,我说不了话。他坐在岸边,我浮在水面。星星很亮,那晚的月亮反而是没有什么光芒,只是呆呆地挂在天际的一角。茫茫星空,偶尔有流星划过,寂静而悠远。

那天晚上,张建国在我身边坐了许久,等到身旁落了一地烟头之后,他终于慢慢地开了口说了话。

"张龙啊,他们要把你送走了。"张建国的眼睛没有看我,而是看向了不远处我们栖居的池塘和上面的小岛,"可能你不知道,虽然你们野生扬子鳄现在生存条件变好了,种群数量变多了,但是对你和你的族群来说却是不算好的。"

"我没记错的话,其实你是携家带口来我这儿的对吧?唉……问题就出在这里。现在野外的扬子鳄,也就是你们啊,是国家级保护动物,国家还希望你们的数量能越来越多呢。但你呢,携家带口地来到我这里,就容易出一个挺大的问题。政府跟我说,那个词我没理解,好像叫近亲繁殖?反正就是容易出问题啊。出了问题,你们的后代就容易出现健康问题,到时候对你们,甚至于对你们接触过的扬子鳄,都不是件好事。

"政府是这么说的,我也不太懂。总之,明天他们就要派人来,把你送走了。据说送去的地方不太远,但是……唉,我说得有点乱……"

说着说着,他不再说了。我看到他的眼神里好像有些晶莹,但他很快就把头给转了过去,没再看向我。

我知道自己做不了什么,只能爬到他的脚边,把自己的下巴轻轻地放在了他的脚背上。

这天晚上张建国说完了那些话,第二天果不其然就来了一些我不认识的人。

我不愿意离开这片水塘,不愿意离开我的家人们,但那些人看起来却是已经下定了决心要把我带走。

眼看着那些人对我缓缓逼近,我张大了自己的嘴巴露出牙齿,威慑着他们。可当我所有的注意力都死死放在自己面前的几个人的时候,我身后的草丛中却突然钻出了几个人来,他们先是以迅雷不及掩耳之势直接封住了我的嘴巴,而后我身前的那几个人也同时向前,他们迅速地把我捆绑了起来。

就这样,我甚至都没有来得及和自己的家人们告别,就这样被那些人类送上了一辆车。那辆车载着行动受到束缚的我,载着被关在铁笼子里面的我,一路颠簸着,向着很远的地方开了过去。

哦,对了,控制住我之后,他们还用烙铁在我的尾巴上烙下了一个印记。高温接触皮肉的那个瞬间,让我记住了这一刻,也对这个地方留下了更深的印记。

我不知道那辆车开了多久,大概是过了有半天的时间,太阳已经快要落山的时候,车停了下来,他们打开了笼子,谨慎又小心地把我放在一片湖水旁边。

从铁笼中出来的我谨慎地看着这些人,周围已经没有了张建国的身影,更没有我的族群。我孤身一人面对着他们,向他们展示我的牙齿、我的凶狠样,但他们笑意盈盈地对我摆着手,似乎是完成了一件大事一样,让我进入湖水中去。

我面对着他们,缓缓地后退,终于退入了湖水当中,潜入水底。

我知道他们已经离开了,而我则不得不开始适应这片新的家园。

这片水太深了,没有多少浅滩。虽然食物充沛,水质也非常不错,是很适合我生活的那种环境,但我总是觉得哪里有些不对劲。

我在这片崭新的环境中生活了三天,没有见到其他同类,只感受到分外孤单。可这些孤单到底是来自什么呢?我思前想后,很久都没有想清楚。

又是一个月圆之夜,我望着天空中的月亮,却忽然发现那月亮上面出现了张建国的笑脸。一瞬间,仿佛这段时间以来所有的不解和疑惑都有了答案一般,我想明白了:这里没有张建国,也没有我的家人,当然不适合我的生存与生活。

我无法忍受这种日子,无法忍受没有张建国的日子。多少年以来,在张建国的陪伴下我已经习惯了那种有着人类陪伴的日子。我需要人类的陪伴,但不是别的人类,而只能是张建国。

我从心底里知道,我已经把张建国当成了我的同族,当成了我的同类,当成了我族群中的一份子了。

几乎是没有任何犹豫的,我当时就下定了决心。那天我饱睡了一顿,醒来之后精力充沛,又找了些食物填饱了肚子,立即就踏上了寻找张建国的道路。

我身处一片陌生的环境,但环境的陌生没有干扰我的记忆。源自基因和血脉中的那些东西能让我清楚地记得张建国的方向,也知道了"家"的方向。

循着记忆中的指引,我朝着张建国所在的方向开始了行进。

其实我很幸运,那些人类把我放置在的这个地方环境相当不错,周围没有高山,大多是平地,我只需要穿过树林和一些小小的丘陵,就可以继续前进了。

我一路觅食,一路寻找回去的方向。其实我根本不知道过了多久,好像已经经历过了好几个春夏秋冬,直到又一个蝉鸣阵阵的夏天的晚上,我才终于抵达了那个我生活了很多年的小池塘。

此时,我身体上已经有了一些伤痕,肉体也老去了些许,但这并不能阻碍我激动的心情。虽然我是为了张建国才回来的,但回来的第一时刻,我率先想到的却是去见我的妻子和孩子们。于是回到池塘的第一时间我就潜入水中,可游遍了整个水塘,我都没有见到妻子和孩子们,倒是有十几条陌生的扬子鳄看到了我。

"你们看到我的妻子了吗?"

面对我的询问,那些从没见过的扬子鳄只能摇摇头。

找不到妻子和孩子,我带着心中的遗憾爬上了岸,一步一步地朝着张建国家的方向爬去。还没进入房子,我就听到了那里面传来的咿咿呀呀的黄梅戏的声音。我知道,那是张建国和他的妻子正在看电视呢。

张建国每天看电视的时候都特别专心,我也不想打扰他,就找到了那房子的门,从厨房那里用塑料做的小门爬了进去,慢慢地爬到了张建国家里放电视的屋子里,和张建国一起看起了电视。

而这个时候,张建国仍然没有发现我的存在,他看电视太专心了。

过了许久,电视节目终于结束了,张建国从床上爬下来好像是准备去喝水,这时候他终于看到了我。

"乖乖!张龙!你回来了?你怎么回来的?!我的天啊……"

张建国看到了我,他惊讶地瞪大了双眼,合不拢嘴,仿佛看到了什么不可思议的事情一般。为了确认我的身份,他还专门在我的尾巴上摸了摸,才从震惊中回过神来,确认了我是张龙。

那天晚上,张建国仿佛是兴奋得没有睡好觉一般,不过我却在水塘中睡得很香甜。

到了第二天,张建国还在岸上喊我,仿佛是对我能回到他家这件事非常惊奇,想要展示给所有人看,想要炫耀一般,把我喊上了岸,给他的朋友看。

他太激动了。我只是回家,只是回来找我的老朋友、找我的妻子孩子而已,这有什么稀奇的呢?

虽然这片池塘里,我的妻子和孩子们已经不在了,但我仍然十分愿意和张建国继续生活在这里。身为一条扬子鳄,我已经完成了让族群延续的使命,接下来的生命里,我只想和朋友一起过我想要的生活。

只是我没有想到,好景不长,我再一次被送走了。

七

经过第一次的被抓,再次被送去那个水很深的水潭的时候,我的内心是很平静的。

尽管如此,当我再一次被放出来的时候,眼中却充满了震惊。

我在那个地方发现了自己的妻子和孩子们!

原来,几年前当我被送走之后没多久,我的妻子和孩子们便也都分批地被送往了这个地方。只不过当它们抵达的时候,我已经踏上了回去寻找张建国的路,也就没有见到它们。

现在这个时候,经过几年的繁衍,我的子孙后代们已经有了几十条之多,我的伴侣也已经成为这个大族群的族长。看着眼前的这一幕,久别重逢,我分外惊喜,又心有慰藉。

于是,我在这里又待了几天之后,向它们宣布了一个重大的决定:

"我要回去找张建国了。"

妻子很难过,孩子们也在劝说我,希望我留下来。但我很执着。

族群已经壮大,几十年来我的努力没有白费。我已经完成了我的毕生使命,我只想在自己余下的生命中,和自己的朋友待在一起。

焦灼的情绪在族群中持续了几天,虽然对他们来说我只是一个新加入族群的扬子鳄,但身为族长的我的伴侣的焦灼情绪迅速地蔓延了开来。

我用了好几天的时间才将妻子的情绪安抚好,而后告别了这个我一手缔造的族群,再次踏上了寻找张建国的道路。

重走一次已经走过的路,这一次我的速度快了不少。少走了许多弯路的我只花了不到三年的时间,就再一次回到了张建国的身边。这一次见到他,虽然已经从他的身上看出了明显的老态,但他震惊的神情是怎么都藏不住的。

然而,这一次我依旧是没有能在他身边待上多长时间,就再一次地被送回了那个深水潭中。这一次离开前,我从张建国的眼神中看到了依依不舍,但更多的是他眼神中的无能为力。

我不信邪,我不相信人类能一次又一次地拆散我和我的朋友。

回到深水潭后不久,我第三次踏上了寻找张建国的道路。这一次,我只花了两年的时间就找到了张建国的家,但这一次见到他的时候,他已经坐在床上不能起来了。

"张龙啊,虽然我也想你陪在身边,但这次恐怕是真的不行了。"

张建国坐在床上,看着趴在床下的我,眼神中满是依依不舍。这时候的他,似乎是说出这几句话都耗尽了全身力气一般。我从他的身上,感受到了一种生命垂暮的气息。

很罕见的是,在这一次被送走之前,其实这是我在张建国身边待得最久的一段时间。原因是什么?可能是其他人类的怜悯?抑或是张建国自己的请求?我不清楚。

那段日子里,我们一人一扬子鳄每天都出门晒太阳,就在张建国家的后院里,就在那个我生活了许多年的池塘边,我们沉默不语地晒太阳,一晒就是一下午。

而后,我无法抵抗命运的伟力,再一次被送走了。

这一次,我没有被送回那个深水潭。或许是人类知道,就算是再次把我送回那个地方,我也会拼尽全力地回来找张建国吧。

我被送到了一个更大的水域当中,生存环境更好了,但在那个范围的外围,却有着高高的铁丝网,阻拦着我前进的步伐。

我花了很长很长的时间,大概两年左右,跑遍了那个区域的每一片土地。可每一片土地的外围,都有着高高的铁丝网阻拦着我,拦着我去见张建国。

后来,我放弃了。

张建国,或许我们要很久很久很久之后才能再见面了。

八

"太祖爷爷,您说的这些都是真实的吗?"

在很久很久之后,在我也进入了生命暮年的时候,我的不知道第多少代子孙趴在我的身边,问出了这句话。

我肯定地点了点头。

张建国,我快要去见你了。或许很多年后,还会有人记得一个名叫张建国的人类和一条名叫张龙的扬子鳄的故事,对吧?

下一次,如果有下一次,再见面,你再给我起名字的时候,能不起"张龙"这么普通的名字吗?

虽然……

"我很喜欢。"我轻声呢喃着,拨了拨身边的泥土。清爽的风吹过身,月光洒落下来,有些晃眼睛。恍惚中,我眼前浮现出了一幅幅画面,那都是曾经遗忘或将要遗忘的记忆。

出生时睁开眼看到这个世界,被母亲抚育照料,渐渐成长;和兄弟姐妹们的嬉笑怒骂,亲自抓到第一条鲫鱼时的开心;再到后来,人类捕杀,被母亲护佑着逃回水中,和张建国的相识、相知、相交;远行时遇到的小黄狗……

种种经历,宛如闪电般一闪即逝,可我看得分明。

不知过了多久,眼前的画面渐渐模糊、昏暗,脑海中却再度浮现出一幅画面,并且就在此处定格——

那天的阳光很暖,母亲在河中抓着鱼,兄弟姐妹们在岸边玩弄着泥沙,左右打滚,四处爬行。而我则在岸边晒着太阳……想着想着,不禁露出一抹笑容。

视线逐渐模糊,一阵困意袭来,我打了个哈欠,看着天上的月亮,如盘大的月逐渐模糊,并在眼前慢慢放大,最后逐渐占据所有的视线。

"真想再晒一次太阳……"

不争

作者简介：

梨魄，女，职业撰稿人，创作涉及剧本、小说、漫画脚本等。目前已创作小说数百万字，作品在中国、泰国等国均有发表。已创作多部电视剧作品，擅长青春热血、偶像、古风、仙侠等题材的创作，无论是轻松无厘头还是细腻深情的题材都可驾驭。

长江,你好!

1. 结梁子

夜晚。

随着哐当一声,明黄色光线乍出。窗外,一个瘦小的黑影嗖的一声扎入河水,浪花一摆,便蹿出老远,再不见影子了。"哎呀,哎。这刚安上的玻璃,怎么又砸了呢?这谁啊,怎么一起风就来砸窗啊?"

女人叹息的声音响起,一迭声地叹着气,透着说不出的惋惜。

"还能有谁?不就是余家的小破孩子!上学的年龄,不好好读书,天天瞎跑。比泥鳅还滑溜,县里说了好几次了,适龄的小孩都得上学。新时代了,不兴有文盲!偏他家里没大人,也不知怎么个野法。妈!您瞧着,我今天一准抓住他。"

"小松,等等,天黑了,你别出门,让你爸去!"

"等我爸回来,黄花菜都凉了。妈,您别管了,就等我好消息吧!"他头也不回地往外冲。

"手电筒!带着啊,你上次抓他都擦伤了腿,仔细着,别又受伤……"

"安了安了,我知道了,妈!您别唠叨了。那小子水性好,每回干了坏事,就往水里跑,我带着电筒没用!谁下水还拿这玩意照亮啊?这不是碍事嘛!"他嚷嚷着,风声在耳畔呼呼作响。

眼前一切都虚晃成影,他顾不得,只想冲出去抓住于小豚,好好痛扁他一顿。

他叫黄松,今年十岁,入读红星小学。和于小豚的矛盾由来已久,那是从小到大,积攒已久,既生亮何生瑜的"宿怨"……

小时候,于小豚长得就讨喜。他妈就喜欢小豚,天天点着他的脑壳嚷:"你说你,长这么个傻大个,要有于叔家小豚那么聪明,我也就不愁了。"

再长大点,他姐姐喜欢小豚,每到周末但凡买点好吃的,先留给于小豚:"黄松,你这么壮,也不差这点吃的,我拿去给于爷爷家的小豚啊!他都十岁了,比你瘦多了。"

往事暂且不表,上小学后,这种差别待遇简直气人。

那时,是他第一次感受到颜值出众的暴击!他,黄松,堂堂桑落洲小霸王,要智慧有智慧,要特长有特长,偏在于小豚这儿输得一败涂地。

他们班女生看到于小豚都疯了,一个个嚷嚷着:"好可爱!姐姐摸摸。哇,真的好漂亮!"

什么好吃好玩的,大家优先考虑于小豚。

众星捧月,将于小豚捧上了天。

一样是十岁,可凭什么于小豚比他讨喜呢?就凭于小豚皮肤好,水光透亮?就凭于小豚眼睛灵,星辉闪动?就凭于小豚长得好,含笑斯文?

　　于小豚抢了他桑落洲小霸王全部的风头,害他从小到大生生被压一头。好气!

　　说来,于小豚的身世也有点惨。爹妈不明,是于爷爷从江边芦苇丛捡回来的弃婴。

　　早几年前,黄松的爷爷一点都不赞成于爷爷白捡个孙子,一喝酒,就苦口婆心地劝:"老于,你说你!你一年就赚那么点钱,养个孙子,往后养老怎么办?"

　　于爷爷笑得满脸是花:"哎,你不懂,养儿防老。"

　　"你也知道养儿防老。你都五十了吧?这不叫养儿,叫养孙子!"

　　"一个意思。小豚就是我乖孙,和我一个姓!"

　　"你家小豚,个不大,还挺能吃。吃了也不得声好!你不会指望百年以后,他给你引幡砸盆吧?"

　　"怎么就指望不上?我孙子一脸机灵相,我老了就指望他。"

　　"美得你!现在的孩子出去了,就不会回来。这个也一样,养娃防老没的指望,没的指望!"

　　"你羡慕我有孙子。"

　　"说得好像谁没有一样,黄松,站出来给你于爷爷亮个相!哼,我羡慕个鬼。"当时,黄松爷爷喝着小酒,嚼着油炒花生米,也就那么随口一说。

一语成谶,于爷爷到底没等到孙子长大,一场心梗就这么驾鹤西去。

于爷爷一走不打紧,于小豚就这么孤苦无依,彻底成了没有家人的野孩子。

一开始,黄松还挺同情于小豚的。

从村东头的刘家到村西头的周家,都觉得小豚可爱,愿意养,偏于这小破孩子滑溜得和泥鳅似的。你让他去东家,他就跑南边;你让他去西家,他就跑北边。

围追堵截一番操作下来,村里一户户都疲了,谁都没挨着这条混江小白龙。于小豚不吭不响的,终于把自己熬成了没人要的野孩子。

黄松他爸,也就是老黄。

老黄说:"桑落洲民风淳朴,从来没有亏过一个孩子。于小豚这事儿,还是得管!他不愿意被人收养,那也不能放着漫山遍野地跑。其他的不说,至少要给孩子能住人、有吃喝的地方。小孩心思浅,不记事,时间久了也就收心扎根了。"

老黄说得斩钉截铁,单位的领导们瞬间被说服,也都很乐观。

大家本以为"孤儿事件"就这么解决了。

谁能想到，没等老黄给于小豚找个新家，这小孩又跑了！更因为老黄在"给他找家"这一件事上面特别"积极"，从此与黄家结下梁子。

"黄松，你好无耻！别以为你爸开着小破车，就能把我送到孤儿院，撵出桑落洲，没门！我跟着爷爷，哪儿都不去。"

黄松一直记得，于小豚逃跑那天，还特意跑他家和他宣战，一脸愤怒地冲他龇小牙儿。

黄松惊讶："你爷爷都没了，你怎么跟着他啊？"

"不要你管。"

黄松撇嘴："你整天脏兮兮的，一件破衣裳穿到烂也没的换。吃也没的，喝也没的……我爸看你可怜，要给你找一个家！你口口声声说我家要撵你出桑落洲，你可不要不识好人心。"

"装什么好人啊！我爷爷就是被你们害死的。"

黄松一脑门子的黑线，火气扑簌簌地往外冒："于小豚，你可别血口喷人！造谣诽谤是要被抓起来的。"

"等着瞧！我会报仇的。"撂下这句话，那小孩扑通一声跳进江水，眨眼间便游出老远，再不见踪迹。

像他们喝着长江水，食着白条鱼，颠簸渔舟间长大的水边孩子，水性最是出众！

长这么大，黄松哪被人这么激过啊。想也不想，一扎猛子跳下江，说什么也要让于小豚给他说出个子丑寅卯。无端被扣帽子,他黄松可不接这一茬儿。

可事实就是,都是水边孩子,黄松引以为傲的水性……好像真就比小豚差那么一点点。

人没追上,他还在暗礁边上擦伤了腿,生生拐了两天。

2. 入水

"老黄,前两天,我看见小豚在水里捡烂菜叶吃,饿极了,还想吃白石。"

"什么白石?"

"水底下的石头啊……"

"胡闹!石头怎么能吃?这要吃死人的啊。你怎么就没管?"

"哪没管?手上刚好买了鱼,就分了他几条。不过他这样也不是个事儿。到底是十岁的娃儿,没了家人,太可怜了。你们单位就没点活动,帮帮孩子?"

"那也得帮得上。你看看,他跑得比谁都快,我们人都找不到,怎么帮?"

那天,黄松妈做了黄松最爱吃的红烧鲫鱼,他吃得舌头都快要鲜掉了。新鲜鲫鱼用花生油煎黄两面,然后放上生姜、大蒜、紫苏叶、辣椒各色佐料。

这道菜是他最喜欢的,鱼皮焦香,肉质鲜嫩,蘸着汤汁他能吃三大碗饭。可惜长江禁渔,想要吃一顿美味的鱼羹,那可是一看时令,二看运!

他吃得不亦乐乎,听爸妈提到于小豚,小耳朵当即竖了起来。于小豚是黄松此生劲敌,黄松觉得:他的事,自己不能没有发言权。

手里的鱼肉都不香了,黄松梗着脖子就站了起来:"妈,他还要人帮?我看您就别给自己找事了!我就没见过比于小豚还死脑筋的!于爷爷走了,我看他过得也挺好的,生龙活虎!没准他就喜欢没人管的日子。上次他还说我爸多事,是要把他撵出桑落洲!说他要报仇,让我们等着瞧!哼,我等着瞧了,用眼睛瞧了!他也就是一个嘴炮王者。"

他说得斩钉截铁,义愤填膺。

哐当!

他家玻璃窗被人砸了。

短暂的沉默过后,黄松妈幽幽道:"你看,闲时莫说人非,这不就来了?"

黄松整个人都炸了,火大:"于小豚!破孩子!他不讲武德!江湖事,江湖了。我们小学生的恩怨,有什么不能在学校里解决?他居然砸我家玻璃!"

他气炸了,红着眼睛就想往外冲。

衣领后面,被人哧溜一声拎了起来,小短腿划啊划,怎么就不能往前迈出一步。一扭头,老黄不由分说往他脑门上敲一个毛栗子,不满地瞪着他:"小词一套一套的。让你放假在家,不要乱看抖音,这满口的江湖匪气和谁学的?大人的事,要你一个小破孩子掺和什么?待家里歇着。"

不用想,老黄在家,就没他翻天的可能。那天,黄松被老黄封印在家,动弹不得。

第二天,老黄一身寒露水气到家。

"找到了吗?"黄妈妈问。

老黄叹了口气,摇摇头。

抓人这种事,不要劳烦大人。找他啊!

小学生的恩怨,小学生自己解决。从那以后,他每天数着日子盯着窗,就等着于小豚再来砸窗户。皇天不负苦心人!在一个夜黑风高的日子,终于被黄松等到了。

他就说,百科全书上面有一个破窗效应。干坏事干久了,就会顺手!于小豚三番五次地来砸他家窗户,这事干久了也是个习惯。

黄松给自己下了死命令,说什么也得逮住小破孩子,要让他知道在桑落洲这个地方,谁才是王。

他要抓于小豚去上学,去读书,去接受教育。天天偷鸡摸狗砸窗户算个什么事儿!

老黄没做成的事,他黄松都要做到。

月如明镜,高悬天边,将大江照得波光荡漾。

起风了。大风哗哗地推着浪涛,将江岸边的树影吹得响动不绝,更旋着风浪卷着浪花,一阵阵扑向银白色的沙滩。

烟波浩渺,他目光如炬,认真巡睃着江涛中每一个翻滚、每一次褶皱。终于在一处跃起的水光处,察觉到于小豚的方位。

说好今日抓你,晚一天都算他黄松输了!

黄松眼前一亮,想也不想扎猛子跳入了大江之中,只想一鼓作气,趁着自己气性正高,一把将自己的劲敌拖出来,让于小豚接受"法律的制裁"。

可他万万没想到,一入大江,他就觉得哪儿不对……

先是手,再是脚。在桑落洲,在红星小学,他黄松确实有"浪里白条"的美誉!提到他的水性,就连老黄也得服。

可水性好,不代表他身后长了一条尾巴,变成一条……江豚了啊!更可气的是,就在他错愕的空儿,于小豚潜入水中,眨眼间就不见了。

3. 化江豚

"你是说,你跳进水里,还没反应过来,就变成鱼了?"

"是,你们知道这是怎么回事吗?"

"哈哈哈,不知道。"

"你是说,你变成鱼,上不了岸,只能在水里游了?"

"是啊,你们知道这是怎么回事吗?"

"哈哈哈,不知道。"

"你是说,你在水里,看见你爸到处找你,有一回离你那么近,都给你喂了一把鱼食,可愣是没认出你来?"

"是啊,你们知道这是怎么回事吗?"

"哈哈哈,不知道。"

水族是不是都是复读机变的?问了那么多情况,结果一点解决方法都没有,只会"哈哈哈"。

所以,在第 n 句以"你"开头的搭讪发生以后,黄松终于忍不住怒了。

"对,我爸妈听不懂我说话,也不认识我了!你有什么办法就说,不要哈哈哈了!你们鱼类都是这么没有礼貌的吗?"他生气地说道。

眼前,那个宛如白玉、银光粼粼的江鱼瞥了他一眼,神色依旧很优雅:"谁管你爸妈啊!我是想提醒你,你小心啊,渔网撒下,鱼生危险!人类在捕鱼了。"

真的会谢!这么要紧的事,你怎么不早说啊兄弟!一张大网猝不及防地狰狞张开,水势澎湃,卷着万千杀机,黑漆漆地压了过来。

做人的时候,黄松觉得生活有好多的烦恼。

譬如,于小豚比他优秀,受欢迎;红星小学每周五要大扫除,他讨厌扫地;每年有期中和期末考试,考砸了就要迎接爹妈的男女混合教育。

可如今,从滥捕滥捞的大网下逃脱出来,他觉得那都是无关痛痒,无伤大雅。

"真的是吓死我了!我差一点就被人类捞走了。"

"呜呜呜,我堂妹的三舅姥爷家的五大爷被捞走了!完了完了,要坏了。"

"逃过今日,也不知能不能躲过明天。"

"呜呼哀哉,鱼生如此,想开就好。"

他沉在水底,身边五彩斑斓的各类江鱼与他擦肩而过,或哭或笑,感慨着鱼生的煎熬。黄松的肩膀刚才擦伤了一点,火辣辣地疼着,平常这种时候,妈妈都会担心地拿来创可贴,用碘酒给他处理伤口。

而如今,他妈不认得他了!他说什么,他妈也听不懂。

想到这儿,他眼泪啪嗒啪嗒地往下落。

黄松想狠狠擦掉眼泪,告诉自己坚强一点。可他忘了,他没有手了,只有短短的鱼鳍,而他在水里,谁也看不到他男子汉的眼泪。

短暂的愣怔过后,一种释然连带着哀伤袭上心头,让他心里很不是滋味。

伤春悲秋不是他黄松的风格。

一定是旁边这些吵吵闹闹的小鱼,吵得他心情都糟了起来,黄松打起精神,凶巴巴地瞪着它们:"吵死了! 长江2019年就禁渔了! 你们怕什么? 那些捕猎的,一定会被抓起来批评教育的! 我爸就是管这事的,他一定会抓住滥捕的人……你堂妹的三舅姥爷家的五大爷也会被放回来的。"

"噗。"一个熟悉的嗓音突然响起,谁? 这么没礼貌,他明明有在努力安慰人了,为什么要笑?

黄松不满地抬头,就看见一双黑漆漆的眼睛看着自己,似笑非笑:"少年,你傻了吗? 现在是2018年,啧,真可怜,又一条看不懂日历的九漏鱼。"

"于小豚! 你怎么在这儿?"

"我叫江小豚,不叫于小豚。"那少年沉浮于水,肤若凝脂,嘴角含笑,虽然瘦弱但说不出的漂亮。

"你就算化成灰我也认识你! 于小豚,你赔我人生! 都是你害我变成鱼了!"一想到自己莫名其妙地化鱼,又莫名其妙地被带到了2018年,黄松的眼泪落得更急了。

他都那么伤心了,于小豚愣了愣,却还有心情纠正他:"确切来说,你不是普通的鱼,是江豚。"

"江什么?"

"江豚。"

"什么豚?"

"江豚。"

"你骗我!"

"才没有。我小豚从不骗人。你就是江豚!我都自报家门了,你叫啥啊?我们认识吗?"

"于小豚,你把我害成这样,还装傻!连我黄松都不认识了……我这样……好吧,我自己也不认识我自己。"

哇的一声,黄松哭了。男儿有泪不轻弹,只因未到伤心处,他真的太伤心了。

"黄松,你是叫黄松对吧?"

"哇……"

"哎,黄松,别哭了,别哭了,你是不是男人啊?"

"哇……"

"别哭了!"

"哇……"

"算我求求你了,别哭了好不好!"水域中,于小豚一开始还冷冰冰地嘲讽他,可黄松哭得厉害,那些嘲讽终于变成了哀求。

素来任性的于小豚没想到也有而今的手忙脚乱。

这事得记下来！于小豚也有弱点,怕人哭。以后回红星小学,他一定要把这事广而告之！黄松抽抽噎噎地在心里记着小本本,小豚无奈,叹了口气:"好吧,黄松,你不是想变成人吗？只要你不哭了,我帮你。"

"不是想要变成人,我本来就是人。而且你能帮什么忙？你要有办法,不早就说了！"黄松抽抽噎噎,才不信小豚。

小豚耸耸肩,道:"我是没办法啊,但是我们长江有水生生物4000多种,活得久,又好打听的,又不是没有！我带你去找龙鼋爷爷！他一定有帮你变成人的办法。"

"还要把我送回2022年！"黄松抽抽噎噎,继续提条件。

"没问题。"

4. 等风起

老龙鼋一万八千岁,对于长江而言,它只是长江一点五亿年生命中的一个小辈。可对于黄松、小豚而言,它又是无所不知的长辈。

"此事也不难。"

小豚带着黄松找到老龙鼋的时候,它还在睡觉,听见小豚的问题,打了个哈欠,嘴角长长的龙须徐徐晃动。

"龙鼋爷爷,您快别卖关子了！黄松再变不回去,长江的水都要泛滥起来了。"

"解铃还须系铃人。这铃铛,还得他自己来解。"

"我应该怎么办?龙鼋爷爷,您能说一句我能听懂的话吗?"黄松急得又想哭了,他想回家,想妈妈做的饭,想老黄泡的茶,也想从前温情、简单、朴素的生活。

"小家伙,你知道自己化的是什么鱼吗?"

"于小豚说,我不是普通的鱼,是江豚。"

"对喽。"

"可是,这和我变成人有什么关系?"黄松泪汪汪地看着老龙鼋,绞尽脑汁地想着它话语中的机锋。

老龙鼋哈哈一笑:"江豚拜风,你们听说过吗?江风起时,你只要朝风祈祷,就能恢复自己原本的模样。"

"龙鼋爷爷,您知道什么时候风起吗?"

"天机……"

"龙鼋爷爷?"小豚还摇着老龙鼋,想从它口中问出更多的事,却见黄松以不可思议的速度直朝水面冲去,忍不住追上,"黄松,话都没问完,你跑那么快干吗?"

"你没听龙鼋爷爷说吗?等风来,我就能回家了。"

"风还没来。你急什么?"

"风快来了。"

"龙鼋爷爷说,这是天机。"

"天机,在天气预报里面!"黄松言之凿凿,斩钉截铁。话音落下,于小豚的表情明显僵了一下:"啊?! 这……也行?!"

从这天起,黄松和小豚数着日子等风起。一天,两天,三天。

"小豚,七点半了! 七点半了! 你上岸去看看。"

"看什么?"茫然,错愕。

"天气预报啊!"

"我可不可以不去?"哀求,无奈。

"我们可是好兄弟啊,兄弟有难,你不会连这点小忙都不帮吧?"

"算我遇人不淑,交友不慎。"

"七点半了! 去看看! 再去看看!"兴奋,激动。

小豚暴怒:"天天让我去看天气预报! 我都快成天气预报了!"

"那桑落洲明天有风吗?"

"……让我安静地沉睡下去吧……"

"小豚,天气预报!"元气满满,欢悦。

"不去。"这次,说什么也不去了。

"是不是兄弟?"

"是。"

"是还不快去!"

套路,这套路怎么又来了?"知道了知道了,你别推我了。"

在黄松的监督下,小豚每天雷打不动地去蹲墙角,听天气预报。可是起风的日子总也不来。

到后来。

"今天有风吗?"

"没有。"

"明天有风吗?"

"也没有。"

"后天又风吗?"

"还是没有。"

日子在流水中过去。黄松没等到风来,却发现自己总会在睡梦中疼醒,他化作的江豚,身上无鳞,却总是青一块紫一块地伤着。屡屡到夜半,他就疼得打滚,带着江底的泥沙滚动,乌烟瘴气。

周围的小鱼小虾们忍不住咕哝:"那条鱼怎么了?"

"什么鱼?那是江豚!"

"他怎么了?"

"好像快死了吧。"

"又要死了?真不中用。我都喝了那么多农药,百毒不侵。"

话音落下,那条自称百毒不侵的翘嘴鱼喝了一口饱含毒药的江水,晃晃悠悠地翻着白肚皮,浮上水面。

"要完!今天的毒性好像特别带劲。"又一条青鱼晃晃悠悠翻了肚皮。

"你们不行,说到扛毒,还得是我们清江鱼!"这次就义的,是一条清江鱼。

看着这些小鱼吹嘘着自己的扛毒能力,然后晃晃悠悠地翻白肚皮,黄松简直目瞪口呆。于小豚说,江岸的农民用农药打虫,用化肥施肥,只要下雨,那些化肥与农药就会顺着土壤流进长江,给水生态带来巨大的危害。不止那些鱼,包括黄松,正是因为每天浸在水中,才会中毒。

中毒这么个事,那就是运气好,脱层皮;运气不好,翻肚皮。

看着一江浩浩荡荡翻着肚皮、没有生机的死鱼,一向大大咧咧、凡事不记挂在心间的黄松,终于有了危机意识。

"于小豚,你说……我会不会还没等到风起,就变成搁浅沙滩的死鱼?"

死亡离得如此之近,让黄松破天荒思考起自己有可能回不了家,有可能会死在漫漫归途上。

"你不说了我是你兄弟?是兄弟,一定帮你回家!"

于小豚看着颓然的黄松,破天荒地生出一种说不出的同情,信誓旦旦地对他承诺,企图以此打消他不安的心。

可紧接着,于小豚就发现自己低估了黄松的抗击打能力。

这家伙居然开始自夸:"我谁啊!我桑落洲间小霸王,红星小学一枝花,文韬武略不虚夸,上天下海顶呱呱!我可是黄松啊!我怎么会变成死鱼!不就是网捞和水污染!我黄松眼都不眨一下,才不带怕的!"骄傲地挺起胸膛,小孩眼中才燃起星辉,嗡——邮轮的鸣笛震耳欲聋,倏然响起。

一众江鱼溃散逃难,惊慌尖叫:"不好了!铁巨人来了!铁巨人来了!"

哗啦,哗啦!

大型的轮船发出轰隆隆的声音驶入大江,吸起泥沙,翻滚着江浪,把江中的鱼虾全部捞得干净。

"黄松,快跑!"巨大的轮船眼见逼近,抡动铁臂,扎入泥沙聚沉的江底,于小豚大惊失色,躲过一道水浪,匆忙呼唤。

"好大的船……"

黄松从未见过那么大的船,一时被吓傻,眼睁睁看着轮船上方挥舞的铁臂朝自己刺来,惊得没有动作。

"走!快走!"多亏于小豚及时出现,拽着他疯狂地逃命。

可即便这样,也晚了一步。邮轮的铁臂猝不及防,狠狠削断了黄松化作的那条江豚的尾巴,水面上泛起一阵猩红,在月光的闪动下,艳丽中透着绝望。

5. 拜风

——"黄松,黄松你醒醒啊!我答应帮你回家,带你回 2022 年,让你能吃到妈妈做的饭,喝到爸爸泡的茶,我不食言,你也别放我鸽子。"

——"黄松,黄松……"

半梦半醒中,黄松听见一个熟悉的嗓音带着哭腔在喊自己。

——"我爷爷已经离开我了!黄松,你这么吓唬我,我不会放过你的!我会……我会砸你家窗,天天砸!吓得你心脏扑通扑通地跳!"

——"黄松,你醒来啊!醒来了吗?"

是谁?好吵!

破案了!砸我家窗户的小破孩,我就说是你吧,于小豚!你还不承认!非要我来逮住你!不过没事,我家窗也好旧,那花纹太土气了,你砸了,我刚好让老黄换新玻璃去!说来,你还干了一件好事呢。

黄松心里得意地想着,想要安慰一下于小豚,可他发现自己动弹不得,一动,浑身就撕裂似的疼痛。

"我、我怎么了?"他终于开口,一开口,声音沙哑得不可思议。

"黄松,是我啊,我是小豚,你终于醒了。人类的轮船来长江捞沙石,你傻乎乎的,也不知道躲,被砸了一下。"

"这砸得可真重,我觉得我的腿……好疼啊!"

"哪来的腿?那是你的尾巴,你的尾巴……被轮船上的大家伙捣了一下,削掉半边。黄松,你可能要瘸了。"于小豚抽抽噎噎地说。

"你少吓唬我了！风……风来了吗?"明明知道于小豚说的是真的,他的腿那么疼,疼到连睡都睡不着,可他故意岔开这个话题,虚弱地询问着。

"还没有……天气预报说,风还没来。"

"没事,那么多天咱们都等了！不就是等风来,我黄松就不信等不到它！"

"可,可……"

"于小豚,我肚子好饿啊,你有没有吃的……尾巴一受伤,我发现我饿得好厉害。可能受伤的人,就需要吃点东西,补充元气。"

"我去给你找。"于小豚红着眼,扭头就想去找食物,不远处,却突然传来龙鼋爷爷的声音:"小家伙,别白费力气了。这一片水域,早就被捞沙石的轮船捞空了……别说鱼虾,就算是鱼卵虾子,那些藏在沙石堆中的微生物,都片甲不留。那声音吵的啊,把我都给惊醒了。"

"龙鼋爷爷,黄松的尾巴……"

"你们鱼类和我们龙鼋不一样,鱼要是没了尾巴,便不能浮水游泳！三日后,有风起,不过黄家小儿,你怕是永远要留在这一片水域,再也无法踏上归途了。"

身子晃动几下,黄松被这突如其来的消息打击得脑子嗡嗡一片。

"小松,多吃点肉,吃肉长力气。"

"吃鱼聪明。"

"哎,黄金水,你天天不着家,还知道回来啊?"

"这不是为了忙工作嘛。小松啊,爸爸给你买了你最喜欢的迪迦奥特曼,开不开心?"

"我最喜欢爸爸了,爸爸万岁!"

"难道妈妈就不好了?"

"妈妈是我最爱的人。"

"小机灵鬼。"

记忆中,无数个声音涌入脑海。是团聚一处、其乐融融的家中场景。当初,他总是嫌弃妈妈唠叨,爸爸忙碌。

总觉得平淡的日子波澜不惊,他小小年纪,却仿佛已经可以一眼看到自己命运的终点。这样的日子委实无聊,实在无趣。

他多少次想要干一番惊天动地的大事,畅想着自己是奥特曼,就能拯救地球……畅想着一段彼得·潘一样奇妙的旅行。

可他没想过,有朝一日,他有了彼得·潘的奇遇,割舍不下的却是最平淡的幸福。

"龙鼋爷爷,您活了一万八千岁,见多识广,一定会有办法的!我要回家,哪怕是粉身碎骨我也不怕……我要回家……"他要恢复自己原本的模样,哪怕是死,他也想和家人在一起。

"龙鼋爷爷,求您了,黄松是我的好朋友,求求您帮他。"于小豚也开始哀求。

"断尾之鱼,无力回天。可倘若内心的意志无比坚定,我可以用树枝帮你安上一条假尾巴。你可以用假的尾巴,跃水拜风。"

龙鼋爷爷话音未落,黄松眼神立马燃起了斗志,想也不想地点头:"龙鼋爷爷,求您帮我。"

"小家伙,我还没说完呢。绑上树枝做的尾巴,你步步犹在刀尖,树枝粗粝,会割破你的皮肤,刺入你的骨肉……从前也有一条小鱼失去了尾巴,我帮它用木枝为尾,结果它才游了须臾,便疼死过去了。这样的伤痛,非常人能够忍受,但也有一点好处……若你真能跃水拜风,一切苦难终将过去!河神会治好你的伤,带你回家。疼死,涅槃,都在你一念之间,你可想好了?"

"我想好了,我要一试。"

龙鼋爷爷选择的树枝,是最单薄的竹篾。

只有竹篾能削成最轻薄的尾巴,在水中摇曳前行。可与此同时,竹篾也是至韧至利的木片。

竹篾尾牢牢缠在了黄松的身上,才一步,黄松就感觉到了龙鼋爷爷说的"刀尖"之疼。

于小豚看他汗水淋漓,忍不住落泪:"黄松,都怪我不好,我不该带你到水面……你也不会被削去半条尾巴。"

黄松疼得眼泪也要出来了:"我说于小豚,我那么疼了,你就不能给我加个油,助个威!我觉得我能行的啊。"

"是,黄松必胜,一定能行!"

"我能行!"

忍着切肤透骨的疼痛,黄松想到回家,心中攒着一把火,绝望与痛苦化作了他心底最深的期盼。我要回家!一定要回家!!

"断尾拜风"的事情,果不其然传遍了整片水域。

一开始只是一条凤尾鱼,接着是鳜鱼、赤眼鳟,一条条江鱼浮上水面,稳稳地跟在黄松身后,纷纷给他加油助威。

"黄松,加油,你能行的!"

"我们支持你,你一定能够回家的!"

千万条江鱼的祝愿,化作黄松心中无比笃定的归家路。对!他能行的!他一定能行的!血液流淌在水域,他双目猩红,勇敢上前。

龙鼋爷爷说,三日后,有风起,位于三江汇口东南角。

为了到达龙鼋爷爷说的三江汇口东南角,他一路逆行,旁人轻易能到的地方,他足足游了三日。

日出时,风起,波光粼粼。

"黄松,风起了！迎风一跃,你就能回家了,还能行吗？"

"我都游了三日,疼痛已经不能打败我了！这世上,没有什么比我眼前的目标、执着的信念更重要的事。我要回家。"

"好！我们回家！"

随着于小豚一声大喝,黄松二话不说,迎风一拜。

然而任谁都没有想到,在他们只差一步就能摆脱厄运的时候,打鱼的电网袭来。

"快看！江豚！"人类惊叹的声音突然响起,"哎呀,完了完了,我这电都开了,可惜了！小江豚怕是活不了了。"

"它倒霉,自己往咱们的电网上面撞,也怨不得我们捕鱼。"

吱吱吱——

江水泛着猩红,无数的鱼虾昏厥死亡。

"黄松,危险！前面有电网在捕鱼,不能再往前跑了！我们赶紧回去。"电网打来,江鱼们四散而逃,口中嚷嚷着,"快跑！打不到我——"

吱！翻一条鱼的肚皮。

"哎哟妈耶,最烦这玩意了。"

吱！又是一片电光,翻一条鱼的肚皮。

于小豚惊慌失措,匆忙后退。

偏偏黄松不避不退。

从未有过一时,他内心如此坚忍:"我要光,我要风,我要自由呼吸,我要回家!谁也不能拦着我!横竖是死,我想要回家,想要堂堂正正生活在阳光之下!"

黄松不顾一切地跃出水面,迎风而拜。

闪耀的江豚,在空中划下一道灿然的光。

有声音在喊:"河神!河神显灵了!"与此同时,光影、电影以及狂风齐齐冲向黄松,妈妈,爸爸,我回来了吗?

长风猎猎,他辨不清晰,只陷入了一场漫长的梦境。

6. 众生即我

一片黑暗里。一个稚嫩的童音打破沉默。

——"爷爷,我想吃鱼。"

——"小豚乖,等着爷爷,爷爷给你抓鱼吃。"

——"鱼好小。"

——"等明天,明天爷爷给小豚抓更大的鱼。"

——"爷爷你在吃什么?"

——"我啊,在吃小豚不爱吃的鱼骨头。"

——"我看看!哎,爷爷好小气,不给人家看!"

朦胧的黑暗里,一条年迈的老江豚大口吞入大量的石头,不要!

不要吃那个！石头不能吃！不能啊！

黄松想要呼喊，想要阻止，然而昏暗的天空，却像是有什么挡着他，他过不去。他只能眼睁睁看着老江豚吞入泥沙，吞入石头。

眼泪不自觉地落下。

——"爷爷，什么味道？好臭……"

——"是对岸的人类，浇肥打虫施的化学物……水流排出，便污染了江水。小豚，屏住呼吸，和爷爷一样跃出水面，就闻不到这种气味了。"

——"爷爷，我好饿，饿得一点力气都没有了，跳不动。"

——"不要懒，跟爷爷一起去水面！"

——"好，好吧。"

黑漆漆的江水中，电网闪着雷点，小豚气恼地沉入水底，嘟囔着。

——"我明明就差一点，差一点就抓住那条鱼了！那些人类真坏！他们一张网落下来，鱼就全没了。他们能吃下那么多鱼吗？"

——"咳咳咳……咱们小豚厉害了！鱼都能抓住了。"

——"就……只差一点点。"

——"咳咳咳……对，咳咳咳……"

黑暗越来越沉郁。

随着撕心裂肺的咳嗽声，小豚的声音也渐渐变得虚弱。

——"爷爷，小豚今天没有找到鱼，小豚好笨啊，不过乌龟爷爷分了一只小虾给小豚,你已经许久没吃过东西了,你吃。"

——"小豚乖,自己吃吧……爷爷老了,吃不动了……"

小豚,你的爷爷!你的爷爷把所有的鱼都给你吃了,它自己吞的是石头,一块块的石头!阻止它,快阻止它!不然会死的,它会死的。

黄松拼命想要提醒小豚,却冲不破时光的障碍。

——"爷爷,小豚太没用了!今天也没找到吃的……"

——"咳咳咳咳……"

——"爷爷,你咳得好厉害……你等我,我一定能找到鱼。"

——"好……咳咳咳咳……"

年迈的老江豚沉入水底,身上的皮肤开始溃烂。

逃啊!快逃啊!不要吃石头了!离开那些污垢的脏水!求求你!不要死!黄松拼命喊着,哭得稀里哗啦,感觉到浑身像是被雷击一般地疼痛,阵阵焦煳味道。

是电网……

是污水……

是知而无能,无法改变的绝望。

——"爷爷,小豚找到鱼了!好多好多的鱼!"

——"你怎么不说话?"

——"爷爷,是鱼啊,你吃啊……"

年迈的老江豚却闭上眼,永远听不到小豚带着哭腔的呼喊,听不见它号啕大哭。

不！不要！

不要死！

剧烈的疼痛和伤心让黄松不由自主地跌落水底。

"小松！醒醒,这孩子,怎么还不醒？我就说了,让他晚上别下水！偏不听！都是你,这么晚还不回来,终于闹出事了吧！"

"上面有文件,渔民上岸,长江禁渔,我这不得守着？我答应你,工作重要,家也重要。以后我一下班立马回家好不好？"

"孩子要有个好歹,我俩也过不下去了！"

吵吵嚷嚷中,黄松似乎被人用力一推:"黄松,我的故事看完了,还不快回去！你妈妈等着你呢,回去。"

一口水呛了出来,黄松双目呆滞,整个人都像从水里捞出来一样,大口大口地喘着气。

"小松,你总算醒了,吓死妈妈了。"

黄松愣愣地看着妈妈,想到江底的那只老江豚,想到那只宁愿自己吃石头也要给孙子攒出口粮的爷爷,想到那空空如也的长江。

也想到这半个月来担惊受怕的长江历险,到底是半大的孩子,终于忍不住哇的一声,扑在妈妈的怀里大哭出声。

"妈妈,我想你……"

"这孩子！才分开俩小时,这是怎么了？不怕不怕,有妈妈在。"

"我……我以后再也不要吃鱼了！"

"吃鱼长记性,怎么就不要吃了？"

"我就不要啊……你们也不许吃！"

"好,应你,都应你。"

"对了妈妈,小豚呢？他没事吧？"他突然想到什么,擦干眼泪,赶忙问。

"你是说……你爸他们单位刚刚救助上来的小江豚吗？这小江豚,瘦是瘦了点,精气神倒是不错。前阵子受伤,已经被送到水族馆,好几个专家看护着,好得很。也亏了长江禁渔,你于爷爷一直在喂它们,否则它怕是活不下来了。"

老于,小于？难道……

一个念头骤然浮现心间,黄松突然想到什么,赶忙问:"老江豚呢？"

"什么老江豚？"

"就是……就是和小江豚在一起的那个……"

"没啊。老于只养了这么一只小江豚。"

"就……就是那个把鱼留给孙子,自己吃了很多石头的！"黄松焦急。

"这孩子,下水一趟都糊涂了吗？哪来的石头？"妈妈疑惑极了。

还是老黄推了推眼镜,突然开口:"我记得三年前,长江还没禁渔的时候,我们在岸边的确看见一只老江豚。是饿死的。肚子里全是石头。可黄小松,这些事情没人给你讲,你怎么知道的?"

泪水模糊了视线,一切远去,他仿佛又回到当初被电网击打时的一片黑暗里。

一个稚嫩的嗓音带着哭腔在说:"你怎么不说话?爷爷,是鱼啊,你吃……"

大梦醒来,豚也?人也?

生活在这片水域两岸,人类与江豚、与自然的命运系结在一起,不分彼此。也许曾有对立有痛苦有决绝。

然而终有一日,谁会发现……众生即我,我即是你。保护自然,万物方能和谐共生。

玉珑说

作者简介：

未妖,安徽省亳州市人,1998年出生,原名张秋晨,曾用笔名衡尔,网络文学作家。安徽省网络作家协会会员,亳州市作家协会会员。具有多年网文撰写经验,文笔老辣,故事情节多构思得别出心裁。2016

长江,你好!

年,用笔名未妖在安之原创基地发表处女作《纨绔皇后别想逃》,次年又在其网站签约推理小说《中山路四百四十四号》。紧接着又以笔名衡尔在磨铁中文网签约并发表《我是故意招惹你的》。擅长种田、玄幻、灵异、言情、年代文等题材,文风犀利幽默,构思新颖巧妙,文笔朴实无华却又带有灵气,引人入胜,呼人共鸣。代表作有《我是故意招惹你的》《中山路四百四十四号》《乌骨骰》《追婚夺爱:总裁请入瓮》《纨绔皇后别想逃》等。

今日的雨下得尤其大,雨水几乎要淹满南林山的小池塘了,池里的鲤鱼精倒是欢快得很,估摸在欢喜她的地盘又大了。

玉珑儿刚从山脚下的老兔子精那里偷了两根萝卜,就碰上龙王爷巧赶巧的降雨令,她揣着两根萝卜埋头就往山下跑。

今日是南林寺那群和尚开坛讲经的日子,这么大的雨,多半是开不成了。

开不成好啊,省得她又被那些和尚的木鱼敲得脑仁疼。

这么好的下雨天,多么适合在江边摇着尾巴睡懒觉啊,那些鱼儿也都该浮上水面了吧,刚好还可以再抓两条鱼,她可想念上次那条大鲤鱼的味道了,肉质鲜美,又肥又嫩,一口吃下去连骨头都舍不得吐出来。

可惜,只有下雨天的时候那些笨鲤鱼才会浮上水面吐泡泡,她也只有下雨天的时候才能多抓点儿大鲤鱼解解自己的馋瘾。

玉珑儿念叨着惦记已久的大鲤鱼,拔腿向着山下跑得飞快。

张小迟就是这个时候出现的。

他看到一个身着绿衣的身影揣着个东西跑得飞快,一双锐利的眸子直接盯上,手里长刀拔出,奔着那绿衣的身影就杀了过去。

"小贼,哪里跑!

"爷爷我寻了你三日踪迹,如今可算是抓到你了。"

玉珑儿还没反应过来,就被面前一身飞龙鱼服的少年拔刀架住了脖子。

她顿时吓得面色发白,双腿都快忍不住要变成尾巴了。

她不识得面前这个少年,但她识得这少年身上的飞鱼服和架在她脖子上的那把绣春刀。

这是锦衣卫。

她见过锦衣卫,见过他们手拿绣春刀杀人的模样。他们一个个心狠手辣,砍人如同砍菜一般,玉珑儿都怀疑他们身上的飞鱼服是不是用血染红的。

张小迟一手绣春刀架过去之后,才发现这竟然是个女贼。

像是被自己的英气所震慑到,这女贼此刻的身形好像在瑟瑟发抖一般,一双漆黑的眸子中好像也带着恐惧的水光。

张小迟才不会被这女贼柔弱的一面所欺骗,他自小在锦衣卫长大,见多了这种装得柔弱、楚楚可怜的女人,他相信,只要他稍稍心软一点,这女人就会反手给他一刀。

正所谓黄蜂尾后针,最毒妇人心,这话半点儿都不假。

"你,你你你……"玉珑儿"你"了半天都没"你"出来什么,她也不知道自己怎么就被这锦衣卫给盯上了,她也没露出尾巴啊。

"你什么你?嗬,还是个女贼,你胆子够大的啊,府衙赈灾的官银都敢偷。交代清楚赈灾银的去向,不然我手里的刀可是不长眼的。"张小迟抬起手,绣春刀在他掌心打了个转,那双锐利的眼眸中流露出的危险不言而喻。

张小迟一抬手,绣春刀又架在了少女的脖颈上,连带着耳边的几缕碎发也一同削了去。

他是今早刚得到线报查到线索的,有官银在南林镇流通,经过查探,果真是官银无误。听线人说,那小贼身量不高,着了身绿衣,披了个斗篷,怀里还紧紧揣了个包裹,那官银正是从包裹之中拿出来的。

张小迟打量下面前的女人,绿衣,身量不高,怀里揣了东西,除了没披斗篷以外,其他的都对上了。

秉持着锦衣卫宁可错杀一百,也不放过一个的原则,张小迟直接果断把这个女人拿下。

这下轮到玉珑儿愣住了:"什么官银?"

她不明白,她就上了一趟山,偷了老兔子精两根胡萝卜,犯什么法了?怎么还牵扯到官银了?

她玉珑儿江生江长,靠江吃江,自给自足,这辈子都没摸过银子的边,怎么就牵扯到官银了?

"女贼,装什么傻?自然是赈灾的官银。"张小迟手里的绣春刀又紧了紧,他一贯雷厉风行,不喜欢和人说废话。

"说,官银在何处?说出来我还可以给你个全尸,不然你就等着西厂的酷刑伺候吧,到那时候,你可是求生不得,求死不能。"张小迟一边说话,一边侧了侧头,一双狭长的眼眸宛如毒蛇一般盯着面前的女人,仿佛随时都要下毒手一般。

玉珑儿此刻吓得浑身发抖,她紧紧地抓着自己的衣袖,看着自己面前的刀,那么大的刀啊,下一秒就要砍断她的脖子了,她今天是不是就要死在这个地方了?

她没见过西厂酷刑,但是她听说过她那些被西厂抓走的姐妹的下场。

她们一个个都被抽筋扒皮剐肉取血熬油,据说那宫里长明灯里的灯油就是用她们一族的血肉熬成的。

玉珑儿害怕至极,她怕死,她才刚成年,就要被抓走熬油了?听说被炼成灯油的江豚,每日每夜都要忍受魂魄被燃烧的痛苦,永世不得超生。

"你还是现在把我杀了吧,我也不求你留我全尸,只求你不要把我拿去熬油好不好?那太疼了,我怕疼,我怕被火烧。"玉珑儿抬眼看着面前身着飞龙鱼服的少年,一双眸子之中全都是泪,一滴一滴圆滚滚的,如同珍珠一般落在张小迟的绣春刀之上。

张小迟因她可怜神情猛然内心一个颤动,握着绣春刀的手不由自主地松了松。

"如此刚硬,宁愿死都不愿意交出官银?"张小迟眉头皱得很深,"你可知那些银子是拿来救命的?没了那些官银,无法救济百姓,成千上万的人将横尸遍野!你良心何安!"

张小迟紧咬牙关,他告诉自己不要因为这女人的几滴眼泪就心软,官银事关重大,不是几滴眼泪就能够放过的。

"我……我没银子啊。"玉珑儿弱弱地开口。

张小迟一愣:"你怀里紧抱着的不是官银?"

说着他直接把自己手中的绣春刀一抬,刀锋一转,直接挑向了玉珑儿的怀中。

瞬间,锋利的刀刃挑破外袍,两个约莫巴掌大的萝卜从她怀中滚落至地上来。

"萝卜?"张小迟拧着眉头黑着脸看着地上的俩萝卜,又抬起头看了看面前的女人。

"你就是揣着这两根萝卜,跑得跟有狗撵的似的?"他理解不了,这大荒山的,也没什么人影,至于揣两根萝卜还藏得跟宝贝似的?再说了,就算是有人,谁会觊觎这两根萝卜?换成银子还差不多。

"嗯,本来就是萝卜啊。"玉珑儿点了点头,然后蹲下身捡起地上的萝卜又赶紧揣回破了的衣袍中。

可不能让老兔子精发现自己偷他的口粮了,不然他又得追着自己咬,他咬人可疼了,上次在她尾巴上留下的牙印还没有消失呢。

"林老头说萝卜炖鱼最好吃了,我找了满山也就找到这俩萝卜。现在这山上的菜是越来越少了,可难找了。"就这俩萝卜还是从老兔子精那硬偷过来的。

这话一出,倒是让张小迟愣了下:"林老头是谁?"

"林老头啊,他是渔民,就住这八里江边,那江边的三间茅草屋就是他的住宅了。"玉珑儿笑笑,然后眨了眨眼,"他可笨了,十天半月都捕不上来一条鱼,就算捕上鱼了,也都是一寸长的小鱼条。"

"要不是我给他送鱼,估计他早就饿死了。不过他熬的鱼汤是真的好喝啊,比生着吃要好吃太多了。"玉珑儿一提起鱼汤就忍不住流口水。

人类的食物实在是太好吃了,不然她也不会三番五次跑到岸上,为的不就是那口腹之欲吗?当然,还有岸上的风景,还有她认识的那么多新朋友,山上的老兔子精、池塘里的大鲤鱼精。

她还是第一次见到鲤鱼成精的,还别说,阿鲤化形后的样子还挺好看的,好看得让她都不舍得吃了。

张小迟白了这个吃货一眼,他收回了自己的绣春刀,拧着眉头转身就要走,丝毫没有想要继续和这个吃货聊下去的心情,他还惦记着那十万两赈灾银,毕竟那可都是百姓的命啊。

"哎,你怎么走了?"玉珑儿都还没回忆完呢,就看到那身穿飞龙鱼服的少年转身走了,连忙开口唤住了他,"你刚才是不是说,有很多人都在饿肚子?"

张小迟顿住步子:"是,不仅在饿肚子,还快要饿死了,所以今日是我冒昧了,赈灾银事关重大,是我太急切了。"

他轻轻行了个礼,算是对自己刚才鲁莽的行为赔个不是。

然而玉珑儿却连连摆手。

她眼睛弯弯,笑得跟月牙一样。

"不,我是想说我有吃的,你要吗?

"我有鱼,我有很多很多鱼。"

张小迟发誓这是他这辈子见过的最多的鱼。

那天当那女孩儿说她有很多鱼的时候,他还以为顶多就十几条,毕竟在如今这个荒年,就连江上的渔民都网不到几条鱼了,她一个女孩子能有多少条鱼?

然而当整整齐齐装满十个麻袋的大鱼放在他面前时,他惊讶得差点儿要掉了下巴。

"这……这些你是从哪里弄的?"张小迟惊讶又欣喜至极地看着面前巧笑嫣然的少女。

她依旧是那身绿衣,头发随便用海草绑了一下,耳际别了个小贝壳,她赤着脚,细白的脚脖上也绑着一条用贝壳编织成的链子。

看上去一副妥妥的渔家少女装扮。

然而能一下子弄出上千斤鱼的人,不可能只是个普普通通的渔家少女。

"我抓的啊。"玉珑儿欣喜地笑了笑。

这些全都是她的口粮,这个锦衣卫说,那些百姓再没有吃的就要饿死了,所以她就把自己的口粮给让出来了。

自己可以少吃点,再不济,还可以啃啃蚌壳,嘬嘬螺蛳,也就是肉少了点儿,但是也能吃,不会饿死她的。

"抓的?"一夜之间能够抓这么多鱼?张小迟是不相信的。

但是,他管她呢?

不管怎么说,这个女人弄来这么多鱼是真的,如今百姓遭逢饥荒,一夜之间城外就又多了十几具饿殍,让人不忍直视,入目之间全部是百姓的饥苦惨痛。

这些鱼都是口粮,鱼肉加上糙米,能够让百姓吃几顿饱饭。

只要暂时能够保住这些百姓的命,等他把赈灾银找回来,到那时就能让百姓吃上饱饭,不用再忍受流离失所、食不果腹的日子了。

"对啊,抓的,我抓了一夜呢,可累了。"玉珑儿笑得很甜,有了这些鱼,那就不会有人饿死了吧。

她最近也看到江里漂起的浮尸了,或许是饿死的,即便经过江水的泡发,那些尸身的肉都没有多少肿胀,可见这些人活着的时候已经快要瘦成骷髅架子。

所以,她愿意连夜抓鱼给百姓,她不想看到有人饿死,那些尸体看着太让她揪心了。

张小迟的嘴角忍不住抽搐一下。

一夜之间,能抓上千斤鱼?即便是如今最大的捕鱼船也做不到,这女人到底是怎么做到一脸正经地撒出这种谎言的?

难不成,傻的?地主家的傻千金?

"说吧,你想要些什么?银子除外,这东西目前我没有。"张小迟眼睛眯了眯,轻飘飘地看了一眼玉珑儿。

这女人给他这么多鱼,不可能什么都不要。她倒是可以提些要求,只要不是太过分,他都可以答应,比如减免一些税收,或者给间商铺,再或者给个小官,他还是能够做得了主的。

然而玉珑儿却是微微一愣:"啥?"

"我说,你给我这么多东西,想从我这儿得到些什么?"这一次张小迟说得分外认真,他看着玉珑儿的眼睛一字一句道,"你献鱼有功,只要不是太过分,我都可以允你。"

玉珑儿觉得这人说的每一个字她都能听得懂,但是偏偏连在一块她就有些听不懂了。

什么叫作她想要得到些什么?

她什么都不想得到,她只想让那些百姓能吃顿饱饭,只想让他们不被饿死。

她都把自己的口粮让出来了,还能想要什么?

"我没什么想要的啊,只要他们能够不饿死,我别无所求。"玉珑儿侧头开口说。

她眉眼之间全是干净的神色,眼神真诚至极,让人根本看不出来她会有别的心思。

张小迟愣了一下,他见过很多利欲熏心之人,也见过很多为了钱、为了名、为了利甚至甘愿出卖自己灵魂的人,倒是第一次见到别无所求之人。

他倒是想要去怀疑玉珑儿的心思,然而面对那双清澈至极的眼睛,他根本说不出那一番话来。

一瞬间,不知为何,他冰冻已久的心竟然感觉到了些许温暖,如同被一股暖流轻轻化开了一般。

他入锦衣卫三年,手上沾染无数鲜血,早已觉得自己是把没有感情的刀,然而面对如此纯真至善的女人,他终究是忍不住轻轻勾唇笑了笑。

"呀,你笑了哎,原来你会笑啊,还笑得那么好看。"玉珑儿弯了弯眼眸,笑眯眯地看着那个唇角含笑的少年,只觉得眼前一亮,这是她见过的最好看的笑容了。

"那我可不可以想要你以后多笑给我看啊?"玉珑儿调皮地吐了下舌头。

"小丫头,别得寸进尺。"张小迟一下又冷了脸。

"多笑笑嘛,你笑起来的时候眼睛里好像有星星,可好看了。"

"……"

"好不好?啊?"

皖峻城楼门口,最近多了一个施粥摊。

这粥里的米虽然是最便宜的糙米,但是它里面有鱼肉啊,这可是正儿八经的鱼粥。

在这个食不果腹的饥荒时代,能有一口吃的不被饿死就算是好的了,是以每日城门口都有无数百姓拿碗排队等候。

施粥的是一个姑娘,长得眉清目秀,一双眼睛笑起来很是好看。

每有人来取粥,她便笑着给人打上满满的一大碗,还会跟人说,只要是灾民,每人每天都可以在她这儿领取三碗粥。

三碗粥,对于灾民来说,虽然吃不饱,但是能够让他们得以果腹,不至于饿死。

是以百姓都对这个姑娘颇有好感,纷纷称她为活菩萨。

"怎么样?被人称活菩萨的感受是不是很好?"张小迟不知何时从玉珑儿身后冒出来,开口笑着揶揄了玉珑儿一句。

他今日没着那身飞龙鱼服,也没有佩戴他那柄绣春刀。只是着了一身蓝色锦袍,发髻用玉冠束起,一枚白玉簪插在发冠之上,手上拿了一把千里江山扇,看起来像是位富家公子。

"你怎么过来了?"玉珑儿惊讶道。

她和张小迟说好了,每日她弄来鱼,他弄来米,因着张小迟锦衣卫的身份不方便,所以由玉珑儿来给百姓施粥。

今日突然见他前来,玉珑儿惊讶了一番,再看他并没身着锦衣卫的衣袍,心就安了安。

只要他没穿那身飞龙鱼服、佩戴他那把绣春刀过来吓到百姓就行。

"我不能过来看看了?小丫头,这米可是我出的,这粥还是有我出的一份力的。"张小迟抬手用千里江山扇拍了一下玉珑儿的头。

玉珑儿气得也想拍张小迟的头,然而她比张小迟都快矮一头了,她够不着打他的脑袋。

气得她只能鼓了鼓自己的腮帮子,冲着张小迟喊道:"不许打我脑袋,再打就笨了。"

张小迟又敲了一下:"本来就笨。"

"我怎么笨了?别以为我不知道你那些米是从哪里弄来的。"玉珑儿气呼呼地瞪了张小迟一眼。

张小迟眼睛眯得细细的,他轻轻挑起眉,眼珠微微一转,唇畔染了三分笑意,看着玉珑儿:"哦?那你倒是说说,那些米我是从何处弄来的?"

因着刚施完粥,此时周围没什么人,玉珑儿也敢开口,她抬手指着张小迟开口道:"你偷的。"

张小迟拿扇子堵住了她的嘴:"饭可以乱吃,话可不能乱说,谁偷了?"

玉珑儿一把推开扇子,气呼呼地看着他说:"你!我都看到了,你半夜去人家家里搬了好几麻袋米出来,外面还有人接应你呢。"

玉珑儿是真的看到了,她看到张小迟翻身进入一户人家,不一会儿就弄出一袋袋糙米来,外面还有一大群穿黑衣的人接应他,那些人一人扛一袋米纷纷放到马车上,然后再去另一家。

别当她眼瞎,什么都没有看到。

"你跟踪我?"张小迟猛然把扇子架在了玉珑儿的脖子上,此刻他的眸子眯得细细的,唇畔再也没了笑意,这个样子的他仿佛随时都要下杀手一般,看起来危险至极。

玉珑儿缩了缩脖子,有些忐忑地看了看他:"我……我就是路过,才没有跟踪你。"

"没有跟踪我会知道我详细的路线?会知道我做了什么,又带了多少人?玉珑儿,你当我蠢?"张小迟眉眼中带着危险,唇畔却又染上了三分笑,那笑容让玉珑儿简直都有些发毛。

"我……我……"玉珑儿是真的"我"不出来什么了。

"玉珑儿,你可知道胆敢窥测锦衣卫行踪的人都是什么下场?"张小迟就那么阴恻恻地看着她。

"什……什么下场?"玉珑儿尿尿地问道。

她年龄小,刚化形,从来没有出过皖峻府城,也没有和锦衣卫打过交道,只是听长辈们形容过锦衣卫的凶残,却是真的不知会是什么下场。

"砍去双脚,剜去双眼,割掉舌头,至于之后是死是活那就无人可知了。"张小迟轻飘飘地说出这番话。

玉珑儿吓得双手环抱住自己,连忙摇头道:"我什么都没看到,我什么都不知道,我以后再也不跟着你了,能不能不要砍我的脚,剜我的眼,割我的舌头?"

她都快要吓哭了,一双乌黑的眸子之中泛起波光,像是随时都要落下泪来。

张小迟愣了愣,看到面前的姑娘落泪,他竟然有些不知所措。他连忙收了手中的扇子,那张严肃的面孔之上带着无奈的神色。

他抬起手轻轻揉了揉小姑娘柔软的头发,轻声地朝着她开口说:"不哭了,我不砍你的脚,也不剜你的眼睛,更不会割你的舌头,你不要哭了好不好?"

他这么一说,玉珑儿哭得更厉害了:"那你是要杀了我吗?"

她只觉得自己今天怕是保不住这条小命了。

回想起来,自己是真的惨啊,她只是出来这么一次,就遇到这么多的事情,不仅自己的口粮没了,如今就连命都要保不住了。

"我杀你做什么?"张小迟是真的被她的"脑回路"给气笑了,他抬起手点了点小姑娘的额头,"你帮了我这么大的忙,救了这么多百姓,我感谢你都来不及,怎么可能会杀你?"

"那、那你刚才所说……"玉珑儿一双眼睛都快肿成桃儿了。

"刚才是吓唬你呢,我不会杀你,更不会伤你。"张小迟摸着她的头有些温和地笑了笑。

说着像是又想到什么,他转而对着玉珑儿挑了挑眉,眉间又带了一点肃穆:"不过我所说的倒是真的,锦衣卫刑法森严,你若是见到和我身着一样飞鱼服的人,一定要躲开,我不要你的命,可不代表他们会对你手下留情。"

玉珑儿听到他的话,呆愣愣地点了点头。

她知道的。

江里的长辈都说过,见了锦衣卫一定要躲着走,不然会被抓去炼鱼油的。

两人一阵静默,只有四周静静吹起的风乱了两人飘散而起的发丝,那发丝随着风卷微微交缠,像是在预示着两个人终究会有一段不同寻常的交往。

夏日多雨,停了不过几日的雨水又开始降了下来。

玉珑儿一边和人搭着帐篷,一边担忧地看着只剩小半锅的鱼粥。

她抓的鱼快没了,张小迟弄来的糙米也快吃完了,灾民实在是太多了,即便是她这段时间把整个八里江里的鱼都抓了个干净,也不够这成千上万的灾民果腹的。

她这个施粥摊子支不了几天了,然而如今赈灾银还是没有下落。

玉珑儿是真的着急了,她不知自己现在还能有什么办法帮助这些百姓渡过难关,她不想看这些人饿死,不想看到一座城饿殍满地。

她咬了咬牙,像是拿定了主意,把施粥铺子交给旁人,自己直接孤身一人再度冲上了南林山。

当初,她和张小迟就是在这南林山上遇到的,张小迟说他是追贼人,然而贼人没有追到,却遇到了她。玉珑儿觉着张小迟当初是在这座山上跟丢的贼人,那么想来这里可能还会留有什么踪迹吧。

这么想着,她直接一路冲到山上。

"阿鲤、胡伯伯,你们前段时间可曾见到过有人带着很多银子进这南林山?"玉珑儿向两个老友求问,想要从中得到一点儿线索。

这两个精怪都是在这座南林山土生土长的,这里的一丝异动都逃不出他们的视线。

"银子?"鲤鱼精趴在池塘边剥着手里的莲子,然后疑惑地问,"你要它做什么?那东西不好吃,硌牙,还不消化。"

老兔子精倒是气得要咬玉珑儿的尾巴:"小江豚,你还敢再上山来?上次你偷了老夫的萝卜,老夫还没找你算账呢。"

"胡伯伯,您那萝卜我不过就拿了两根,您别那么小气嘛。您帮帮我这个忙,只要您能帮我找到银子,我还您一麻袋萝卜。"玉珑儿讨好地朝着老兔子精笑道。

"不行,起码得再加一麻袋白菜。不然老夫才不帮你跑这个腿。"老兔子精气得胡子一翘,白了玉珑儿一眼。

"行行行,只要您能帮我找回赈灾银,您说什么就是什么。"玉珑儿一听,就知道老兔子精肯定知道赈灾银的下落了,不然他不会如此这般提要求的。

只要能把赈灾银找回来,只要能让那些流离失所的灾民不饿死,就是再让她加两袋白菜她都愿意。

"行,这可是你说的啊,可要一言为定啊。"老兔子精眼珠转了转,然后他笑着摸了摸自己的胡子,"那赈灾银老夫我还真看到了,贼人和银子如今还都在这山上。你顺着这条路往前行三十里,有一个山匪窝,赈灾银就是他们偷的。"

说着他抬手指了指前方的一条羊肠小道。

"玉丫头,等你把那银子找到,可别忘了你答应我的萝卜、白菜。"老兔子精摸了摸自己的胡子,朝着玉珑儿一笑。

其实赈灾银被盗的事情他听说了,这两天也曾打探过线索,他虽然身为精怪,但是也不想看那么多百姓饿死,不想看那么多灾民流离失所。

跟玉珑儿说完话,老兔子精背过身子,转而又衣袖一摆,化作一只老兔子,钻进了自己的兔子窝,安稳地啃着自己窝里的萝卜。

玉珑儿几乎是连蹦带跑一路气都不喘地跑到张小迟的住所,双手拍打大门,拍得震天响。

"张小迟,找到了,我找到了。"

大门倏然打开,一身飞龙鱼服的少年从门内而出。张小迟看着面前的少女,她的发丝散乱着,耳际的贝壳也掉落了,衣袍也不知被什么给划破了,整个人狼狈不堪。

他不由得皱了皱眉头:"你是被山匪抢劫了?"

玉珑儿此刻哪里在乎什么形象,她笑得一脸灿烂,眉眼都是弯弯的:"张小迟,我找到赈灾银的下落了。"

张小迟一愣,然后眸子猛然一亮,一把拉过玉珑儿的手,看着她那双漆黑发亮的眸子,按捺住内心的激动开口:"你说的可是真的?赈灾银的下落你真的找到了?"

他这话是贴着玉珑儿的耳畔问的,因为赈灾银事关重大,容不得任何人撒谎,如若说的是假话,那一定是死罪。

所以当他看到玉珑儿那双漆黑的眸子时,终是选择了低声问,这样的话,即便出现什么错,也牵扯不到她的身上来。

不知为何,他就是不想看面前这个少女受伤,或许是她太过纯真善良,以至于手染无数鲜血的张小迟也不想破坏这份美好。

"对,找到了,就在南林山上,那山上有山匪,赈灾银就是他们抢的。"玉珑儿跟张小迟讲着山匪窝的路线。

然而她没有注意到张小迟的脸色越来越冷。

"胡闹!"张小迟打断了玉珑儿的话,他皱着眉头,一手紧紧地握着玉珑儿的手,眼睛深深地看着她,"你既然知道有山匪你还敢去,你是不怕死吗?你是不知道那些山匪烧杀抢掠无恶不作吗?你是嫌你这条小命活够了吗?"

他一字一句几乎是朝着玉珑儿开口吼的。

"我……我知道。"玉珑儿的心又开始扑通扑通跳了,这次和以往不一样,这次跳得很快,她也说不上来那种奇怪的感觉,只觉得一颗心都要跳出来了。

"你知道你还敢去,玉珑儿你是傻吗?"张小迟又气又急,他一手拉过玉珑儿,上上下下看了个仔细,确定她真的没有受伤,衣服上也没有血迹后,这才算是安了点儿心。

"我不傻。"玉珑儿摇了摇头,她认真地看着张小迟,"咱们的粮快吃没了。得快点儿找到赈灾银,不然就只能眼睁睁看着那么多百姓饿死了,我不想他们死。"

她一直都有三个愿望。第一,希望所有百姓都能吃饱穿暖;第二,希望整个天下没有战乱,天下可以太平;第三,她希望人和动物之间能友好相处,人能把动物当作自己的朋友。

虽然她知道她这些愿望实在是太难实现了,但是或许有一天能够梦想成真呢?

所以,她不能眼睁睁看着那么多百姓流离失所,看着整个皖峣饿孵遍地自己却什么都不做。

一番话,她说得认真又纯粹,那双乌黑的眸子之中只有最真挚的希望。

张小迟忍不住一把把她抱进了自己的怀里,他轻轻地揉了揉玉珑儿的脑袋,开口温和地说:"够了。玉儿,你做得够多了,剩下的交给我。"

微风浮动,夏雨霏霏。

这一刻,那个身着飞龙鱼服、腰佩绣春刀的少年暗自在心底做了一个决定。

从今以后,他张小迟不仅要保护好天下百姓,而且要保护好自己面前的这个女人。

皖峻城三面环山,一面环江,易守难攻,自古以来都是兵家必争之地。

三年前的大荒之灾席卷整个皖峻,恰又雨落逢屋破,朝廷拨发的赈灾银被山匪所盗。

好在有锦衣卫校尉张小迟深山追击一举端了山匪的老巢,又为皖峻寻回赈灾银,救百姓于饥荒之中,是以朝廷提拔张小迟为锦衣卫千户,驻皖峻府,下掌十百户所。

"张小迟,你这次……是要去打仗了吗?"玉珑儿看着面前身着甲胄的张小迟,目光之中忍不住带了些许担忧。

三年时光飞逝,当年那个青涩的少年如今已经变得老成稳重,皖峻府有他入驻便是连贪官都没有一个,这三年来国泰民安风调雨顺,百姓算是过上些许时日的好日子。

可是太平日子好像总是来之不易,前段时间沿海来报,倭寇屡次进犯,明军失利,一支倭寇已经入了八里江,要沿江而行,筹谋掠夺资源。

在张小迟眼中,大明领土寸步不让,胆敢来犯者虽远必诛,不打得倭寇彻底滚回东瀛老家,他绝不可能退缩半步。

"对。"张小迟侧了侧身,抬起手摸了摸玉珑儿的头,"倭寇欺人太甚了,沿海的百姓受他们侵扰,死的死伤的伤,渔民如今连出海捕鱼都不敢。倭寇在我大明地盘上撒野,我又怎能不让他们有来无回呢?"

他跟玉珑儿说话的时候语气很轻,带着一丝独有的温柔,然而眸子之中的坚定和对敌人的恨意却是刻在了骨子中。

胆敢侵扰我大明疆土,欺我大明百姓者,杀无赦。

玉珑儿看出他眸子之中的血性,目光坚定地对着他点了点头:"你此行注意安全,一定要活着回来,我等你。"

"好。"张小迟冲着她笑了笑,"等我这次得胜回来,就娶你好不好?"

"你说你没有父母,我恰恰也是孤儿,我们不用父母之命,只需媒妁之言,等我打完倭寇回来,就跟你提亲可好?"他轻轻地拉过玉珑儿的手,一双眸子之中罕见地带了些许忐忑。

此刻的他好像不是那个从容淡定的锦衣卫千户大人,他只是张小迟,一个心悦玉珑儿的普通少年而已。

"你……可愿答应?"他红了耳根,看着自己面前已出落得亭亭玉立的少女。

玉珑儿突然就羞红了脸,她任由张小迟握着自己的手,整个人都不知所措一般,她张了张口,但是喉咙像被堵住一样。

她不知自己该说些什么,不知该不该答应他,不知这段感情究竟是对是错,但是她知道,自己心悦于他,心悦于面前这个少年。

"我……我……"玉珑儿张口结舌,有些不知所措。

然而张小迟却不管,他一把抱过面前的少女,贴着她的耳畔开口道:"不嫁给我,你还想嫁给别人是不是?"

他轻轻地笑了笑,那笑声像是有蛊惑般的魅力,让玉珑儿急切地开了口:"没,我没有要嫁给别人。"

张小迟笑得更加厉害了,他紧紧抱着怀中的少女,低下头在她额际轻轻落下一吻:"玉儿,等我回来,便娶你为妻。"

说着他松开面前的少女,抬手一扬自己的大氅,推开红木大门,直奔府门之外,那里早有整装待发的锦衣卫和明军众人。

玉珑儿看着那个越走越远的红色身影,猛然热泪盈眶,她突然快步朝着门外奔去,然后抬手喊道:"好!张小迟,我答应你,我等你,等你回来娶我为妻。"

那个红色的身影已翻身上马,他策马扬鞭,轻轻挥了挥手,没有再说话,只是朝着玉珑儿轻轻一笑,三千情丝尽数融进了那笑容之中。

转而,红衣飞扬,骏马驰骋,奔向远方,奔赴属于他的战场,守卫他心中的信仰。

八里江上,浩荡的江水滔滔不尽,一艘又一艘战船出击,无数大明将士站在甲板之上,他们手握重兵,腰带手铳,朝着敌军进发。

玉珑儿化身江豚潜在江底,只一抬眼就看到众多战船之中,一艘红色的战船之上,一群身着飞龙鱼服、佩带绣春刀的锦衣卫不断地巡视四方。

为首的千户大人站在战船船头,一身红色飞龙鱼服,身穿甲胄,脚踩皂靴,身披红色大氅。他一手拿着望远镜,指挥着战船的行军备战,整个人从容淡定。

玉珑儿在江底看着她心心念念的张小迟英姿风发的模样,笑得眼睛都弯了,这才是少年得志该有的模样。

战船行得很快,不一会儿左右包围直接拦住了倭寇的去路。

对方只有七八条小船,人并不算多,为首的一个约莫五尺高,唇上留着一抹小胡子,说起话来叽里哇啦,让人一个字都听不懂。

那群倭寇一看自己被人"包了饺子",瞬间脸色难看至极,像是没有想到这次出行竟然会如此不利。

玉珑儿看着他们叽里哇啦一通之后,从船舱之中拿出一个类似纸筒卷样的物体,紧接着那个领头的倭寇就拿着那东西笑得分外飞扬。

"不好,是黑火药。"张小迟率先认出倭寇头子手里拿的东西。

黑火药爆炸力极强,那么小小一根纸筒包裹的黑火药,只要点燃引捻丢入人群中,可造成数十人伤亡。那一群倭寇手中拿的纸筒少说也有数十个,这要是全部落在船上,怕是整艘船都给炸没了。

"快,拦住他们,不能让他们把黑火药丢过来!"

然而已经来不及了,那倭寇头子抬手一扬,把那黑火药丢了过来,其余手拿黑火药的倭寇也都纷纷而掷,一根又一根被点燃引捻的火药奔着甲板侵袭而来。

张小迟心头一凉,目光之中带着死亡的寂灭,这一刻他什么都做不了,只能等待着死亡,那是黑火药啊,最大的杀器。

这一刻他突然有些后悔了,他后悔自己走之前和玉珑儿说那些话了,因为他可能没办法回去娶她了。

那个死心眼的姑娘,也不知会有什么选择,如果知道他的死讯,那个爱哭的姑娘怕是又要哭肿眼睛了。

"给我打!"张小迟直接下令,"就算死,也得拉上这群倭寇来垫背。"

他们如今已经可谓背水一战。但是哪怕是死,他们也不能让倭寇好过,杀一个够本,杀两个赚一个,在这生死关头,他们没有一个人想着要逃脱,只想着就算是死也得拉倭寇垫背。

所有的明军齐齐地拿出自己的火铳还有长枪,纷纷把武器对上这一群东瀛人。

然而江底下的玉珑儿却急了。

她不能眼睁睁看着张小迟丧命,不能眼看着这一群热血的明军死亡。

她咬了咬牙,直接尾巴奋力一卷,庞大的力量使得水下暗流涌动,一袭江水直接拍上了明军的船,直接把那黑火药给彻底浇灭,一股又一股的水龙卷使得倭寇都变了神色。

这是怎么回事?难不成明军还有神仙相助不成?

张小迟也呆愣地看着自己面前的这一幕,一股股水龙卷齐齐地涌上船身,把那倭寇丢来的黑火药全都浇灭了。

这般奇异的现象简直让所有人都震惊。

张小迟衣袖一挥,朝着倭寇的方向指去:"给我打!往死里打!"

倭寇神色都变了,他们怎么都没有想到,准备好的黑火药竟然没有起到作用,那么现在要怎么办?

他们叽里咕噜说了一通,然后一群人纷纷跳入了江中。

张小迟一眼就看出他们的打算,倭寇水性好,他们这是要对战船动手脚呢。

张小迟脸色一冷,直接大手一挥,脱掉大氅,看着身后的锦衣卫开口道:"来一队人,跟我下水战倭寇,他们既然敢来,我们就要让他们有来无回。"

说着直接跳进了江水之中,而他身后的锦衣卫也一个跟着一个跳了下去,这些人的面色之上都带着一股浓重的战意。

玉珑儿一看到那么多人都跳进江里,瞬间那叫一个高兴啊,跳江好,江里是她的地盘啊,只要这些倭寇进了江水里,任凭他们水性再怎么好,也别想有一个能够活着回去。

心里这般想着,她直接发出呼唤,唤来自己的同伴,然后直接朝着倭寇游去,大尾巴一甩一甩,直接拍在倭寇的脸上,一尾巴拍晕一个。

张小迟刚跳下水,见到的就是这幅神奇的画面,一群群江豚竟然在围着倭寇……打?看那一尾巴拍晕一个倭寇的样子,应该是打,没错了。

尤其是为首的那个江豚,打起倭寇可凶了,不仅用尾巴拍,还用牙齿咬,那凶狠的模样,活脱脱一个小鲨鱼一般。

张小迟内心简直是想笑啊,今天真的是有如神助一般,黑火药被水龙卷毁去,倭寇又被江豚所重伤。

张小迟抬手一挥,直接朝着那一群受伤的倭寇游去,他要抓活的,要从这一群人的口中套出他们的阴谋来。

他游到江底,冲着那个倭寇头子抓去,这人已经被江豚打晕,还被撕咬了几口。

张小迟一把抓住他,就往江上游,然而他没有注意到,就在他拉着人的时候,那个倭寇头子醒了,他眼神之中带着一抹恶毒,转而直接拔出腰间的匕首朝着张小迟就是一刀。

"不!"玉珑儿转身就看到让她终身难忘的一幕。

只见张小迟呆愣地回头,他一手捂住自己的心口,一手紧紧抓住倭寇,整个人顺着江水往下沉,迷糊之间,他好像看到玉儿了。

接着,意识猛然一黑。

玉珑儿几乎是疯了,她直接游过去,朝着那个倭寇的咽喉处就是狠戾的一口,咔嚓,倭寇的脖颈直接被她咬断,甚至来不及惊呼一声,就这么死在了冰冷的江水之中。

玉珑儿直接化为人身,她一手环抱住张小迟,然后一点一点儿把人给拖上来。她看着那溺水又身受重伤的少年,轻轻地靠近他的唇,然后朝着他的口中度气。

昏迷之中的张小迟只觉得自己被一个温暖的怀抱紧紧地抱着,窒息的感觉好像也消失了,他迷糊中睁开眼睛,好像又看到了自己的玉儿。

玉儿,是你吗?

皖峻府今天格外平静,便是连苍蝇都没有一只,兵将们包围了皖峻府衙,周围带着一股肃杀的气息。

一群锦衣卫在府内的院落齐齐地站着,他们守在四周,紧紧地盯着那红色的房门,仿佛是怕什么人逃脱一般。

檀香熏着整个房间,少年脸色苍白地坐在软榻之上,他的桌几之上放了一把刀,那是朝廷派人送过来的,为的是……

张小迟侧着头,一双眸子固执地看着玉珑儿,一字一句认真地问道:"你真的是妖?"

其实哪里还需要问呢?

那一天的八里江水中,跟他一起下江的锦衣卫中,有好几个看到那江豚化人的一幕。

这对他们来说可是天大的消息,当今圣上求长生已久,最是好奇这些精怪,他们要是把这头江豚精给献上去,那岂不是天大的功劳?到时候一步登天也是有可能的,谁还想做这出生入死不讨好的锦衣卫啊?

玉珑儿一双眼睛之中全都是泪,她缓缓地抬起头看着张小迟说:"如果我是妖,你是不是就要杀了我?"

怎么会这样呢?

明明前不久,这人才跟她说好的,等他得胜回来就要娶她为妻,可怎么转眼之间就要杀了她呢?

玉珑儿想不明白。

她不懂得为什么人心易变,为什么在利益面前,所有的感情都可以化作虚无,甚至还可以对自己的爱人下死手。

张小迟没有开口说话,他只是无声地笑,那笑容之中带着些许惨痛,带着些许可悲。

他怎么会没有想到呢?

他早该知道的,哪有普通人能一夜之间弄到上千斤的鱼呢?

他在南林山寻了那么久的山匪,都没有找到他们的踪迹,却被玉儿轻而易举地找到,他在八里江上被倭寇黑火药包围的时候,那铺天而来的水龙卷,还有那一群围着倭寇撕咬的江豚,以及他被倭寇所伤,被人从江底救上来的时候,怎么就没有想到他的玉儿根本不可能会是普通人呢?

"你是不是傻?谁让你去八里江了?谁让你现身去救我了?你不知道你是妖吗?你不知道如今圣上追求长生不惜一切也要寻找各种精怪吗?"张小迟猛然抬手抱起自己怀中的玉珑儿,满脸上都带着心疼。

他的姑娘啊,如果不是为了他,玉儿怎么可能会被人发现呢?

"玉儿,听我的,逃,你只要逃进八里江,那些人就拿你没办法了。"八里江是江豚的地盘,只要入了水中,那些人就拿她没办法了。

玉珑儿抬起头,整个人微微地愣住。

"你,不杀我?"

"傻子,我说过我要护你一生,又怎么可能会对你动手?杀你?我宁愿舍了自己的命,都不愿看你受一丝伤。"张小迟抬起手轻抚上玉珑儿的容颜,一寸一寸,仔细而又认真,像是要把自己面前的女人永远记在自己心中一般。

"我说过,等我回来,就娶你为妻。"他看着玉珑儿轻轻地笑着,即便他面色苍白,也依旧笑得好看至极,"如今我回来了,眼下这个情况我怕是请不得媒人提亲了,那我们私定终身可好?"

他眼睛里面带着不可置否的固执:"你当初答应我的,不能反悔。"

眼泪倏然就从玉珑儿的眼角滑落下来,她从来没有想过自己会听到这一番话,也从来没有想到在如此情景之下,张小迟依旧要与她私定终身。

长辈们都说,人类狡诈阴狠无情,可是她的少年怎么就那么傻呢?

"我逃了,你怎么办?交不出我,你是要自己去送死吗?"玉珑儿紧紧地抱着张小迟,一双眸子中都带着疼痛之色。

她不忍心啊,不忍心让自己的少年去送死。

她轻轻地笑了笑,笑容之中是满满的不忍,她看向张小迟,然后抱着他在他的唇上轻轻落下一吻。

"张小迟,别犯傻了,忘了我吧,以后你要好好的,我们之间不同,我是妖,你是人,注定不能相伴一生。"

张小迟一听她说这话,就知道事情不好,他抬头紧紧地抱着玉珑儿:"不,你不要做傻事儿,哪怕你是妖,我也要和你相伴一生,你答应过我的,要做我的妻的。"

泪水一滴一滴从他的眼角落下,落在玉珑儿的脖颈处,烫得她的皮肤发疼,一颗心更是发颤。

"张小迟,你要好好的。

"忘了我吧。"

玉珑儿流着泪一字一句说出这句话,然后朝着张小迟抬手一挥,直接打晕了他,她取下自己戴了几十年的贝壳链,缓缓地放进张小迟的手心中。

张小迟,余生我不在你身边的时候,就让它来守护你吧。

皖峻城的人都听说过一个故事,那是一个叫作玉珑儿的江豚精和一个叫作张小迟的锦衣卫相爱的故事。

八里江边,一座茅草屋旁,一群孩童守着一个老人,眼巴巴地听他讲着故事,听到动情之处,几个娃娃忍不住用手擦了擦自己的眼泪。

"张爷爷,故事的最后呢?玉珑儿怎么样了?她死了吗?张小迟呢?他忘了玉珑儿了吗?"

老人微微笑,沧桑的容颜看了看江水滔滔的八里江,在那江水之上,一头江豚应着他的目光猛然越出江面,朝着他摆了摆尾巴。

"故事的最后啊,玉珑儿被取走修炼出的金丹。没了金丹,她就只是一头普通的江豚,不能再变成人形。"

孩子们听得心中一疼。

"至于张小迟……他不会忘了玉珑儿。"

怎么能忘呢?怎么能忘得了呢?

那个少女在他面前笑着的模样早已经深深地刻在他的心中,入了他的骨,融了他的血,这辈子他都无法忘记啊。

听完故事,孩童们散去,他们齐齐地沿着江边走去巡逻,他们是这八里江边最小的江豚守卫。

而那个老人是这八里江边最老的江豚守卫。

因着一个故事,整个皖崚城的人都自主地不再去捕捞江豚,更是自发地组成江豚守卫队去阻拦那些外来的捕捞者。

江边的老人看着那一群渐行渐远的孩童,轻轻地抬手抚摸上自己手上的贝壳链。

即便是过了几十年,这贝壳链依旧鲜艳如昨,每次看到这个链子,他都仿佛看见那个纯真的少女赤脚戴着贝壳链站在他面前浅笑的样子。

张小迟笑了笑,他一把拎起一旁的木桶,桶中全是肥大的鲤鱼。

即便是这么多年过去了,他依旧记得很清,玉儿最喜欢吃肥嫩的大鲤鱼了。

他有些老了,步履也有些蹒跚,仍拎着那木桶一步一步走到江边喊道:"玉儿,来吃鱼啊。"

说着,他把木桶中肥大的鲤鱼丢进江中,一头江豚应声游来,它在张小迟的手边蹭了蹭,然后张开嘴巴啃起那肥大的鲤鱼。

张小迟看着面前的江豚轻轻地扬起一抹笑,恍惚之间他好像又透过面前的江豚看到了曾经的玉珑儿,她还是那么好看,那么纯真良善。

她朝着自己轻笑,好像是在说:"张小迟,今天的鱼很好吃呢。"

微笑天使

作者简介：

尘世伊语，本名沈燕，中国散文学会会员、中国铁路作家协会会员、中国民间艺术家协会会员、安徽省作家协会会员、上海铁路局作家协会理事、安徽省黄山市作家协会理事。散文散见于《新民周刊》《新安晚报》《人民铁道报》等报刊；小说发表于《微型小说选刊》《婚姻与家庭》《做人与处世》《智慧东方》《特别关注》《现代家庭教育》等杂

■ 长江,你好!

志;《云上抗疫的二十二天》获全国"书香三八"征文一等奖,《夺魁徽墨金不换》获"山海经全国文房四宝征文大赛"优秀奖、"上海路局十佳"作品奖,《大美莲山》获全国青春励志征文大赛"我的故事我的梦"特等奖,《灵魂摄影师》获安徽省首届优秀网络文化作品二等奖,《找熟人》获"法润江淮,共筑美好安徽"全省法治作品征文一等奖……

一

"方老师,方老师,我再也不要跟江小龙做同桌了。"

方欣刚进办公室,吴语琪就追了过来。小姑娘嘟着嘴,跑得气喘吁吁,眼眶红红的,一副要哭出来的样子,语气却十分坚定。

吴语琪是班上的学习委员,爸爸是名警察,妈妈是名医生,平时热情大方,跟班上同学关系很好,学习成绩一直很好。方欣特意把她安排跟江小龙一起坐,就是想让她帮助江小龙的。

这么乖巧懂事的孩子都被气成这样,方欣微微皱了皱眉。新学期开学还没多久,这个江小龙就已经换了三个同桌了,班上没有孩子愿意跟他做同桌,三天两头就有人到办公室来告状。

"江小龙的作业又没写。"

"江小龙把我的铅笔盒摔到地上了。"

"江小龙动手推人,他还吐口水了。"

……

这江小龙已经十五岁了,还在读三年级,个子不高,长得敦敦实实,一身黝黑,平日不爱说话,圆圆的脸庞,乌溜溜的眼珠,什么时候看他都是嘴角向上扬,一副笑脸,煞是可爱。可为什么同学们都不喜欢他?方欣总觉得他像什么,但又始终想不起来。

方欣才调来这所小学不久,带两个班的班主任。八里江小学不大,离长江八里江段就几百米的距离,一幢两层的楼房,老师加学生还不到一百人。方欣这个班主任又教数学又教语文,每个星期还要去家访,她怎么也想不到,一个镇上的学校居然比她以前教的省重点还要忙,可路是自己选的,既然来了就不能随随便便地混日子。方欣的母亲生前也是老师,她在世时就经常说,既然当了老师就绝不能误人子弟,要对学生负责。方欣一直牢记着母亲的话,每天天不亮就忙开了,深夜还在办公室里批改孩子们的作业。

调皮的孩子方欣见得多,可像江小龙这样的孩子,真是着实拿他没办法。油盐不进,任课老师们提到他都头疼。打不得,骂不得,好话说了几箩筐,人家就是不答理你,照旧我行我素。方欣几次让江小龙请家长来学校,可是一个多星期了,这孩子宁愿天天在教室里罚站,也不见他的爸妈。听人说江小龙的父母离异了,还有人说江小龙的母亲过世得早,他是跟着耳聋的奶奶长大的。

隔壁办公桌的陈老师劝方欣:"你还是少管点他,我们都没见过他爸妈,你多点精力给班上别的学生,把班上的整体成绩抓上来,这样评先评优也有条件了。"

方欣重重地叹了口气,说道:"谁说不是呢?可是我们班的平均分都是被他一个人给拖下来的,一共十六个孩子,每个人匀他三分,他还是不及格呀。"

陈老师是这个学校的老教师了,资历深,教学时间长,她悄悄冲着方欣挤挤眼睛,小声说道:"你去给校长说说呗,这样的孩子实在管不了,就让他走呀。"

方欣当然明白她的意思,要求学校劝拖班级后腿厉害的孩子转学,可这是个镇上的小学,方圆几十里就这一所,如果劝其转学,像江小龙这样的孩子可就没学上了。方欣实在不忍心,她咬了咬嘴唇,说道:"没有坏孩子,只有不会教的老师,我想是自己没找到好办法吧。"陈老师自讨没趣地耸了耸肩。上课铃响了,方欣捧着书进了教室。

这节是语文公开课,有许多外校的老师来观摩学习,还惊动了电视台的记者来采访。方欣是省级优秀语文老师,她的公开课曾获得过许多奖项,学生们都很喜欢听,她总能用引人入胜的话语带着孩子们神驰在知识的海洋里。可让方欣万万没想到的是,江小龙居然在自己的语文公开课上睡着了,这堂课方欣和孩子们都精心准备了很久,用心地排练,学校上上下下都十分重视,还要求班上所有的同学当天都穿好自己的校服,清一色的小白鞋,为了拍摄起来效果好、整齐有序。可正当电视台的记者认认真真地扛着摄像机,把镜头推向方欣的黑板时,居然从教室的后面传来了一阵打呼噜的声音。本来还是安静专注的学习氛围瞬间炸开了锅,同学们都憋不住地笑开了,纷纷转头看向教室后面。

那不是江小龙吗?他平时就喜欢在课堂上睡觉,已经被方欣批评过很多次了,还让他在后面罚站。今天是公开课,方欣怎么也没想到,挨着板凳的江小龙居然当着大家的面睡着了,还打着呼噜,流着口水。等方欣上前把他给拽起来,才发现他脚上的鞋比平时的还脏,黑漆漆的,还裹着一层厚厚的泥土。方欣气不打一处来,江小龙根本不把自己的话当回事,摆明了是丢班级的脸。方欣的脸气得红一阵白一阵,尴尬得不知如何是好,还是校长出面,把江小龙带了出去,一堂公开课好不容易才上了下来。

二

这天下课后,方欣办公室里坐着一名头戴大盖帽、身穿制服的警察。

一看,这不是吴语琪的爸爸吗?方欣想到吴语琪前些日子坚决要换座位的事,忙不好意思地说道:"吴语琪爸爸,不好意思,这段时间太忙了,关于吴语琪换座位的事……"没等方欣说完,吴语琪爸爸正了正警帽,说道:"方老师,您别误会,我不是为了吴语琪来找您的,我是来学校找人的。"

方欣听吴语琪爸爸说明了情况:"我们局里收到一封奇怪的匿名检举信,是个叫微笑天使的人,这封信是从学校旁边的邮局寄出去的,我就是来调查这件事的。"

"微笑天使?"方欣听了觉得很奇怪,学校的孩子虽然不多,但是故意隐瞒真实名字,要查出来还是不太容易的。

方欣想看举报信的字迹,可一看,上面的字都是从报纸上剪下来拼出来的,上面触目惊心地拼了几个字:"救救江豚"。方欣的心里一动。

吴语琪的爸爸说道:"这是一封求救信,却再也没有下文了,我们该干些什么?你们学校能提供些线索吗?"方欣仔细想了想,摇了摇头,可不知道为什么她的脑子里跳出江小龙倔强的眼神。

六月的天,虽未到盛夏,江边却是热浪逼人,空气中夹杂着闷湿的味道,翻滚着吞噬世间一切。江堤上的沙子被烤得像在锅里炒过一般,湿热难受,透不过气来。江堤上走着一个女人,她撑着把伞,摇摇摆摆地前行,另一只手不时把被风吹乱的头发向脑后捋着。

女人正是方欣。她站在长长的江堤上,遥望着远处的江水,水岸线明显又往后退了许多,江面上运沙的货船还在忙碌着,对岸的房屋和工厂依稀可见。

到江小龙家家访,是方欣很早就想做的事,她好不容易找来江小龙的家庭地址,手上攥着张简易的手绘地图,一个人就寻着来了。

纸条上的地址写得十分模糊,没有具体的街道,也没有具体的门牌,江欣一路问了许多人,都没人认识江小龙,好不容易碰到一群在地里干活的妇女,方欣从手里翻出一张江小龙的照片,其中一个妇女叫了起来。

"这不是黑娃吗？我们都叫他黑娃，我知道他家在哪里。"

原来江小龙叫黑娃，大家都七嘴八舌地说开了："这孩子从小就像是个哑巴，都没听过他说话，见人也不会叫的。"

"他才不是哑巴呢，我亲眼见过他对着江上喊，好像是在叫着江豚什么的。"

"他家里好像只有个奶奶，这孩子奇怪得很，总喜欢一个人跑到江堤上去，一待就大半天，有时候晚上还在堤上待着，不知道他想干什么。"

"他会不会是想偷偷捕鱼？我有次晚上在江边看见他一个人还拖着张鱼网呢。"

……

方欣喜忧参半地听着，眉头揪到了一起。总算找到了江小龙，这孩子果然喜欢往江岸上跑，既然他经常待在江边，她决定自己到江边来碰碰运气。方欣脱下高跟鞋，光脚走过一片沙地，穿过一片防沙林，这里的树干是被洪水浸泡过的，方欣有种似曾相识的感觉。她小时候是在外婆家长大的，外婆家也在长江边，对长江方欣始终有种特殊的感情，如同有一种说不出的情愫，有着千丝万缕的牵挂。可是当她爬上江堤时，岸边只有几个孩子在那里玩堆沙子的游戏，哪里去找江小龙呀？

不宽的江面，可以清楚地望见对面的景色。江水很清，漾着碧波，零星的几艘小渔船在江上自在地往来着，江风轻轻荡过，蓝天下一切都显得那么不紧不慢，仿佛安静、简单起来。要不是记挂着找江小龙，方欣觉得这是处风景不错的地方。

突然，水面上有什么一跃而起，听到动静，那几个低头玩耍的孩子也跳了起来，拍着手叫道："江豚，是江豚，我看见江豚了。"

方欣心里一动。江豚！刚才真是江豚吗？自从离开外婆家，她就再也没见过江豚，每次在网上看到江豚濒临灭绝的消息，心里就特别难受。小时候自己也如同这群孩子一样，经常在岸边玩耍，时不时就能看到江豚跃出水面，那时的自己也是拍着手，欢叫着"江豚，江豚"，像是与老朋友打招呼般开心。

不远处来了几个大人，他们在呵斥孩子："太阳要下山了，快回家了。哪里会有江豚呀？你们一定是看错了。"

孩子小声地辩解，听起来是那么无力："真的，是江豚，我真看见了。"

"我……我还看见江豚在对我笑了呢。"

平静的江面上有规律地泛着水波，天上几朵白云飘过，耳边除了风声，世界一下子变得如此安静。

突然，从不远处传来一阵哗哗的声响，有节奏地响着。方欣觉得奇怪，循着声音走了过去。只见一个小男孩正拿着根竹竿用力地拍打着水面。他使劲地拍几下,停下来,对着江面喊道。

"……小江……小江……"

接着又用竹竿去拍,再喊上几声,再拍,再喊……男孩的样子很专注,像在干一件特别有神圣仪式感的事,他的脚边还摆着个红色的桶,桶里装着些小鱼。他在干什么?

小男孩不正是自己要找的江小龙吗？还没等方欣走近,一个瘦高个子的男人就先一步到了,他伸手一把揪过江小龙,像抓小鸡般,还把红色的塑料桶一脚踢翻了,里面的小鱼撒了一地。

"你在干吗?

"你想干吗?

"你小子是欠打,信不信我揍你。"

……

瘦高个子男人恶狠狠的,旁边聚过来一群看热闹的人。江小龙被拖得双脚离地,手上还倔强地拉扯着一张网,与高个子男人争执不下。方欣赶紧上前,使劲把高个子男人的手掰开了,拉过江小龙,护在身后。

高个子男人一愣神,他怎么也没想到,方欣这个女人居然跳到他的面前,像护崽的老母鸡一样,怒目而视。

方欣的声音激动,尖细了起来,像好好的绸缎被扯破了般:"你想干什么？一个大男人居然欺负小孩子。"

高个子男人被惊了一下,问道:"你是谁呀?干吗在这多管闲事?"

方欣声音提得更高,义正词严地说道:"我是他老师,你有什么事直接跟我说。"

方欣的声线高起来就变了形,她的慢性咽炎很厉害,平时都不敢大声说话,这样的非常时刻,她觉得自己的身体在发颤。

高个子男人也被方欣侠女似的回答惊住了,愣了一下,稍有迟疑地说道:"你……你问他都干了什么?"方欣转头看了看江小龙,他还扯着那张网,像扯着根救命稻草般。

眼见人越聚越多,七嘴八舌的声音传来:"一个大男人,怎么对着个小孩呀?""以大欺小,算什么英雄好汉呀?"

那高个子男人眼珠转了一下,用手指着江小龙,高声说道:"这小孩小小年纪不学好,他给江豚下药,网都在手上,被我抓住了,还不肯改,已经好几次了。"

有人在倒了的红桶旁捡出条鱼,一捏肚子,果然从里面掉出颗蓝色的药丸,众人一片哗然。

江小龙的小脸涨得通红,说道:"不是的,这是江豚生病了,我要……要给它治病的……"

高个子男人一脸不屑地说道:"小屁孩,你自己都不会治病,还会给江豚治病?还不是下药给它药晕了,再想着用网捞上来吧?"

江小龙一个劲地摇头:"不……不是这样的……别听他……他乱

讲。"可在事实面前,大家都转而开始训斥他:"小小年纪,不好好上学,怎么这么不学好呀?"

方欣看了看江小龙,又看看他手里的网,眼睛里也满是疑问。江小龙还想争辩,高个子男人声音又高了八度。"他不好好上学,在这里下网抓鱼,你们做老师的是怎么管的?"这样的说辞自然成功地把炮火对准了方欣,让她一时不知如何回答了。

围观的人群里又有声音说道:"这小孩我看见好几次了,经常拎着鱼来这儿呢,问他来干什么的,他又不说,可不能从小不学好的呀。"……

江小龙涨红了脸,嘴里蹦了句:"你……你们,乱说。"没了下句,他一把挣脱了方欣的手,然后扭头跑远了。一群人七嘴八舌地把方欣围住,"你是他老师呀,他不上学,还总晚上在江边跑来跑去,真危险。"

"学校也要管管呀,这么小可不能往歪路上走。"

……

江小龙跑走了,方欣被一群人围着,一时根本脱不开身,等她回过头时,那高个子男人也不知道什么时候也不见了。

家访访得如此狼狈,这在方欣的教学生涯里是从来没有过的,被一群人围着,好一顿地说,好不容易人都散去了,江边只留下方欣,还有江水在单调地拍着江岸。江小龙在这里干什么?他为什么要拎着一桶鱼到江边来?

天色一点一点地暗下来，江面上出奇地平静，静得让人分不清水的流向，夕阳正用迷彩的绚丽一点点地把江面涂抹上诱人的金。江水无言，千百年来静静流淌着。一阵江风吹过来，方欣要好好整理下自己已经纷乱的思绪。

三

又是一个周一的早晨，学校的上课铃打响了，方欣面带微笑地走进教室，她没有打开课本上课，而是站在讲台上，笑眯眯地问大家。

"同学们，我们的学校就在八里江边，你们谁看见过江豚，谁知道它的故事？"提起江豚，同学们七嘴八舌地说开了。

"我小时候看见过。"

"我知道，我知道，我听妈妈说她以前见过的。"

"我在动物园里看见过了，不过我听爸爸说江豚濒临灭绝，我们要保护它。"……

方欣点点头，接着说道："老师有个关于江豚的美丽传说，你们想不想听呀？"孩子一听有故事听，当然雀跃不已。

八里江是长江的一段，自古以来就是一条美丽的江，也是一条富饶的江，世世代代养育着江两岸的人。江边的村子不大，村子里的人世世代代都以打鱼为生，他们用江里打捞上来的鱼换回粮食和日用品，八里江对于村民来说是一条取之不尽、用之不竭的江。

八里江边小村里住着几十户渔家,村东头有个小伙子与母亲相依为命,家中十分贫寒,打不来鱼就揭不开锅。小伙子年纪不大,身材壮实,长得相貌堂堂,可惜父亲去世得早,尽管他每天很勤劳地夫江中打鱼,不管是夏日炎炎还是寒冷的冬天,他都没间断过,可是母亲看病欠下的债还是越积越多,日子过得入不敷出。小伙子孝顺善良,他每天都要把卧病在床的母亲安顿好了,然后再扛着渔网往江边赶。

这天,小伙子正要出去捕鱼,走在路上,忽然听到旁边的树林里传来一阵抽泣的声音,声音时断时续,微微弱弱的。小伙子本不想管闲事,可是又怕有人遇到了困难,他转回头边找边叫道:"是谁啊?是谁在那里?"

等小伙子走近一看,大坑里跌坐着个白衣姑娘,白衣姑娘长得眉目清秀,肌肤如雪,她自己不小心扭了脚,正在呻吟着。小伙子见这姑娘面生,不是自己村里的人,便问她是谁,怎么会掉进了坑里。

那白衣姑娘开口是青阳腔,她说自己是从远方来寻亲戚的,跟同伴走散了,一个人走错路了,不小心掉进了坑里。那坑挖得很深,姑娘跌下去的时候扭伤了脚,站不起来了。小伙子想用自己身上的渔网去拉她,可是姑娘的脚受了伤,根本使不上劲,也爬不上来。这个时候小伙子如果跑回村里去找梯子,半天的工夫都搭进去,还怎么去打鱼呀?想到母亲的药还等着自己打回的鱼卖钱,小伙子狠狠心,背上渔网就准备离开了。可他看到白衣姑娘一双乌黑的眼睛可怜兮兮地看着自己,心地善良的小伙子又跺了跺脚,转回身来救人了。

白衣姑娘终于被救上来了,她深深鞠了一躬向小伙子道谢,并从身上掏出银子递了过来。小伙子像被烫到了,跳到一边,说道:"你、你这是干什么?救你是我应该做的,我怎么会要你的银子呢?"

白衣姑娘见小伙子如此坚决,伸手指了指东方,说道:"恩人,今日起南风,你可驾舟往上划,一定会有收获的。"小伙子听了白衣姑娘的话,驾着自己的小渔船使劲往上划,他越划越远,划到了一片宽阔的水域时,只见一大群鱼由东向西游着,贴着小伙子的渔船,密密麻麻,很是壮观,还不等小伙子下网,鱼群居然自己飞跃起来,噼里啪啦地往小小渔船上涌,江面上顿时像下了一场"鱼雨",不一会儿的工夫就把小伙子的渔船给装满了。

小伙子在江里打鱼多年,也没遇到这样的事,当时就呆立在船上,看着满满一船的鱼,整个人都傻住了。

小伙子载着整整一船的鱼回来时,村里人都眼红极了。村里的渔夫也都没有见过这么多鱼,纷纷围上来说小伙子走了狗屎运,明明是起了西风,鱼群应该是往回游的,刚巧小伙子逆行而上,被他捡到了大"便宜"。

可这样的好运连续半个月都被小伙子"撞"上了,不论他往哪里划,都会遇上鱼群,而且这些鱼根本都不用小伙子张网,纷纷主动往小伙子的船舱里面蹦,大家都说小伙子是得到了"江神"的保佑,让他收获满满,村里有的渔夫专门跟在小伙子的后面,看他到哪里去打鱼就跟到哪里去,也想着要"沾沾光"。可奇怪的是,这些鱼就像是长了眼睛,只往小伙子一个人的小船上跳,根本不理会别人家的渔船。

有了这样的好运气,小伙子每天都打到很多的鱼,他拿着卖鱼的钱第一件事就去给母亲买药,母亲的病情也渐渐有了好转,小伙子看在眼里,喜在心上,干得更加带劲了。

这天一大早,小伙子如往常一样扛着渔网准备去打鱼,刚走到江边,就看见上次那个白衣姑娘,姑娘对着小伙子行了礼,然后开口说道:"恩公,今日会有暴雨,不适宜下江捕鱼,您还是请回吧。"

可小伙子看到碧空万里,哪里像是有雨的样子,想到自己家里的母亲还等着卖鱼的钱去抓药,他没听白衣姑娘的话,还是照旧划起了自己的渔船出江了。

小小的渔船刚刚驶到江中心,突然,天色大变,乌云四起,狂风乱作,把小船吹得在江中心打起了转,没了方向。一个大浪打来,小船像片树叶一样被高高托起来,眼看着就要被摔得粉碎了,这时小伙子吓得手脚冰冷,真是叫天天不应,叫地地不灵,他十分后悔,在心里暗骂自己,怎么如此贪心?怎么就没听白衣姑娘的话呢?偏偏要出来打鱼。现在好了,鱼还没打到,自己就要葬身鱼腹了。想到家里还有卧病在床的老母亲,小伙子心里越发不是滋味了。他又急又恼,慌得不知道如何是好,情急之下,小伙子大叫:"姑娘,救命呀。"这时,就在小伙子的小船前,跳出一条白色的江豚,它通体白色,一双眼睛乌亮,只见它灵巧地扭动着身体,来回在水面上跳跃着,那个意思是让小伙子跟着自己游。身陷险境的小伙子这时没再犹豫,跟着这条通体白色的江豚,左穿右躲,不停地使劲划着。一直划了好几个时辰,他才绕过了这场狂风暴雨,好不容易躲进了一处避风湾里。

等到暴雨过后,惊魂未定的小伙子才慢慢地把小船划回了家。回到家的小伙子疲惫地推开家门,只见自己的母亲趴在床上哭得肝肠寸断,原来是村里人跑来告诉她小伙子的小船遇难的消息,有人在江边看见小伙子划的小船被浪推得老高,这样的恶劣天气,江上的小船必沉无疑,可小伙子居然还能划着小船平安回来。大家都觉得不可思议,联想到别人打不到鱼的时候,小伙子每次都可以载着一船的鱼回来,越发觉得不对劲了,小伙子说起了自己救了白衣姑娘的事,还讲了暴雨中救自己的那只江豚,还有自己遇到鱼群往自己船里跳的时候,分明看到一个白色的影子时有时无……村里老人对小伙子说:"你是遇到了'江神',江豚就是江中的神,它们被渔民奉为神,天气变化了,它们会提醒江上的渔民避开风浪,还会把迷路的渔船引回岸上,它帮你救你,是在记恩和报恩。"小伙子恍然大悟,忙转身去找白衣姑娘,可哪里还找得到呀!

方欣的故事讲完了,教室里静得可以听到针掉落的声音,她故意顿了顿,去看江小龙,江小龙瞪大了眼睛,一副很是惊诧的样子。

方欣笑了,接着说:"孩子们,这个故事是我在网上看到的,是一个叫微笑天使的人发的帖子,而这个微笑天使就在我们班上,他是我们班的同学。"

孩子们更加好奇了,纷纷问道:"谁?谁是微笑天使?"方欣故意顿了顿,"表扬信已经送到我们学校来了,他就是我们班的江小龙。"

班上的同学们都齐刷刷地看向江小龙,一脸的羡慕,平日里被罚站惯了的江小龙居然脸红起来。

四

方欣把江小龙带到办公室,轻言细语地说道:"江豚的传说我都知道了,你还有什么瞒着老师的?"

江小龙的小脸更加红了,方欣见状,继续问道:"那你告诉老师,你为什么要到江边去用竹竿敲水?"

江小龙小声地回答道:"用竹竿敲水面是在呼唤江豚,这是我跟它们约定好的暗号。"

方欣会心地笑了,摸了摸江小龙的头,继续说道:"你是个善良的孩子,老师知道你这些年经常拿自己的压岁钱去买鱼喂江豚,还把药塞进鱼肚子里专门给江豚治病,是不是呀?"江小龙不好意思地点了点头。

方欣继续柔声说:"那你要告诉我,你是怎么知道江豚受伤了?还把偷捕江豚的网给找出来,再去给警察叔叔写求救信的?"

江小龙结结巴巴地说道:"我看见……有人下网了……吴语琪爸爸是警察,可吴语琪她……她根本不相信我的话,还不让我去报警……她说报假警就是妨碍公务……说她爸爸很忙的……"

方欣笑了,说道:"所以你就想到了写匿名信啊?举报是讲真实证据的,只要你讲出真相,警察叔叔会相信你的。"

江小龙的眼里分明有光,他张了张嘴,又低下了头,一言不发。这孩子心里有扇门,他到底有什么难言之隐?方欣轻轻摸了摸江小龙的头,说道:"不仅你是江豚的好朋友,我们都是江豚的好朋友,以后有什么需要帮忙的,你就直接来跟老师说。"江小龙不再说话,没点头也没摇头,眼神倔倔的,真不知道他在想什么。

放了学的江小龙总是一个人,小小的身影,走得很快。方欣小心翼翼地跟在后面,她想知道江小龙到底还有什么秘密。

江小龙走的方向明显不是回家的路,绕了几个弯,就把路不熟的方欣给跟丢了,正当她犹豫不决时,有三三两两人快步从她身边走过,接着是越来越多的人,他们都是往镇上赶,人群中有七嘴八舌的声音。"快,快点走,镇上今晚可热闹着呢。"

原本小镇今晚有夜集,方圆几十里的人都会赶来看热闹。镇子本就不大,每月逢九的日子就是夜集的日子,远近的人们都聚拢来,热闹非常。方欣早就听说过,可来小镇这么久,还一直没去过,脚步不由得随着人流往前走去。

集市不大,一条不到二百米的街由西到东,灯火通明,热闹非凡。许是白天天气热的缘故,月亮升起,人越聚越多,吆五喝六。摆摊卖货的,杂耍卖艺的,琳琅满目,把方欣眼都看花了。

小镇历史悠久,好些店铺都是清代留下来的,老手艺人祖传的本事,有唱皮影戏,有打木桶的,有锔碗的,还有许多各式的小吃,鱼丸、牛皮糖、凉粉皮……方欣像刘姥姥进大观园,两只眼睛都不够用,新奇地往四处张望着。

不远处的一个地摊吸引了不少的人,里三层外三层的,被围了个水泄不通。方欣好奇极了,一个地摊会卖什么好东西?她用力挤了进去。摊主居然是江边见过的高个子男人,他的面前摆了一排小瓶子,一副神秘兮兮的样子,还不时用手跟众人比画着价钱。

方欣凑上前,仔细一看,都是自制的小瓶子,上面歪歪扭扭地写着"龙油"。方欣越发好奇了,一问旁边的人才知道,摊主叫价五百块一小瓶,不议价。

方欣不由得好奇地问道:"龙油是什么东西?"天色已黑,高个子男人显然是没有认出方欣,他用眼睛瞥了瞥,不耐烦地说道:"龙油,你不懂吗?就是龙身上的油呀。"

方欣被他撑得脸上挂不住,站在一旁的一位好心的老太太小声地对方欣说道:"姑娘,这龙是江里的龙,就是江豚,它身上的油可是宝贝,什么烫伤冻伤的,一抹连个疤都不会留下来的。"

"江豚,那不是保护动物吗?都要灭绝的动物,你们还敢卖它的油吗?"方欣的声音不大,却引来了众人的侧目,高个子男人生气了,不客气地对方欣说道:"你是哪儿来的?别乱说话,什么灭绝保护?我卖的可是龙油,你不买就滚远点。"

人群里还有人跟着摊主一起轰方欣:"这哪里来的人?知不知道规矩?不买就走远点。"

"什么都不懂,瞎说什么呀?走走走。"

……

方欣气愤地站起身,正准备要说个清楚。人群中一个声音突然叫了起来。

"警察来了,警察来了,快跑呀!"

高个子男人的脸一下子白了,他像泥鳅一样迅速地把面前的布一把收进怀里,跳上身后的摩托车,一下子就没了影。

这个声音方欣听着耳熟,定睛去找,不远处,一个熟悉的身影一闪而过。方欣一看,那不是自己要找的江小龙吗?她逆着人流,挤上前去,可现场一片混乱,本来热闹的集市,人走的走、散的散,人群被冲乱了,方欣被挤来挤去,像遇到了风暴的小舟,哪里还找得到江小龙呀?

这一嗓子正是江小龙叫的,他发现了方欣,怕她有危险,故意喊一嗓子,吓跑了高个子男人,自己也借机跑远了。

"方老师,您怎么在这里?"

一个声音叫住了方欣。她回头一看,居然是班上吴语琪的爸爸,他穿着便装,戴个鸭舌帽,帽沿压得很低。方欣尴尬地笑了笑,刚想说自己在跟踪,话到嘴边又咽了回去,转而说道:"我……我就是来随便逛逛。"

吴语琪的爸爸轻声提醒道:"那您可得小心一点,我们是接到有人报案,说集市里有人卖江豚油,让我们来看看的。"

方欣点点头,可是那高个子男人早就没影了。吴语琪的爸爸还在继续说着:"上次还有人说集市上有人卖江豚肉,让我们来抓,哪里会有人胆子这么大?这可是犯法的,抓住就是定重罪的。"方欣不由得担心道:"真有人在猎杀江豚吗?它们都已经濒临灭绝了呀。"

对讲机响起来,吴语琪的爸爸没来得及回答,就赶紧走了。

第二天学校里炸开了锅,大家都在激动地讨论着一件事。

原来昨晚开展了一场打击偷猎野生江豚的活动,有人说在现场拍到了汀小龙。电视上一闪而过的敦实身影,同学们都说是江小龙,越看越像。

新闻上说抓捕到一个捕捞野生江豚的组织,他们把药塞进鱼的肚子里,故意把江豚迷晕了,然后下网去抓江豚。有同学来问江小龙:"这是谁呀?居然在打江豚的主意,太坏了。"

江小龙不高兴地瞪了他一眼,说道:"你知道什么呀?别乱说话。"

同学们见江小龙这样,都把气愤的矛头对准了他,说道:"江小龙,你是什么微笑天使呀?怎么还帮着犯罪分子说话?你是不是故意给江豚下药,守在江堤边,就是为了去抓江豚?你就是坏人。"

江小龙一脸的倔强,眼睛像是要冒烟,气鼓鼓地盯着同学们,可就是不说话。

五

江小龙已经好几天没来上学了,吴语琪把他的作业簿都理好,整整齐齐地放在抽屉里。方欣上课的时候眼睛不由得瞄向那个位置,空空的,本就不大的课堂缺了一个江小龙,像满口整齐的牙齿生生缺了口,方欣看着心里难受。

江小龙是被警察从学校带走的,是吴语琪爸爸来的学校。校长问江小龙有什么要说的,他依旧不开口,吴语琪爸爸说是要他去配合一下调查,可江小龙已经好几天没来上学了。

方欣心里着急,一个人寻到了江小龙的家,这次她顺利地找到了江家,家里只有一位奶奶,见是老师来了,奶奶热情地搬板凳、倒水,还跟方欣讲起了江小龙小时候的故事。

"这孩子从小就没了妈,他最喜欢江豚了,自己的零花钱不花也要给江豚买鱼去喂,他经常跑到江边,看见有人下网捕江豚,他就把人家的网给扯掉……"

方欣从江小龙家回来时,眼睛肿肿的,她打听到了江小龙的身世。

江小龙的母亲生前是八里江上远近有名的打渔女,美丽大方,乌黑的头发编成长长的麻花辫垂到腰间,她一边摇着船桨一边唱歌,歌声优美动听,把江里的鱼都听醉了。江豚是她最好的朋友,每次她出江捕鱼时,总会有好几只江豚跟在她的小船后面,上下跳跃,愉快地跟她嬉闹着,它们会帮着她一起捕鱼,把鱼群赶进网里来,江小龙的母亲也会把捕到的鱼丢几条给它们当作奖赏。没事的时候,她就会坐在船尾,伸手拨弄着江水,嘴里哼唱着好听的打鱼歌。江小龙的父亲就是被这婉转优美的歌声吸引住了,两人喜结连理,十分恩爱。

美好的日子总是短暂的,江边陆续建起了大大小小的工厂,工厂往江边排放着污水,这些污染严重的水让江里的鱼成群成群地死了,白花花的一片片,翻着白肚皮,看得人头皮发麻。

鱼儿成群地死,可怜的江豚们也就没了食物,它们跑到更远的地方、更深的江里才能抓到鱼吃,更加要命的是,江里还多了许多大型的轮船,它们叶着黑烟,拖着成吨的沙,把这片江当成自己的地盘,随意地拉着长笛,发出难听的嘶吼,来来往往地在江里开过来开过去,严重地干扰了江豚们的生息。善良温顺的江豚,只有躲,只会让,可还是会被大船发出的声音干扰它们的声纳,迷失了回家的路,它们中还有的被大船的铁桨划伤鱼鳍,受伤的江豚就丧失了生存的能力,它们辨别不出方向,游到江岸边搁浅,死伤惨重。

江小龙的母亲最喜欢一头小个子的母江豚,它通体黝黑,泛着幽蓝的光,它最喜欢听江小龙妈妈唱歌,还会随着歌声,跃出水面起舞,江小龙的妈妈给它起了名字叫"小蓝"。"小蓝"最喜欢对着江小龙妈妈的船起舞,它跃出水面,在空中画个美丽的弧形,轻轻地溅起水花,立起身子,摆动着自己可爱的脑袋转圈圈。

有次江上突然刮起了一阵大风,江小龙的母亲一个人驾船捕鱼,她使劲去用船桨撑船,一不小心,脚下一滑,居然掉进了水里,一连被呛了好几口水,一时整个人晕了过去,就在这千钧一发的时候,一道蓝色的影子从水里像箭一样冲向了她,然后稳稳地托住,把江小龙的妈妈顶出了水面。

没错,就是"小蓝"!是它救了江小龙的母亲,两人也结下生死之交,好得形影不离。江小龙母亲怀孕后孕吐得厉害,也就不能上船了。她经常在江堤上散步,远远地就看见小蓝跃出江面,跟她隔着江水打招呼,江小龙的母亲用力地招手给它打招呼,小蓝好久才恋恋不舍地游走了。

江小龙的妈妈一连几天都没在江堤上看到小蓝,心里隐隐觉得不对劲,她不放心小蓝,悄悄拉出自己的小船去江里寻小蓝。她把小船划到江中心,然后唱起小蓝最喜欢的歌,可是歌唱了好几首,都不见小蓝的影子。天色越来越黑了,江小龙的母亲越发心急,她摇着小船往远一点的江域去找,周围一片漆黑,望着陷入黑色的江面,她努力地听,果然听到从江堤边传来一阵一阵微弱的水流撞击声,她赶紧把船划近了。是小蓝,它被网给困住了,动弹不得,身上还赫然有一长条被刮破的伤疤。江小龙的母亲当时眼泪都掉下来了,她带着哭腔,叫了起来:"小蓝,你别怕,我来救你。"

她用手使劲去扯小蓝身上的网,无奈自己肚子太大了,她根本用不上劲,可她又不敢放手,怕那道渔网反倒把小蓝缠得更紧,她急了,抽出自己头上的发簪子去磨,一点点地想把绳子磨断了,可是那浸过水的鱼网可不是那么容易磨断的,江小龙母亲的手都磨出了血泡,渔网还缠在小蓝身上死死不放,一直到江小龙的父亲带人寻着来,帮着把小蓝给放了出来,江小龙的母亲这才虚弱地瘫倒在地上。当晚她就生下了江小龙,可因为身体太虚弱,产后大出血,永远地离开了人世。江小龙生下就没了母亲,他的母亲走之前还念叨着小蓝身上有伤,不知道是哪个可恶的船桨把它的鳍打伤了……

一班的孩子听到这个故事,都哭成了一片,大家这才明白了江小龙为什么会那么护着江豚,他也要跟自己的母亲护着小蓝一样,保护着每一只江豚,守护着这片八里江。

吴语琪站起身来:"方老师,我们去找江小龙回来吧,我们都错怪他了,要让他回来上学,我们也要像他一样,保护江豚,保护八里江。"

六

"江小龙,你别跑,别跑了,我是方老师。"

江堤上风很大,吹得呼呼的,江小龙像个受惊的小鹿,撒腿跑得飞快。方欣跑得太急,突然扑通一下摔了一跤,她"哎哟"地叫了出声。

听到声音的江小龙反倒不跑了,他停下来,转回头看了看,然后,他慢慢地回到方欣身边,伸手扶起她,眼圈红红的。

方欣忍着脚疼,说道:"没关系,老师不痛了,我知道那个高个子男人是谁。你一直不肯说,你就是在包庇你叔叔。"方欣家访时就看见了高个子男人的照片赫然出现在奶奶家的相框里。

被揭了底,江小龙一下子愣住了,而后哭出了声。方欣安慰他说:"老师知道你是个善良的孩子,我也知道你是在保护江豚,可你不该瞒着老师呀。"

江小龙抽泣地说道:"他……他是我亲叔叔,他平时人很好的,我妈妈走得早,爸爸出去打工了,是他一直在照顾我和奶奶,他……他是个渔民,除了捕鱼他不会别的了,他的女儿得了白血病,治病要用好多好多钱,他才会去捕江豚给我妹妹治病的。"

方欣这时才明白,原来小小的江小龙一直在用自己的办法保护着江豚,也保护着自己的叔叔。

长江,你好!

方欣拍了拍江小龙的头,说道:"傻孩子,你知道老师为什么要来八里江小学吗?"江小龙收起眼泪,疑惑地看着方欣。

方欣心疼地抚摸着江小龙的头,说道:"这是老师一直以来的愿望,要在有江豚的地方建一所保护江豚的学校,我们学校已经开始申报保护江豚的项目,老师就是为了江豚学校而来的。保护江豚,不是你一个人的事,是我们大家的责任啊。"

江小龙高兴地点点头,眼睛里露出了喜悦。方欣继续说道:"老师会发动全校组织捐款,大家一起来想办法给你妹妹治病。"江小龙笑起来像只可爱的江豚,眼里含着泪光。

突然,江面上传来一阵哗啦啦的声音。是一只江豚跃出水面,方欣看得真切了。真的是只江豚!光滑晶亮的皮肤泛着光,它在水里自由地游弋着。方欣开心地叫出了声,她和江小龙跳起来,冲着江水一起使劲挥着手,像招呼许久没见的老朋友。

金鳞鱼

作者简介：

王慧，安徽青禾影视文化传媒有限公司签约编剧。安徽省影视家协会会员，安徽省网络作家协会会员，中国电视剧制作产业协会青年

- 长江,你好!
- 200

工作委员会委员。参与过多部电影、微电影、动漫剧本创作。《小英雄雨来》电影剧本在第二届"美丽中国"青少年电影剧本征集中获得优秀剧本奖。

一

砰!

伴随着一声巨响,地上被炸出一个坑来。一群人围了上来,惊奇地看着面前这个巨大的洞穴,洞穴的石壁上有一块巨大的鱼的化石,鱼背上的鳞片清晰可见。

"谢老师,这是什么?"一个女生望向一旁拄着拐杖的老者。

"咳咳咳!"老者眼眶微红,浑身颤抖,"这……这就是金鳞鱼……"

二

混沌初开,天地未分。天道之外,魔气滔天,魔族肆虐人间,杀戮四方。三界生灵无数,但真正强大的少之又少。

而且,魔族与神族向来水火不容,双方互相仇视。

直到那一年……魔帝带领魔族和妖族降临九重天,攻打天庭。战火祸及人界,人界拼死与魔族征战。那一战,魔界死伤惨重,魔帝被封印,魔帝麾下的几个心腹叛逃。

神界虽然胜利了,却也付出极其惨痛的代价。战斗后,神界为嘉奖人界,特设封神榜,将封神榜挂于封神台上,供世人观赏。

其中有忠臣义士上榜者,有不成仙道而成神道者。各神有尊卑,死有先后,根行深者成其仙道,根行次者成其神道,根行浅者成其人道。此是天数,非同小可,况有弥封,直至死后方知端倪。

自封神榜拼成,人间再无太平,世人不论男女老少、贫困富裕,皆做着神仙梦。贫苦的穷人希望一步登天从此光宗耀祖,官僚人家更是散尽家财,只为飞升上神。各个修仙门派接连不断地出现,在人间引起轩然大波。其中,影响最大的,当数蜀山派。

前来蜀山派拜师的人将蜀山围得水泄不通,其中不乏穿金戴银、带着成箱金银珠宝的富贵人家。

无奈之下,蜀山派初代掌门立下规矩:一是蜀山派百年内不再接收新弟子;二是蜀山弟子闭关修行,无事不得外出;三是蜀山大门永久关闭,不见外人。

此话一出,彻底断了这些前来拜师之人的修仙梦。

但人间,关于蜀山的传闻却从未中断。

"听说了吗?蜀山前几天又有弟子下山了。"穿着麻布衣的渔民倚靠在大树上,"蜀山的大门关了百年,最近也不知是怎么了,这么多弟子下山,该不会有什么变动吧?"

在距离蜀山几十里外的长江边,有一个小村庄,村民世代靠捕鱼为生,自给自足,日子好生自在。

"人人都想修仙,只是修仙也不是这么容易的。"说话的人是这一带的渔民头子快人。人如其名,快人就是做什么事都是快人一等,加之力气大、水性好,是村子里的捕鱼达人。即使是淡季,只要是快人出马,那江里的鱼也像是中邪一般,统统游进快人的渔网里。渐渐地,快人在这条江上的名声也大了起来。

"快人说得没错,要我说,与其做那不切实际的修仙梦,还不如多网几条鱼呢。"这是快人的好兄弟承天。承天总是跟在快人身后,不论快人说什么,承天都会顺着来,毕竟承天水性不好。几年前承天在江上捕鱼时被渔网缠住,多亏了快人眼疾手快将承天救了上来,自此,承天就将快人的话当成圣旨,谁都不能在他面前说快人一句不好。"对了快人,你怎么自己来了?乐人呢?"

"那小子?一早就不见人影,也不知跑到哪里去了。"话刚说出口,快人就后悔了,乐人去了哪里他不用想也知道。

提到乐人,快人也是一脸无奈。乐人是快人的弟弟,爹娘离开得早,快人一手将乐人抚养长大。小的时候,快人经常带着乐人一起捕鱼,也许是常在水边玩的缘故,乐人的水性比快人更胜一筹。

只是乐人不爱捕鱼,乐人最喜欢的事就是漂浮在江面上,感受着身体与江水融为一体。有一次,成群的江豚和鱼围绕在乐人身边。看着身边这些游来游去的小家伙,乐人感觉到前所未有的愉快,于是乐人回来跟哥哥说,自己要放弃捕鱼,不仅如此,乐人还要和鱼做朋友。快人是渔村捕鱼最厉害的人,自己的亲弟弟却说出这样的话,快人气不打一处来。自此，乐人再也不跟着哥哥捕鱼了，没事就漂浮在水面上，有时不小心漂远了，甚至几日不归家。

"乐人年纪也不小了吧？还整日这么不着调的，我看你就是太惯着他了。"年纪偏大一些的渔民说道。

听了这话，快人也只是无奈地摇了摇头，自己要是真能管得住他就好了，偏偏自己对这个弟弟真是一点办法也没有。只希望乐人这次能早些回来，快人在心里暗暗祈祷着。

收网回家时，天已经黑了，今天稍微有些晚，快人想着，脚步不自觉地加快。因为乐人怕黑，所以快人每次都会赶在天黑之前回家，这是这么多年的习惯，现下一时半会也不好改变。穿过一座石桥，前面就是快人的家了，随着快人的走近，依稀可以看见屋里透出微弱的灯光，难道是乐人回来了？想到这，快人的步伐不自觉又加快了。

走到门口时，快人已经可以清晰地辨认出，发出亮光的正是乐人的房间。快人将背上的鱼篓放下，没有丝毫犹豫地走进乐人的房间。

"你这一天跑去哪了？"推开门的一瞬间，快人的责怪声脱口而出，紧接着，快人愣住了——面前站的并不是自己的弟弟乐人，而是一个身穿白衣的少年。

"哥哥？"乐人从屋外走了进来，"你回来了？"

"嗯。"快人点了点头，而后将目光转向白衣少年。少年一袭白衣，腰间的配件、发饰都显得与这个渔村格格不入。

"你怎么起来了？身上还有伤呢。"乐人穿过快人,向白衣少年走去。

"无碍。"白衣少年开口说道,随后,白衣少年将目光转向快人。

"啊！我来介绍一下。这位是我的哥哥快人。"乐人指了指快人,对白衣少年介绍道,快人对着白衣少年点了点头。随后乐人又指着白衣少年说道:"哥哥,这位是谢子昂,今天在江上溺水,是他救了我。"

溺水？快人皱起眉头,溺水这种事怎么会发生在乐人身上？

谢子昂微微颔首,说道:"不是什么大事,举手之劳罢了。快人兄,幸会。"

快人点了点头,心中有种说不出的感觉,总觉得眼前这个人有哪里不对,但又说不上来。这一夜,快人辗转反侧,怎么也睡不着。想着乐人对少年嘘寒问暖的样子,快人心里很不是滋味,希望是自己多虑了。

"快人……"

迷迷糊糊中,快人好像梦到了自己的父母,快人想看得再清楚些,只是面前飘过的阵阵白烟阻挡了快人的视线。

"快人兄,早啊！"谢子昂换上了一件旧的棉布衫,站在院子里,阳光洒在他的身上,快人有些恍惚,总觉得眼前的一幕似曾相识。

"这衣服……？"

"嗯?"谢子昂低头看着自己的穿着,笑了,"意外地合身呢。"

"哥!"乐人从屋里走了出来,看到谢子昂,乐人惊呼道,"啊!真是没想到,这衣服简直就像为子昂量身定做的一样。"

这件衣服虽然是棉布做的,但是上面有用细长金丝缝出的鱼的图案,这图案平时很难看见,只有在阳光下才会闪出好看的光芒。

"是啊,谢谢乐人兄。"

"嘿嘿,不谢不谢。"乐人抓了抓脑袋,傻傻地笑道。

"你们要出去吗?"快人问道。

"是啊,哥!我要带子昂去村里到处看看,可能会晚些回来,不用等我们吃饭了。走吧,子昂。"

说着,乐人蹦蹦跳跳地向门口走去,子昂对着快人作揖,之后便跟着乐人一起离开了。

两人离开后,快人也开始准备出门,拿上鱼篓,快人向着江边走去。之前每次出江打鱼,小乐人总会跟在自己身后,虽然帮不上什么忙,但是一路欢声笑语、打打闹闹的日子让快人怀念。

来到江边,快人深吸了一口空气,清新的空气伴随着淡淡的鱼腥味,这味道使快人的心情平静下来。快人解开木筏的绳子,将木筏推到江里,好像快下雨了,今天又会是收获满满的一天,这样的想法不免让快人心生期待。

"快人!快!"快人刚站上木筏,就见承天气喘吁吁地跑来。

"你怎么了?"快人一头雾水地看着承天。

"乐人……"承天大口喘着粗气,"乐人他……"

"乐人出事了?"

"不是……"承天摆摆手,"跟乐人,在一起的,那个……"

"谢子昂?"快人脱口而出,承天点了点头,"他怎么了?乐人呢?"

"不是……"承天咽了下口水,嗓子因为刚才的奔跑而说不出话来。

"算了,我去找他们!"等不及听承天说什么,快人便跳下木筏,甚至来不及将木筏放回去,便向村子跑去。

药铺门口,一群人围在那里,乐人也在其中,药铺的李掌柜晕倒在地上,周围散落一地的药材。

"乐人,这是怎么回事?"

"我也不知道。"乐人耸耸肩,"我和子昂刚走到这里,正好遇到李叔在清点药材,我跟李叔打了招呼,谁知他看到子昂就张着嘴,一副受到惊吓的样子,然后就晕过去了。"

谢子昂站在乐人旁边,目光紧紧地盯着李掌柜,自始至终没有说一句话。

快人看着谢子昂,叹了口气:"你们先回去吧,这里有我。"

乐人担忧地看着哥哥,他对突如其来的一切一头雾水。快人和伙计一起把李掌柜扶进药铺,周围人议论着离开了,乐人也想跟进来,却被谢子昂拉住。

"我们先回去吧。"

"可是……"

"即使留在这里也帮不上什么忙。"

乐人低头思考片刻,可能也意识到谢子昂说的是对的。乐人最后看了眼哥哥,跟着谢子昂离开了。

两人走后,伙计接了一盆水,快人给李掌柜擦脸。

"刚才究竟发生了什么?"

"我也不知道。"伙计无奈地摇了摇头,"我当时在屋里,听到李掌柜的尖叫声才出来。"

"当时有什么奇怪之处吗?"

伙计转头看向外面,很认真地回忆着当时的场景。

"要说奇怪的话……"伙计看向快人,"李掌柜当时的表情比较奇怪。"

"什么表情?"

"先是惊讶,然后就……"

"就什么?"

"就像是遇到故人一样。"伙计刚说完,连忙摇了摇头,"不,也有可能是我想多了。"

快人没有说话,因为快人心里清楚,这不是伙计信口雌黄,自从昨天谢子昂出现在家里之后,自己悬着的一颗心就没放下来过,这个谢子昂的来历确实奇怪。

"快人哥!"伙计在一旁弱弱地喊道,"李掌柜不会有事吧?"

快人摇了摇头,挤出一个笑容,对着伙计说道:"放心吧。"

伙计低下头,自己什么都不会,就连店里的药材名称都认不全,如果李掌柜不在了,真不知道自己还能做些什么。

"你去忙吧,这里有我呢。"快人笑着对伙计说,这笑容激励着伙计,将伙计之前的担忧顾虑打消了。

如果是快人哥的话,一定没有问题。这个想法占据了伙计的内心,外面还有一堆药材要清点,李掌柜醒来,如果发现自己什么都没做,不知道还要啰唆到什么时候,想到这里,伙计放心地走出房间。

伙计刚离开,快人就沉闷下来,最近乐人真是越来越不让人省心了。看着昏迷的掌柜,快人想起,父亲生前经常来找李掌柜喝酒,有时快人也会跟着。

"快人长得真快啊,长大后一定比你还厉害。"李掌柜捏着小快人的脸说道。每当这个时候,父亲脸上总会露出自豪的神情。

快人九岁那年,父亲对快人说自己要外出一段时间,让快人照顾好弟弟。当时外面下着大雨,乐人在襁褓里大哭,快人不顾母亲的阻拦追了出去。大雨中,快人看见父亲的背影,依稀记得,当时父亲身边还站着一个人。

"咳咳咳!"李掌柜的咳嗽声将快人从回忆中拉出来。

李掌柜的眉头皱起,慢慢睁开双眼,看见快人坐在床头。

"你醒啦?"快人高兴地对着李掌柜说道,"李叔,你感觉怎么样?"

李掌柜露出一抹微笑:"放心,我没事。"

"你没事就太好了!"快人松了口气。

李掌柜叹了口气:"快人,还记得你父亲当年突然失踪的事吗?"

快人点了点头,这件事像一块大石头一样,日日压在自己心上,他怎会忘?

"我记得当时你父亲失踪之前,突然从江边带回来一个少年。"

"少年?"

李掌柜点了点头。

"那少年,跟今天乐人身边的那个人长得一模一样。"

快人愣了一下,脑海中瞬间出现一幅画面——大雨中站在父亲身边,和父亲一起出门,最后导致父亲失踪的那个人……是谢子昂?快人呆呆地看着李掌柜,许久才反应过来,急急忙忙地往外面跑去。

"快人!"李掌柜叫道,但是快人根本顾不上李掌柜的呼喊。

"快人哥!"伙计搬着药材站在门口,快人不理睬伙计,自顾自地跑出药铺。

"快人哥!外面下雨了!"伙计大喊着,可是快人早已不见了踪影。

雨淅淅沥沥地下着,雨水打湿了快人身上的衣裳,快人却顾不上自己,直奔着家的方向跑去。

"快人哥！快人哥！"伙计追了上来，快步跑到快人的前面挡住他的去路，"快人哥，下雨了，你要去哪里啊？"

快人抬起头，看了伙计一眼，用尽全力推开伙计："走开！"

"哎哟！"伙计摔倒在地。快人愣了，傻站在原地，呆呆地看着自己的双手。

伙计从地上爬起来："快人哥！你冷静一下。"

快人看向远处，远处的房屋在大雨中显得异常渺小，父亲下落不明，母亲去寻找父亲后也不见踪影，自己只有乐人了，这么多年，自己都是这么过来的，快人绝不允许乐人也离开自己。

伙计在快人身后大声叫着，快人依旧充耳未闻。雨下得更大了，雨滴砸在快人的身上，凉意袭遍了全身。

"乐人！"快人猛地冲进家门，大声呼喊道。

谢子昂正站在屋里，见到快人浑身湿透，谢子昂没有感到惊讶，那表情，就像是早已预料到一般。

"快人兄！"

快人上前一把抓住谢子昂的衣领："乐人呢？你把他怎么样了？"

"快人兄放心！"谢子昂淡淡地笑了，"我不会伤害乐人的。因为我的目标是你。"

"我？"

三

山的外面是什么样的呢？这是谢子昂一直在思考的问题。

自记事以来，谢子昂一直都是在蜀山长大的。除却修炼，谢子昂几乎没有任何娱乐活动，对外面的世界也是一概不知。虽然生活枯燥乏味，但师兄弟和师父对他都很照顾，随着时间流逝，渐渐地，谢子昂也就习惯了。

或许，就这样一直下去也没什么不好。

只是，突然有一天，师兄找到谢子昂。

"子昂，师父叫你过去。"

"好的。"谢子昂答应着，随即向着师父的房间走去。

记不清从什么时候开始，师父闭关的次数越来越多，时间也越来越长。师兄们都说师父已经到了最后的修行境界，用不了多久就可以飞升为仙。谢子昂对修仙并没有什么兴趣，但是师兄弟都说蜀山派就是为了修仙而建立的，谢子昂虽然不能理解，但也不想让自己看上去和别人不同，所以只能每天勤恳地修炼。

来到师父的房间，师父已经在等着他了。

"师父，您找我？"

"子昂，你来蜀山多久了？"

"我……"谢子昂沉默了，对于自己是什么时候来蜀山的，谢子昂是一点也想不起来。

"无妨。子昂,你的悟性很高,而且很努力,相信用不了多久,你就可以达到筑基的境界。现在也到了为师传授你神通的时候了。"

听到这话的谢子昂感觉浑身无力,他张了张嘴,想说些什么,但是看着面前的师父,谢子昂却什么也说不出口。这筑基并非指修真者的修行境界,而是指修真者体内的真元。真元是由丹田提供的,真元越强,实力便越强。而在谢子昂的印象里,师父的修为早已是炉火纯青,他认为师父说的筑基就是指真元的境界。

突然之间,谢子昂眼前光芒闪烁,心跳陡然加快。传授法力的过程并不轻松,甚至有些痛苦,好在这个过程并没有持续多久,很快,师父停了下来。

"子昂,你的身体虽然比其他人弱些,但你勤学苦练,为师也会帮助你尽快达到筑基期,届时,整个蜀山将无敌手。"

谢子昂感觉体内的力量突飞猛进,他紧握双拳,将法力集中在手上,这强大的力量是自己修炼几年也无法得到的。

"你且去准备一下,三日后便是为师渡劫的日子,你做好准备,若为师能够成功飞升仙界,必会重点栽培你,让你早日达到为师的层次。"

"是,弟子谨遵师命……"

谢子昂心里五味杂陈,不知道为什么,他总觉得三日后的渡劫不会这么简单。

……

三日转瞬即逝,在这一天清晨,蜀山派众弟子都早早地在派中集合。很快,师父就走了出来,与此同时,蜀山上空雷云密布,天色阴沉。看到这一幕,所有人都惊呆了。弟子们议论纷纷,他们都是修真界的佼佼者,对于这些修真界的常识,都懂得不少。

"诸位,我们静观其变,我相信我们的掌门肯定能够渡过天劫的。"

这些弟子都十分淡定,毕竟掌门的实力摆在那里。

但是,没过多久,异变突起。震耳欲聋的响声从天际传来,仿佛整个世界都在颤抖。紧接着,一股巨大的吸力猛地出现,所有人都被吸引着离开了原地。

轰!

"这……这……"

众人飘浮在空中,这时,天空中突然裂开了一道巨大的缝隙,缝隙有数丈宽,里面黑漆漆的一片,散发着令人心悸的恐怖气息。

"这……这是什么情况?"

看到这种状况,所有的弟子都吓坏了。这种景象太诡异了,是他们曾经见到过的任何事物都远远不及的。

咔嚓!

就在这个时候,那道缝隙中,一条黑色的巨龙飞了出来。巨龙嘶鸣,声音穿透苍穹,仿佛整个世界都在震动。

"啊!快逃!"众弟子惊呼着四处逃窜,可师父依然站在原地一动不动。

"师父!"谢子昂大声呼叫着,但是师父仿佛听不见一样对着巨龙伸出双手。

谢子昂冲了过去,想要拉住师父,但谢子昂还没靠近,便被一团无形的力量阻隔开来。那巨龙散发出巨大的法力,向着师父冲去,很快,一阵巨大的力量将谢子昂弹飞出去。等谢子昂反应过来时,一切已经回归正常,巨龙不知去向,只有师父身上散发出阵阵黑烟。

"师父……"

师父平静地转头看向谢子昂,很快,谢子昂便失去了知觉。

醒来时,已经是半月之后了,蜀山派也恢复了往日的平静。唯一不同的是,蜀山派封印已久的大门打开了,这个改变让谢子昂觉得很奇怪。就这样,不几天就会有师兄弟离开蜀山,过几天又回来。一天,谢子昂看见从师父房间走出来的师兄,师兄的脸上似乎带着一丝疲倦,眼眶里满是血丝。

"师兄?"谢子昂忍不住问道,"师父呢?"

"师父在里面休息。"师兄低着头,声音沙哑,似乎并不想提及师父的事。

"我进去看看师父。"

说着,谢子昂就往师父房间走去,师兄下意识地拉出他:"别去!"

师兄脸色苍白,神情大变,看向谢子昂的脸上充满了担忧。谢子昂感觉很奇怪,但很快,师父的房间里传来一个声音。

"让子昂进来吧。"

随即,师兄抓着子昂的手就松开了,师兄叹了口气,离开了。

谢子昂走进师父的房间,师父正站在窗户旁边,看着外面的风景。

"弟子拜见师父。"谢子昂恭敬地说。

师父缓慢地转过身,目光上下打量着谢子昂。

"子昂,自从来到蜀山,你还没离开过吧?"

谢子昂愣了一下,呆呆地点了点头:"是。"

"蜀山脚下十公里之处有一条长江,顺着长江往东二十里有一个渔村。"谢子昂抬头看向师父,紧接着,师父一字一句地说道,"为师需要你去那里找个人。"

"谁?"谢子昂疑惑地问道。

师父摇了摇头:"到了那里,你自然就知道了。"

"明天一早你就出发,记住,你要用最快的速度赶到那儿,到那里以后,睁眼看见的第一个人,就是你要找的人。"师父严肃地看着谢子昂,"将他带回来。"

"什么理由?"

"你只需说你是蜀山的弟子即可。"

谢子昂叹了口气,师父的要求太古怪了,他根本搞不清楚究竟是怎么回事。但他还是答应了师父,他不敢忤逆师父。

第二天一早,谢子昂就启程向渔村赶去,很快就看到了那条江,谢子昂走到江边。这是他第一次下山,对这里的一切都充满好奇。

江水奔流而下,湍急的河流在阳光的照射下闪耀着粼粼的波光。江岸上生活着许许多多的人,有男有女,有老有少。这些人看着谢子昂走过来,顿时停止了手上的动作,全部望了过来。

谢子昂看到这么多人注视着自己,顿时有些局促不安,他恭敬地向这些人作揖后便匆匆离开了。

"看见了吗?这是这个月第四个弟子了。"

"是啊!"

谢子昂没有听见这些人的议论,只是顺着江流向东走,很快就看见了师父口中的那个渔村,宁静祥和,与世无争,江面上漂浮着一艘艘小木船,船上的人洋溢着笑容,谢子昂一下就爱上了这里。

谢子昂看得出神,片刻,他反应过来,打算上前打声招呼,刚迈出一步,一种异样的感觉传来,谢子昂顿时感觉浑身无力,像是法力瞬间被抽干一般,晕了过去。

再睁开眼睛时,映入眼帘的是一个茅草屋,屋子里的陈设简单朴素。谢子昂躺在床上,脑袋昏沉,感觉自己好像做了一个很长的梦。

这时，屋子的门吱呀一声打开了，一个穿着朴素的男人端着一碗药走了进来。

"哎，你醒了？"男人看到谢子昂，连忙走了过来。

"我这是……"

"你在江边晕倒了，我正好在捕鱼，就把你带回来了。"

谢子昂仔细环顾四周，然后又看了看自己身上的衣服。

"啊！你身上的衣服脏了，我就帮你换下来了，这是我的衣服，也没穿过几次，你别嫌弃。"男人憨厚地说道。

"谢谢……"谢子昂露出一个微笑，"我叫谢子昂，怎么称呼您？"

"你就叫我大江吧。对了，子昂小兄弟，你不是这附近的人吧？怎么会到这里来的？"

谢子昂不知道该怎么回答，见谢子昂露出为难的表情，大江连忙说道："算了算了，瞧我这问题问的，子昂小兄弟，你先休息，我去看看饭好了没有。"

谢子昂点点头，大江转身走了出去。

等屋子里没人了，谢子昂立刻坐了起来，警惕地看着四周，然后迅速检查了一遍自己的身体，除了虚弱一些之外，并没有其他不妥之处。自己为什么会突然晕倒呢？这是一直以来都不曾发生过的事。

这段时间发生了很多奇怪的事情，包括师父的反常以及自己突飞猛进的法力。谢子昂越发迷茫起来，想到这里，谢子昂耳边突然传来师父的声音。

"你到那里以后,睁眼看见的第一个人就是你要找的人。"

谢子昂心头一紧,难道自己要找的人就是大江哥?

"子昂小兄弟,"大江推开门走了进来,"饭做好了,先过来吃饭吧。"

谢子昂点了点头,跟着大江来到桌子旁,桌子上摆满了菜,桌前还坐着两个人,一个女人和一个孩子。

大江热情地对谢子昂说:"子昂小兄弟,我跟你介绍一下,这是我的妻子,这是我的儿子快人。"

名叫快人的小男孩抬头看了谢子昂一眼,又低下头,自顾自吃着面前的饭菜。

"慢点吃,别噎着。"女人宠溺地说道。

快人嘴里塞满了饭菜,腮帮子鼓鼓的:"吃好了,我去找承天玩!"

说完,快人一溜烟地跑走了。

"这孩子。"女人看着快人的背影说道,"小兄弟,别理他,我们吃。"

谢子昂点了点头:"谢谢嫂子。对了,大江哥,你去过蜀山吗?"

大江笑着摇了摇头:"那种修仙的地方,我去做什么?"

"那你认识蜀山的人吗?兄弟朋友之类的。"

"我从小就生活在这里,从来没有离开过,怎么会认识蜀山的人呢?"

谢子昂皱起眉头,实在想不明白师父让自己来这里的原因,这里怎么看都是一个普通得不能再普通的村庄。

"子昂小兄弟,你怎么突然问我这些?你要去蜀山吗?"

谢子昂摇了摇头。

"小兄弟,我们都是普通人,从来没有离开过渔村,你如果要去蜀山的话,大哥大嫂真的帮不了你。"女人对谢子昂说道。

谢子昂扯出一个笑容,说道:"嫂子,你误会了,其实我就是从蜀山……"

突然,谢子昂感觉呼吸困难,体内像是有一团火辣辣的气体要冲出来。

"哎!小兄弟,你这是咋啦!"女人看见谢子昂脸色惨白,额头沁出冷汗,立刻慌张地叫起来。

"我……我……"谢子昂难受得说不出话来,片刻,眼前漆黑一片,谢子昂又晕了过去。

谢子昂醒来时,发现自己正躺在床上。

"子昂小兄弟,你没事吧?"

"我又晕倒了?"

"是啊!"大江说道,"郎中来看过了,说你脉象混乱什么的,我也听不懂,不过他给你开了药,我这就去给你煎药。"

"等一下,大江哥……"谢子昂叫住他,"没用的,这里的药治不了我。"

大江疑惑地看着谢子昂。

"其实,我是蜀山的弟子,师父派我下山来找你。"

"找我?"

谢子昂点了点头。

"你再说一遍!你要去蜀山?"女人的咆哮声传来。

"对!子昂兄的病只有蜀山能治,我要陪他回去。"

"你就是一个普通打鱼的,蜀山掌门找你做什么?这里面一定有问题,我不同意!"

谢子昂站在院子里,天已经黑了,听着屋里传来的争吵声,谢子昂感觉心里很不是滋味。正想着,门口走来一个小小的身影,是快人回来了。

快人走到谢子昂面前,歪着头,疑惑地看着他。身后传来一阵脚步声,大江已经收拾好东西走了过来。

"子昂小兄弟,我们走吧。"

"爹!"快人稚嫩的声音传来,"你要去哪里?"

大江蹲下身,抚摸着快人的头:"快人,爹要出去一趟,你照顾好娘和弟弟,爹很快回来。"

快人不明白很快是多久，但是他能感觉到，这可能是他最后一次看到爹了，小快人看着大江和谢子昂的背影，控制不住地哭了出来。

回蜀山的路上，谢子昂一直沉默不语，想着这段时间发生的事情，好像自从师父给自己传授法力之后，一切都变了。

师父和蜀山的秘密越来越多，这一切到底是怎么回事呢？

"子昂小兄弟，你在想什么？"大江问道。

"没什么。"谢子昂摇了摇头。

已经到蜀山脚下了，谢子昂看着面前的道路，与其自己在这里胡思乱想，不如直接问问师父。

"大江哥，你害怕吗？"

大江一头雾水地看着谢子昂："怕什么？"

"我也不知道，但我感觉现在的蜀山跟以前不一样了。"谢子昂低下头，"我总觉得这里面有什么我不知道的东西。"

谢子昂的话让大江一愣。

"子昂小兄弟，我虽然没有来过蜀山，但我听说蜀山掌门法力高深莫测，一心修仙且不惧权贵，曾经很多人想来蜀山拜师都被蜀山掌门拒绝了。"

"拒绝？为什么？"

"具体我也不太清楚，只听说是因为蜀山掌门不想蜀山变成世家子弟的玩乐场所。"大江的话深深击打着谢子昂内心最深处、最隐秘的地方,有一些被谢子昂遗忘在记忆深处的东西,好像受到什么牵引似的冒了出来。

"修仙不是开玩笑的事情!修仙是一件需要专注的事情!一旦决定走这条路,就要斩断过往的一切。"

谢子昂脑海里突然闪过这句话。

"子昂小兄弟,你怎么了?"大江看谢子昂突然失神的模样,关心地问道。

谢子昂猛地惊醒:"没什么,只是突然想到了很久以前的事。"

师父将自己的全部心血都放在蜀山上,他所做的一定是为了蜀山好,我不应该怀疑师父,更不应该怀疑蜀山。谢子昂在心里说道。他抬起头,认真地看着大江:"大江哥,我们走吧!等一切尘埃落定后,我就送你回去。嫂子和快人还在等着你呢!"

"嗯!"大江看着谢子昂,露出一个憨厚的笑容。

四

乐人偷偷探出脑袋,看着院子里的谢子昂和哥哥。谢子昂刚才说的话,他全都听到了,什么蜀山,什么修仙,这些事为什么自己从没有听哥哥提起过?

"接下来呢?"快人迫不及待地问道,"我爹去了哪儿?为什么再也没有回来?"

谢子昂叹了口气,轻声说道:"大江哥已经死了……"

乐人瞪大了眼睛,爹死了?乐人看着哥哥,哥哥的表情并没有过多的变化,这么多年过去了,这个结局快人早已预料到。但真的听到真相时,快人还是觉得难以接受。

"我也没想到事情会变成这样……"

"究竟发生了什么?"

"我们上了山。"谢子昂顿了一下,缓慢说道,"那时我还不知道师父让我找大江哥是何用意,直到我和大江哥一起去了师父的房间,当时师父浑身上下散发着黑烟,师兄满身是血地倒在师父旁边。后来我才知道,师父为了修仙,早已和黑龙勾结。那次飞升就是师父和黑龙最后合体的日子。但是黑龙的法力实在是太过黑暗,也太过强大了,师父的身体根本经受不住这样强大的法力。所以,师父每隔几天就会叫师兄弟过去,给我们传授法力。但是,每个修仙者练习的术法不一样,所吸收的法力也不同。有一些师兄弟就是因为自身法术与师父的法力相冲,最终走火入魔而亡。"

快人愣在原地,久久没有说话。

"渐渐地,师父也意识到这样下去不可行,他让我们下山,安排我们去各个村子,其实就是给他寻找合适的容器。"

"容器?"

"对。"谢子昂继续说道,"只是这样做,等于将整个蜀山推向深渊。

师兄们发现了师父的阴谋,起了反抗之心。就在我和大江哥上山的那天,蜀山发生了一次暴乱。"

"暴乱?"

"嗯,就在师父闭关的密室内。"谢子昂点了点头,"那次的暴乱非常惨烈,我目睹了许多师兄弟的死亡。"

"后来呢?"哥哥追问道。

"我愣在原地,大江哥反应过来想带着我逃跑,但师父发现了我们,将我们拽回密室,最后,大江哥因为吸收了太多黑龙的邪恶法力,我眼睁睁地看着他经脉断裂。我被师父囚禁起来,整整十年,直到昨天,才逃了出来。"

"十年……"快人低下头喃喃道。

"对不起……"谢子昂低下头,"现在的蜀山已经不是之前的蜀山了,在众人眼里,可能那里还是修仙的地方,但其实,现在的蜀山派,已经完全被黑龙控制了。"

乐人看着哥哥不再说话,快人低着头,乐人也不知道他在想些什么。

"你说的这个黑龙,很厉害吗?"

"嗯。"谢子昂的眼眸中闪过一丝寒光,"当年人、神、魔三界大战,魔界战败后,所有的魔族都逃离人间,没有人知道他们去了哪。这次黑龙重返人间,只怕是要卷土重来。如果不能阻止他,人间也将受到灾害。"

"你说的这些跟我有什么关系?"快人冷静地说道,"我只是一个普通人,即使知道这些也帮不上你什么吧?"

"怎么会帮不上呢,快人?"谢子昂轻笑道,"这件事只有你才能帮我。"

"我不明白你的意思。"

"大江哥跟我说过,乐人小时候他经常带你们去江边的一个洞里玩。"

乐人看见哥哥的眉头皱了起来:"你还知道什么?"

"人、神、魔三界大战以后,随着魔界战败,所有的魔族都隐瞒身份躲了起来,这个渔村确实是个很好的藏身之地,你说对吗?"

"你什么意思?"快人警惕地盯着谢子昂。

"快人,我们有着共同的敌人,那就是魔族。"谢子昂说道,"魔族虽然已经退出了人间,但是仍然威胁到人间的安全。我们必须联手,才能保证这个世界的安宁。"

"没有我们,只有你。"

"你现在还不愿意说出真相吗?大江哥已经不在了,你真的觉得你和乐人可以独善其身吗?"

"你也没有对我说实话。"快人紧紧地盯着谢子昂,"爹也是妖族,即使黑龙再强大,他的法力也不可能让爹经脉断裂。"

什……什么？

乐人惊讶地瞪大眼睛，身体止不住地颤抖。爹是妖族？乐人不断地后退，一下撞到一旁的柱子上。

谢子昂和快人听到声音后赶了过来。

"乐人？"快人担忧地看着乐人，嘴唇微微颤抖，"你怎么会在这里？"

"哥哥……你刚才说的是真的吗？"乐人捂着嘴巴，泪水夺眶而出，"爹……爹他……他是妖族？"

"乐人，你听我解释……"快人慌张地说。

"爹是妖族的话，那你呢？我呢？我们是什么？"

乐人感觉自己的世界在这一瞬间崩塌了，眼泪止不住地流下来，他努力压抑着自己的情绪，为什么关于爹的事，自己什么都不知道？自己还是这个家的人吗？乐人越想越觉得难以接受。

"乐人……对不起……"快人自责地看着乐人，乐人还想说些什么，但是突然觉得头很晕，没来得及反应，乐人就晕了过去。

醒来时，乐人发现自己躺在床上，哥哥和谢子昂都不见了踪影。

"哥哥……"乐人忍不住喊了出来。

没有回答，乐人挣扎着从床上爬起来，屋子里除了自己以外，没有别人。

砰！！！

屋外突然传来一声巨响,乐人连忙跑了出去。

谢子昂正在和一群黑衣人打斗,哥哥倒在一边。

"哥哥!"乐人大叫着。

"乐人!别过来!"谢子昂吼道,语气中充满了着急,乐人愣在原地。

"子昂,你真的要跟为师作对吗?"

一个声音响起,乐人这才注意到,他们身后站着一个人,一个穿着黑色长袍的男人。此刻,那个男人正双臂抱胸,面露嘲讽之色地看着谢子昂。

"你不是我师父!"谢子昂停下手来,怒视着那个男人。

"哈哈哈哈,子昂,为师还要感谢你呢!如果不是你将他带回蜀山,为师还真不知道这世上还有其他妖族。"男人狂妄地笑着。

"不是的!你闭嘴!"谢子昂大声呵斥着,"乐人,带着快人先走!"

乐人这才反应过来,看着哥哥,又转头看了看那个男人,咬了咬牙,扶起快人就往外跑去。男人想要追上来,却被谢子昂挡住了去路。

"我不会再让你滥杀无辜了!"谢子昂说完这句话就跟男人打斗起来。

乐人扶着快人一口气跑到江边,面前已经没有路了,快人突然咳嗽了起来。

"哥哥,你没事吧?"

"我没事……"快人虚弱地说着,紧接着,快人伸出手,江水瞬间打开,一条路出现在两人面前。乐人来不及惊讶,连忙扶着哥哥走了进去。他们走进洞里,快人靠在墙壁上,喘着粗气。

乐人好奇地看着四周,墙壁上挂着几幅画,看着这些画,乐人突然想起来了什么。

"这里……我好像来过……"

"你当然来过,你是在这里长大的。爹离开的时候,你就在这里,所以才会对爹没有记忆。"

"这到底是怎么回事?"

"爹、我和你,我们都是鱼族。"快人缓缓地说道,"我们生活在深海的鱼人国度,后来鱼族归顺了魔族,在大战中伤亡惨重。爹是背叛鱼族逃到这里的。"

乐人吃惊地睁大眼睛,半晌没有说话。

"我们鱼人不仅是人类的食物,还是魔族的食物。我们是魔族圈养的宠物,只要抓住我们,他们就可以从我们的肚子里吸取元气。"快人叹了一口气,继续说道,"这些年,爹一直在躲避魔族,在这个村庄里小心翼翼地生活着,只是没想到,还是被他们找到了……"

"哥哥,刚才那个男人就是你说的魔族?那么我们现在该怎么办?"

还没等快人回答,洞穴就开始剧烈摇晃起来,乐人重心不稳,摔在地上。

"怎么回事?"还没等乐人反应过来,洞穴的入口便被打开了,黑衣男子拎着谢子昂走了进来。谢子昂浑身是血,紧闭双眼。黑衣男子将谢子昂扔了过来,谢子昂躺在地上一动不动。

"子昂!"乐人扑到谢子昂身边,不管乐人怎么拍打,谢子昂都没有反应。

"这里还真是个藏身的好地方啊!"黑衣男子环顾四周后,突然笑了起来,"你们这些妖族还真是用心良苦。"

"乐人……"乐人听见有人在叫自己的名字,是哥哥的声音,乐人抬起头来,这才意识到,哥哥是在用意识跟自己说话,"乐人,马上我会打开洞穴,你就趁那个时候带着谢子昂往外跑!不管听见什么都不要回头,明白了吗?"

"那你呢?"

"不用管我,等这一切结束了,我们就离开这里,你想去哪儿都可以,哥哥再也不强迫你了……"

"哥哥……"

"你们的父亲就是魔族的叛徒!不过好在他已经死了,现在,该轮到你们兄弟俩了!"说罢,黑衣男子举起右手。

突然,快人大笑了起来。

黑衣男子疑惑地看着快人:"你笑什么?"

"蜀山掌门,你口口声声说我爹是叛徒,但你勾结黑龙,残害无辜,将整个蜀山陷于不仁不义的境界,难道你就不是蜀山的叛徒吗?"

"你懂什么?"黑衣男子吼道,"你知道修仙有多难吗?那些神仙根本就没有真正地把我们当成过盟友,他们总觉得自己高我们一等,他们巴不得我们经受不住天劫,做不了神仙,一辈子臣服于他们脚下!这么多年,我将整个蜀山派打理得井井有条,可他们呢?他们还是不曾正眼看过我们一眼。"

"够了!"黑衣男子话还没有说完,突然一道凌厉的攻击从旁边飞射而来,狠狠地砸在黑衣男子身上。谢子昂不知什么时候醒了过来,谢子昂看着黑衣男子:"师父,一切都结束了。"

黑衣男子肩膀抖动,哈哈大笑起来:"是啊!结束了。"

黑衣男子举起右手,凝结法力,快人平静地看着黑衣男子,不管黑衣男子怎么努力,法力都无法凝聚:"这……这是怎么回事?"

"乐人!"快人浑身散发着金光,大声叫道,"快跑!"

洞穴的门打开了,乐人连忙将谢子昂背在身上,向着外面跑去,就在乐人跑出洞穴的一瞬间,洞穴的门重重地关上了。

乐人拼命地往前跑,他也不记得自己跑了多久,直到筋疲力尽,乐人跌坐在地上,大口大口地喘着气。

谢子昂慢慢地苏醒过来,看着身边的乐人,长舒一口气:"终于……一切都结束了……"

江豚殇

作者简介：

甘臻，安徽桐城人，高级编辑，中国作家协会会员，安徽省网络作家协会副主席，鲁彦周研究会副会长，《新安晚报》副总编辑，《世界报》执行社长(兼)，《双语报》总编辑。著有长篇网络小说《大汉风云》《英雄帖》《铁血残阳》《柯尔蒙家族》《灵庄》《灵村》等。

长江,你好!

一

江风习习,暮云叆叇。

长江边上有一座古村落,名曰江湾村。

江湾村有一户人家,正张灯结彩,人声鼎沸,热闹非凡。不是大户人家,哪有这般热闹?

这户人家,主人姓胡,叫胡水生。今天是他的八十九岁生日。

胡水生儿孙满堂。

按乡下的习俗,男做九,女做十。今年是他的九十大寿,儿孙们都在为他的寿宴忙碌着。

胡水生老当益壮,精神矍铄,神采飞扬。他在院里转悠,不拄拐杖,时不时地与前来祝寿的乡亲们打招呼。

傍晚时分,寿宴开始!

胡水生家的院子里摆了六张圆桌。胡水生端坐在主桌的中央,频频接受大家的祝福。

他一高兴,居然端起了酒杯,爽快地喝了一口酒。

席间,胡水生老人的大儿子胡江同等人动员老人家讲几句话。

胡永生欣然应允。他坐在椅子上,喝了一口水润润嗓子。接着,他便开始讲了。

但是,他张开嘴,说了两个字"江豚"之后,奇怪的现象出现了。

他张开的嘴在空中凝固了,他的目光也显得呆滞。很快,整个人就僵化了。

所有人大吃一惊,他们用不同的称谓呼唤着他。

老人就是这么僵坐着,一动不动,似乎对面前的一切全然不知,也不为所动。

老人家这是怎么了?

有人喊:"去叫郎中!"

……

二

"爷爷,晚上真能看到江豚吗?"

"爷爷,爹什么时候回来?"

子夜前夕,五岁的胡水生被爷爷胡望江牵着手,他一连串问自己的爷爷。

胡望江只顾赶夜路,他不仅没有回答孙子的问题,还示意孙子别说话。

俩人来到江边。

胡望江牵着水生下堤,至江边的一个土石洼处。

爷孙俩像侦察兵一样伏在坑沿,一动不动,眼睛机智地直视着江面。

这里就是江湾!

月光倾泻如银,水面微波荡漾。对岸星星渔火,像是打着瞌睡的猫眼一眨一眨。而水生直视着水面的双眼却是一眨不眨。

静谧!

胡望江为什么要在深更半夜带孙子水生到江边来?

他拗不过孙子的吵闹。

一家人天天谈论江豚,能不引起水生的兴趣吗?

不同的白天,胡望江带孙子到江边来过多次。水生所见,都是一两只江豚在游弋。他好奇、欢呼、跳跃,虽然好玩,但觉得不过瘾。

傍晚时分,胡望江对孙子说:"想看成群的江豚在江面上游弋吗?"

水生一连点头:"嗯嗯嗯。"

"那我夜里叫你,你可别赖床。"

水生何曾赖床?

他这一晚兴奋得根本就没有入睡。直到爷爷一声呼唤,他一个鲤鱼打挺,就从床上跳了下来。

江面平静如画。水生打了一个激灵。

子夜时分,胡望江伸手拍了一下水生的肩膀,并用手指了指江面。

江面之上,此时冒出一个个黑点。旋即,起一个个张开的圆不溜秋的可爱的嘴。接着,圆溜溜的、光滑的、弯月一般却是饱满的身子跃出水面,又没入水中。

江豚!

水生差一点叫出声。

夜里突然发出叫声,会吓跑江豚的。水生倒也自觉,兴奋却不发声!

成群结队的江豚在江面上出没、游弋,相聚甚欢。

江豚向岸边游来,离水生和爷爷距离最近的,也就十来米远。他们看得清晰。

水生真想扑下去,骑到江豚背上,畅游长江。

然而,就在这个时候,江面上突然出现了一艘船。

这艘船,船身足有两丈长,船头悬挂着一盏马灯。马灯的下方,似有三两人影晃动。

这个时候,怎么会出现一艘船呢?

载人?运货?打鱼?

全然不是!

这艘船并不是顺江而下,也不是逆流而上,而是向着胡望江爷孙俩这边的江湾靠拢。

不好!

他们是冲着江豚而来!

他们发现了江豚。船上人越聚越多,他们手里都端起了渔枪,渔枪似乎都在对着江豚的位置。

接着,一张大网抛向了江豚。

胡望江赫然心惊!

有人要捕杀江豚,这可如何是好?

万般紧急之下,胡望生转身搂住孙子的身子,对着他的耳朵悄声问:"让你现在去找村长,能找到他家吗?"

水生人小胆大,点点头。

"快去,找到村长的家,告诉他,有人捕杀江豚了!"

水生会意,从土石洼处一跃而起,迅速爬坡,然后向村里跑去。

他跑的时候,引起了船上人的注意。

"有人!快,拉网!"船上人喊叫着。

胡望江血管都要爆裂了,他守护了二十多年江豚,想都不会想到,这帮人会在夜里前来捕杀江豚。

他立即从地上捡起石头,向船上砸去。这是他的拿手好戏。他砸石头,不仅砸得远,而且砸得准。

船上有人哀号了一下。但是,他们并没有停下收网,甚至有一些人还向江豚投掷渔枪。

胡望江也没有停息,他不断地弯腰捡石头,不停地向那帮恶人砸去。

船上已有三三两两的人落水。

但是,胡望江自身的目标太大,太集中,太固定。不长的时间,他中枪了!

那枪是铁打的尖,后面连着绳索的,插入他的心脏,还被船上的人用力一拉。

渔枪被抽出了,胡望江应声倒地!

半个小时后,村长胡望水抱着小水生,和村里的青壮年赶到江边。

但江面已然平静,江湾里血水泛黑,有两只死去的江豚漂浮在水面上。

胡望江气绝身亡,再也不能与他的孙子水生相聚成欢了!

水生抱着爷爷的尸体,哭得像泪人一般!

三

母亲翠花将一个包裹挂到水生的肩上,对他说:"见到爹,让他速速回来。"

水生"嗯嗯",然后与胡守明一起,走出了自己的家门。

胡守明比水生大整整十岁,他是村长胡望水的儿子。

俩人沿江堤走了二十余里,到湾址码头,然后乘船顺江而下。

这船在江上漂流了大半天,傍晚时分,终于到达金陵码头。

金陵是个大城市,天未黑,华灯已上。

街面上,叫卖连连,车水马龙,人来人往,热闹非凡。这世界,还有如此繁华沸腾之地。

水生与胡守明无心观赏,更无流连之意,他们心事重重,想尽快见到水生父亲,便加快步伐,穿城而过。

不出一个时辰,他们便如期到达郊外的金陵精武堂。

是的,金陵精武堂!

大半年前,水生的父亲胡守江受村里委派,前来金陵精武堂学武。

本来要等到一年学习结束,胡守江才能回到村里,谁知他父亲胡望江被害,村长经与翠花协商,便派出守明和水生前来"把信"。

"把信",就是家中有人亡故,派人将噩耗第一时间通知到身在外面的亲人。考虑到翠花要在家中摆设灵堂、守灵,水生又小,村长胡望水便派自己的儿子带水生一起奔赴金陵。

父子见面,胡守江惊喜又兴奋,他将儿子抱起,甚至举过了头。但他听到儿子说爷爷已死,几近昏厥。

他勉强将儿子放下,好长时间才恢复过来,泪水潸潸而下。

"爷爷是怎么死的?"

"那帮恶人捕杀江豚,他们杀害了爷爷!"

胡守江无语。他握紧拳头,眼里布满血丝,牙齿咬得咯咯响。

胡守江归心似箭,他立即收拾行李,向师父司空山告别,很快就开启了回程。

一行三人风尘仆仆,仅大半天时间,就赶回江湾村。

灵堂肃穆。父亲画像在上,遗体在前。胡守江与妻儿跪于遗体前,哭成了泪人,凄惨惨,悲切切。

满腔愤怒!

第三天的时候,胡守江带领家人,在村长及乡邻的帮助下,安葬了父亲。

料理完父亲的后事,胡守江经妻子翠花的同意,做出了一个异乎寻常的决定:送水生到少林寺学武。

水生爷爷被杀,除了说明坏人的凶残和狡猾之外,从另一方面也说明,他爷爷并无武术,也无自卫能力。学武能强身健体,更能抗敌凶险,保护江豚。

水生这么小,翠花舍不得,胡守江自然也是舍不得。但是,爷爷的教训如此深刻。好在水生懂事,流着泪答应了。

胡守江送走了水生,安顿好妻子翠花。在一个月白风清的夜晚,他告别了妻子,离开了家,开始了他的独自行动。

四

守江,守江,我连江豚都守护不了,我叫什么守江?

胡守江借着月色,在江边巡查,愧疚和自责填满他的心头。

父亲就是在这里被害的。

那帮大恶人,我绝对不会轻饶他们。我定要为父亲报仇,也要为江豚讨回一个公道!

　　月光如银,江面如镜。水流不兴,波光粼粼。

　　江豚呢?

　　因为同伴被捕杀,幸存的江豚再也不来这片江湾了?

　　它们不来这里,会去哪里呢?

　　水生说,之前夜里,江豚经常大规模地在江湾聚集。所以,他才吵着要爷爷带他去江边看江豚。

　　谁知,这一看,水生爷爷却丢了性命!

　　胡守江坐在江边一棵大树下面的石头上,思绪万千,悲愤不已。

　　子夜时分,江湾与江心之间突然出现一艘船。

　　胡守江转身潜伏在水边的一处灌木丛中,眼睛片刻不离地注视着那艘船。

　　这船与水生向他描述的几乎一模一样。

　　船身足有两丈长,船头悬挂着一盏马灯。马灯的下方,似有三两人影晃动。

　　船向江湾,也是向着胡守江这边徐徐驶来。

　　他们胆子好大!真是嚣张、狂妄到极点了!捕杀江豚,杀害我父亲,这才几天,一点也不收手,还敢再次来侵犯!

　　愤慨和仇恨绞织在一起,胡守江血脉偾张。

　　船身进入江湾,船上人渐渐清晰。有人划桨,有人持枪做投掷状,有人正欲撒网。

江豚要是现在出现了怎么办?

江豚果然出现了!

江湾已有浪花闪现,胡守江凭经验就知道,江豚已经顺着江水从上游进入江湾。

从搅动的浪花来看,似是一两只。但是,一同来的究竟有多少,尚不得而知。

江豚掀起水花的现场,离船不足二十米远。不一会儿,两只江豚同时跃出水面。

船上人发现了江豚!

江豚跃入了水中!

船向江湾深入,向江豚位置靠近!

网已撒下,船上人将渔枪对准了江豚出没的这一片水域。

江豚要是再次出现,定会被他们网住射中,然后拖到船上。

胡守江不敢懈怠,他手中的弓箭也已对准了船上的人。

嗖!

"啊啊!"

随着胡守江嗖的一声箭发,船上惨呼声起。有人中箭倒下,滚落到江中。

胡守江在村中享有"神射手"之美誉,加上在金陵精武堂的学习和锤炼,功力更是进益不少。

　　胡守江准备弓箭的时候,还是留有余地的。

　　这弓箭要是上了毒,那船上中箭的人必死无疑。胡守江只是想伤他皮肉,以示警告,他还不想要那些人的命。

　　因为他还没弄清,杀害父亲的凶手是谁,幕后主使又是谁。

　　船上所有人大惊。人影绰绰,慌乱四散。

　　很快,船头上再也看不到一个人了,他们都藏于船里了。马灯也已熄灭。

　　网虽撒下,却没有网到江豚,许是江豚数量少,抑或逃得快。

　　极短的时间里,船上的几处窗口突然射出无数的箭。

　　这些箭直冲胡守江而来。

　　箭在胡守江身边不同的地方落下,幸亏他有一棵树及身前的大石头抵挡。树上、石头上、水中、灌木丛里,箭像雨点一般疾速下落。

　　箭射在石上,蹦得很高,有一支箭差一点插到胡守江的头上。

　　胡守江埋伏在灌木丛中,一动不动,暂不做反击。

　　江豚消失了,他们一无所获,又看不清江边潜伏了多少人、在何处,便停止了射击。

　　江湾出奇地静,那艘船定在了江湾。船上人似乎在等待着什么。

　　十几分钟后,船上人也许觉得他们并没有遭到大规模的江边村民的伏击,更是觉得那江豚受到惊吓,不可能再次大量现身江湾,便重新将船启动,驶向江心。

但是,他们迟了!

船虽然在动,但是船上划桨的四人越划越吃力。又增加四人,还是吃力。因为船并不听他们的使唤。

船身越来越重。

"船舱进水了!"有人大喊。

胡守江这时从江边的水中伸出了头,他听到了船上的喊声。

他看到,船上人来回奔突,一片慌乱。接着,他又看到,船在水中晃动。

船正在下沉!

船上的人纷纷跳入水中!

很快,船沉没了。人在水中散了,逃得无影无踪。

幸亏他们都是水性好的,不然,他们跳到水中,岂不葬身江底,等着喂鱼?

船好好地停在江中,怎么一开桨,就沉没了呢?

原来,这就是胡守江一举出击的结果。

胡守江埋伏在灌木丛中的时候,见船上停止了射箭,便悄悄地潜入水中。

从小在江边玩水长大的他,从水中潜到船身下方,而且不被他们发现,是不难的。他潜到船底下之后,用随身携带的工具,在船体不被人觉察的位置钻出了一个大洞。

等到水渗透、倒灌进了船舱之后,他又悄悄潜回岸边。

就这样,胡守江小试牛刀,就叫那帮恶人人来了,船没了,乘兴而来,失魂落魄而去,还受了伤。

这些人逃了,谁能保证他们不会再来?

五

是谁杀害了我父亲?

船上为首的人又是谁?

是他下令,杀害了我父亲?

儿子水生年少,这么小就经历他们捕杀江豚的血腥画面,甚至亲历爷爷死去的那一幕。

一连几天明察暗访,胡守江得到一条重要线索:这艘沉没的船,以往经常停靠在大同的码头。

大同,是长江中下游,除武汉、金陵、大上海之外的又一个重要的江边城市。

大同因产铜、城市繁华、水运发达而闻名。江南的名茶就是从这里运往外部世界的。

明清时期,大同被外界称为"东方明珠""水上之巴黎"。

胡守江只身赶往大同。

提起江豚,大同人无不啧啧感叹,既赞美,又担心,更是愤慨。

"江豚是长江的宝!"

"它被称为微笑天使,人人喜爱!"

"只可惜,它成了达官贵人餐桌上的佳肴!"

听到这些,胡守江大为震惊!

他们捕杀江豚,就是为了向富人提供美味的佳肴!

江豚本来数量就少。因为一些人的贪心恶念,大肆捕杀,长此以往,它们迟早会有一天,非灭绝不可!

"你知道是谁在捕杀江豚吗?"

所有人噤若寒蝉。

经过进一步探访,胡守江得知,大同有个长江帮。只有长江帮,才敢专事捕杀江豚。

作为练武之人,胡守江以前就听说过长江帮,它不是什么好的武林帮派!

长江帮,发端于金陵,三年前血腥兼并大同码头。在长江中下游一带,其地盘和势力越来越大。

捕杀江豚,就是他们有组织的罪恶活动之一。

原来到江湾捕杀江豚并杀害他父亲,已经不是一艘船、一伙人的事了。其幕后黑手,就是势力强大的长江帮。

胡守江忆起,五年前的一个早晨,江湾发生了一起至今令人心悸的悬案。

以前,江豚是喜欢到江湾游弋的,无论是白天还是晚上。它们把江湾当成了自己的家。

但是,它们在江湾的出现,却时不时地引来一些恶意的船只,有人白天以打鱼为幌子,实则捕杀江豚。

村里有人发现江豚被捕杀,积极行动起来,自发地到江湾巡防,发现有人针对江豚,便强力驱赶,并没收他们的捕捞用具。

一段时间以来,鲜有人大白天划船到江湾明目张胆地捕杀江豚了。

但是,在一个大清早,村中老人胡望岸只身去了江边,却再也没有回来。

村里组织人四处查找,只在江边看到江湾里还没有消失的血迹,但那分明是江豚的血迹,他们没有看到人,也没找到他的尸体。

他水性那么好,是不可能掉到水里淹死的。

胡望岸之失踪,成了悬案!

现在想来,是否与长江帮有关?

胡望岸会不会与父亲胡望江一样,死于捕杀江豚的长江帮的人手中的渔枪?

一年前,村长胡望水的弟弟胡望天,也是在一次去江边巡视时,与家人失去联系,是死是活,不得而知。那是在傍晚时分。

难道他的失踪也与长江帮有关?

如果是这样,那长江帮不仅顶着捕杀江豚的罪,还害了太多的无辜者的生命!

为摸清长江帮的底细,胡守江把自己打扮成了一个渔夫,在江边一个不太显眼的客栈住了下来。

他白天大部分时间都用来打鱼,下午或晚上便出去沿街叫卖。这既为掩护自己的身份,也便于明察暗访,算是为营生赚一些外快。

终于在一个阴沉的傍晚,他鼓足勇气,挑起了半担鱼,走进了大同郊外长江帮的山庄。

山庄名曰"子月山庄",庄严,肃穆,阴森。铜门上有一块巨匾,"长江帮"三个大字,熠熠生辉。

子月山庄背靠五松山。站在它的门前,就能俯视一里之外东西走向、逶迤不绝、烟波浩渺的长江。

大门两侧有长江帮的门徒把守,青布长衫,双手背后,眼光扫射。

"干什么的?"

"送鱼的,新鲜的江鱼!"

两人上前察看鱼桶,又察看胡守江整个人,这才放他进院。

胡守江挑着鱼,被这两人中的一人领到院中。

子月山庄的院子好大。院中林木高低相间。院中靠山一隅,坐落着两排二层楼的木制建筑,气势宏伟。

胡守江被这人叫停。这人只身进屋。原来这里是膳房。

不一会儿,一位白大褂大胡子师傅出来,看了一眼胡守江,有那么一点生疑,又看看他挑来的鱼,然后吩咐他将鱼挑到后面。

后面就是膳房的后堂。胡守江不进不知道,一进,他吓了一跳。后堂设在两排建筑的后一排。胡守江要进后堂,必须穿过两排建筑中间的露天过道。他惊就惊在他在这过道里所看见的景象。

过道是封闭的,有墙与外界隔开。过道一侧有一座水池,也有一个案板。三四个青壮之人正在案板上分割一只江豚。

大卸八块,血腥四溢。

血沿着案板往下流,却流到下方的一只木桶里。

胡守江心在颤抖,不忍目睹,以致走路时都有点摇摇晃晃。

"放在这儿!"

大胡子看他走路摇摇晃晃的样子,更加生疑,让他将鱼放在这过道里,没让他继续往里走向后堂。胡守江只好搁下担子。

大胡子上前,从白大褂里掏出一枚铜板递给他,对他说:"给,快走吧!"

胡守江接过钱,大失所望。这一担鱼,怎么说也有几十个铜板啊,怎么就一块?胡守江迷惑地看着大胡子厨师。

"看什么?快走!"

"师傅,不止这一块铜板的。"

"少废话,快滚!"

胡守江很快就被大胡子等人给轰了出来。

六

胡守江利用一个月的时间,在五松山下的林区蹲点,观察子月山庄的动静,终于探明了一些事情的真相。

这天夜里,子月山庄大门里难得地单独走出了一名弟子。

胡守江见他出来,便隐于林区一棵大树的后面。待那弟子经过,胡守江突然出击,点中他的穴位,然后将他拖入林中。

这名弟子醒来时,发现自己被绑在一棵大树上,大为惊恐。他很快就看见自己的面前正坐着一位身着夜行服、手执匕首的年轻人。

"你别紧张,我暂时还不想杀你!"

"好汉饶命!"

"你好好地回答我的问题,命就不会休矣,明白吗?"

锋利的匕首在胡守江手中晃动,寒光四射。四周寂静,一片树叶掉到地上,他们都能听出它弹跳的声响。

"小的明白!"

"你是长江帮的弟子?你叫什么名字?"

"是的,我叫徐六斤。"

"子月山庄庄主是谁?"

"黄书郎黄庄主。"

"黄鼠狼?"

"黄书郎,不过……"

"不过什么?"

"他听从长江帮金陵总部的号令!"

"长江帮帮主又是谁?"

"黄世仁。他们是亲兄弟。"

"子月山庄执行长江帮金陵总部的什么号令?"

"子月山庄只是长江帮的一个分支,负责把持大同这一片地盘,包括码头,主要经营码头水运及这一带的水产,包括江豚。平时训练武者,并向金陵输送弟子。"

"包括江豚?"

"是的,江豚颇受金陵、大同两地富豪达官的欢迎,是餐桌上的上品。江豚主要生活在大同对面的江湾。"

"他们宰杀江豚时,为什么要收集江豚的血?也是提供给富人的吗?"

"不是……"

"不是什么?"

"这是头等机密,小的怎敢说?"

"你但说无妨。"

"我只听说,那些江豚血是被秘密运往金陵的。"

"为什么要运往金陵?"

"这小的就不清楚了,说是有专门用途。"

"两个月前的一个子夜,长江帮的人到江湾捕杀江豚,并杀死了一位老人,你可知道这事?"

"小的知道,也在现场。"

"谁是头儿?"

"黄琼,他是黄书郎的堂兄弟。"

"为什么要杀害老人?"

"这是黄书郎庄主下达的绝杀令,所有阻碍我们捕杀江豚的人都得死。长江帮黄世仁帮主也是这么授意的。"

"黄鼠狼练的是什么功夫?"

"铜锣掌!"

七

子月山庄庄主黄书郎是长江帮的分舵主,手下徒众两百,在后山还设有秘密训练基地。

他手下还专门成立了一个捕杀江豚的秘密行动组织,美其名曰"江霞行动小组"。

江霞行动小组,横行于长江之上,专事捕杀江豚,并犯下无数的人命案。

江湾村的胡望江、胡望岸、胡望天之死,只是他们所犯之案的冰山一角。

胡守江认为,与强大的团伙恶势力对抗,单凭自身的力量是不够的。他摸清了子月山庄的情况后,回到了村里。

有江豚捕杀秘密行动组织,就有保护江豚的正义行动小组。

在村长胡望水的支持下,胡守江在村里组建护豚行动小组。

为提高行动小组的行动力和护豚本领,胡守江亲自担任教练,教授行动小组的成员武术和射箭。

护豚行动小组由当初的八人,逐渐扩大,不到半年,就发展成为二十四人的队伍。

胡守江将小组成员分成四个小分队,分期分批派往江边,二十四小时轮流巡江护豚。

胡守江交代他们,一个小分队在江边巡查时,一旦发现敌情,立即发送信号,向其他分队通风报信。

所有小组成员接到信号后,闻风而动,全力以赴,奔赴江边,合围江上强盗,决不让江豚受到敌人的任何侵害。

一段时间以来,长江帮的江霞行动小组几次有组织地侵犯,都被江湾村的护豚行动小组的人员驱赶、围歼。

他们甚至连江湾都不敢进来。他们总是乘兴而来,败兴而归,落荒而逃，一无所获。

但是，他们是不会善罢甘休的。因为对他们来说，利益以及江豚之血特殊用途的诱惑太大了。他们宁愿铤而走险。

这一年秋天，子夜时分，江湾上游的入口突然冒出两艘大船。这是从来没有过的。

以往捕杀江豚的船只都是从江湾的下游或者江心侵入江湾的，但这次不是。这次是从上游，而且是两艘大船。

他们这样做的目的，除了壮大自身的声势，更是突破以往的做法，试图让江湾守护江豚的人措手不及。

这次，他们的船只连马灯也没有点亮。

这帮恶人还是低估了江湾人的护豚决心和行动能力。

两艘船一进入江湾，就被胡守江参与巡查的小分队发现。胡守江派人向村里发送信号，自己和小分队的其他成员选择最佳位置守护在江边。

两艘船进入江湾，船上为首的人就是黄琼。

月光之下，他站在船头，手伸到额前，仔细观察着前方的状况。他的身侧，站着两个持枪做投掷状的手下。

江湾中心，有水花扬起，接着有江豚出现。

似是两三只胆大的江豚在这里游弋，时不时地露出水面搅动水波，全然没有注意到附近渐渐停下来的两艘大船。

胡守江看着江湾水花兴起,心中纠结。

"江豚,快离开,没看见魔鬼的黑影吗?"他在心里念叨。

但是,他不想看到的情况还是发生了。

只见黄琼对着江豚泛起的水花,将手一挥。接着,他旁边的一个壮汉已将大网撒向江豚。他身侧的两个人突然将渔枪投向江豚的位置。

江豚还是没有逃脱被捕杀的命运。

两只江豚已被渔网网住,又被渔枪射中。它们在水中冲撞,打着水花,灰白色的肚皮泛着银光。

胡守江再不出手,他们就要将江豚拖到船上了。

胡守江终于一声令下,他和他身边的队员手中弓箭齐发。

两艘船上,有人应声倒下,有人哀号。

黄琼立刻用手中的渔枪抵挡着射向自己的弓箭。随即,他和船上的人躲到船里。

紧接着,无数的渔枪和弓箭从船上的窗口、洞口射出。

胡守江身边的一名队员应声倒下。

不一会儿,弓箭停息,江湾水面及江边皆归于沉寂。

这个时候,江湾村的护豚行动小组的其他成员已接到信号,悉数赶到江边,悄悄进入阵地。

"潜水!"胡守江悄然下令。

江边所有人瞬间潜入水中。

黄琼似乎预感到了什么,他吸取上次船被袭沉没的教训,命令手下速速将船启动,远离江湾。

黄琼所乘的那艘船驶出了,但是,一起进入江湾的另一艘船却停在江湾启动不了。因为这艘船的船体在摇晃。如果不是船体进水,船是不会这么摇晃的。

黄琼眼睁睁地看着邻近的那艘船,渐渐地下沉,那艘船上的弟子纷纷跳水逃生。

有逃生的子月山庄的弟子要爬上这艘行进中的船。黄琼气急败坏,上前用渔枪刺他们。他们只好又跳进水中,顾自逃生了。

黄琼担心自己的这艘船难逃同样的厄运,命令两名弟子下水阻挡前来偷袭的对手。

胡守江等人潜伏在黄琼这艘船的下方,与前来阻止的强盗展开了殊死搏杀。

黄琼的手下根本不是胡守江等人的对手。他们下水一个,就被胡守江等人打到沉没一个。

黄琼又派人下水,还是有去无回,直到胡守江等人在船体上钻出了大洞。黄琼这艘船也在摇晃了。

黄琼颇为紧张。他跑上船头,四处察看,与身边的人一刻也不敢放松,作最后的抗争。

船体下沉。

船头离水面也仅半人之高时,胡守江一行四人突然跃出水面,跃上船头。

"原来是你!"

黄琼怒视着胡守江,终于喊出了声。从自己手下弟子徐六斤的描述中,他已然明白这个多年来与自己作对的人,就是胡守江。

仇人相见,分外眼红。胡守江与黄琼一对一拼上了。

三四米见方的船头,两人上下左右,你冲我突。弓与渔枪相击,声声清脆,火花四溅。

大战几十回合,黄琼被胡守江的掌力所伤,渐渐不支。

船体接近沉入水中。黄琼使出全部力气,虚晃一枪,然后跃入水中。

胡守江也跟着跃入水中。江水湍急,黄琼早已丢下自己的弟子和船,没了身影。

胡守江等人转身找到那些还在网中挣扎的受伤的江豚,将它们护送到岸边,进行救治。

刚才应声倒下的那位队员也没有死,他只是受了点伤。他被其他队员抬回了村里。

不出半月,受伤的队员痊愈了,重新加入了队伍。

而那两只受伤的江豚也恢复了健康状态。

村长和胡守江等人特意选了个它们喜欢在江湾出没的时间点,将它们放归江湾。

这次护豚行动,江湾人打击了长江帮捕杀江豚的嚣张气焰,取得了空前的大捷!

八

为了防备长江帮的人反扑,胡守江除了与村长商议在村中加强巡逻警示外,还专门将妻子翠花安置到了婶婶家。

没办法,为了她的安全,也是为了不分散他的精力,他不得不这样做。

这样,他一个人独居一屋,几乎把所有的精力都用在守护江豚的行动上了。

又是一年秋天,这天晚上,胡守江独自一人回到自己的家。他简单地做了几个菜,拿出酒,自斟自饮起来。

他与妻子的团聚,正常情况下每个月难得一两次。

现在,又是江豚到江湾生育的旺盛期,他和他的队员护豚一刻都不敢懈怠。

这样想来,与妻子分别都两个月了。他有点想翠花了。

"过两天,我将江边的事安排好,就接翠花回来一聚。"想到这儿,他自嘲地笑了。

接着,他又开始想儿子了。

儿子水生离开家,到少林寺学武,一晃都五年了。现在想来,他应该有十一岁了。按照他小时候的状态,他个子应该长高了不少。

不知道他武艺进益如何。

他从小就具有武学天赋,而且常练不怠,这些年,在少林寺系统学习,必有建树。

胡守江对儿子的期望值很高。

"小子,等你回来,我要与你好好切磋切磋武艺呢!"

想到这里,他开心地笑了。

这个时候,他闻到了一股烟味。

自己早熄灭了灶膛中的柴火,怎么会有烟味呢?

烟味在室内弥漫。他循着烟味,四处查看。原来,这烟味是从窗户的一个洞口吹进来的。

他意识到这烟味的来源时,已经迟了,因为他已被这烟熏得渐渐失去意识,他昏迷了过去。

他醒来的时候,发现自己被吊在院落里的一棵大树上,身上被绑了很多的绳索,动弹不得。

这座院落,他颇为熟悉。原来这里是子月山庄!

他的面前,有四个子月山庄的弟子把守着。

原来那烟是他们施放的。他们还真是什么阴险的手段都使上了,这让他防不胜防。

他们为什么要将他绑到这里来呢?

黄琼终于一瘸一跛地从屋里走了出来,他后面跟着黄书郎。

黄琼还是上次捕杀江豚与胡守江他们火拼时,受了伤留下腿疾,至今未能痊愈。这么长时间过去了,估计他的腿永远这样了。

黄书郎尖嘴猴腮,长脸,一袭长袍,束腰,不像是武林中人,倒像是纨绔子弟。

两人摇头晃脑地走到胡守江面前,眯着眼对他笑。

"你小子很能打是吧? 恐怕再也没有这个机会了。"黄琼说。

"你们欠下江湾好多人命、无数只江豚之命,你们不会有好下场的。"胡守江怒道。

不想,黄书郎并不生气。

"你江湾村何尝不是欠我们好多的人命? 还有我们重大的经济损失呢。这样说来,我们互相伤害。"

黄书郎见胡守江没反应,接着说道:"知道我们为什么请你来吗?"

"请你"来? 这话说的。

"当然,请你你是不会来的,我们就用这种办法,强迫你来,是要与你协商。与其互相伤害,为什么就不能互不伤害呢? 江豚是长江的江豚,是所有人的资源,与你江湾何关? 你们为什么要多管闲事?"

黄琼跟着说道:"只要你答应解散护豚行动小组,解除对江豚的守护,我们便放了你。"

"呸!"胡守江向他们啐了一口。

黄书郎收住笑容,脸上晴转阴,说道:"你可以不答应,不过,我也向你们江湾村的村长开出了条件,与刚才对你说的一样,答应了我们的条件,我们便放人。"

黄琼恶狠狠地说道:"不答应,你的性命将在这里终结。"

正在这个时候,从院子外面走进来几个子月山庄的弟子。

残兵败将,愁眉苦脸。

他们走到黄书郎面前,为首的一个说道:"失败了!"

"什么?!"

"江湾村的人组织了一次伏击,我们损失惨重。"

"船呢?还有人呢?"

"葬身江湾了!"

黄书郎恼羞成怒。他气急败坏地喊道:"给我把胡守江押下去,三日之内我要将他碎尸万段!"

胡守江被人从树上放下,关进了囚室。

九

早上八点。子月山庄议事堂。

长江帮帮主黄世仁坐于堂中上方的太师椅上。他的弟弟黄书郎坐于一侧。

兄弟两人的旁边,分别站着黄世仁带过来的长江帮的四大高手。而两人面前站着十八名子月山庄骨干弟子。

黄世仁在发火!

"已经两个月了,我要的江豚血呢?"

他不说供应金陵的江豚,却提江豚血,是何故?

黄书郎在一旁说道:"愚弟监管不力,劳兄亲赴一趟。"

众弟子喊道:"长江,长江,赴汤蹈火,粉身碎骨,在所不辞!"

声震院墙,响彻云霄。

黄世仁并没有消火,他仍然大着嗓门,喊道:"今晚的行动,只许成功,不许失败。今晚,我要血洗江湾,我见不到江豚血,你们所有人休要想着回来见我!"

众人又是齐声高喊:"长江,长江,赴汤蹈火,粉身碎骨,在所不辞!"

黄书郎突然站起身来,将手一挥,说道:"今晚十点行动!"

黄书郎话音刚落,门外突然闯进来一名弟子。

他顾不得里面的阵势,跌跌撞撞跑到黄世仁兄弟俩面前,慌慌张张地说道:"不……不……不好了!"

所有人大惊。

黄书郎训他:"你给我好好说话。"

"是……不……不好了,胡守江被人劫走了!"

"什么?"黄世仁兄弟俩异口同声。

俩人根本不等这人继续说下去,立马离开座椅,奔出议事堂,直赴囚室。

囚室的铜门大开,似有被人撬击的迹象,里面的看护东倒西歪,似是刚刚醒来。哪里有胡守江的人影?

谁有这样大的胆子?

谁有这么深的功夫?

黄世仁兄弟俩已经不是恼羞成怒了,他们简直暴跳如雷。

"给我追!"

他们还能追上吗?

胡守江被人救走,是在昨天夜里,而且并未发生厮杀,他与救他的人全身而退。

是啊,谁有这样大的胆子?谁又有这么深的武功呢?

救他的人,不是别人,正是胡守江在金陵精武堂的师父司空山。

早在胡守江被人劫持之后,村长胡望水等人就断定是长江帮子月山庄的人所为。

为救胡守江,村长认为依靠江湾村现有的人力是不够的,他再一次派出自己的儿子胡守明前往金陵精武堂,拜会胡守江的师父司空山,以寻求救人之策。

司空山听说自己的弟子被长江帮的人绑架,义愤填膺,当即决定出马救人。

司空山武功高强,更是以"风雷掌"名震江湖。

他喜欢独来独往。经过多次潜伏、寻查,他摸清了胡守江被囚的地方及周边的环境。

他终于出手,一出手便告捷。这才发生了子月山庄囚室胡守江被人救出的一幕。

十

口号喊得震天响,誓要血洗江湾,为什么今晚的突击行动,却是只有一艘船驶进江湾呢?

原来,坐船驶进江湾的,只是长江帮及其麾下的子月山庄的一部分弟子。其余很大一部分的人员已由水面改为陆上,分别潜入江湾村及其江湾的岸边。

这次行动的指挥部就设在这艘船上。黄世仁兄弟俩坐镇船上指挥。

这将是一场你死我活的大战。对于江湾来说,山雨欲来风满楼,山雨真来,定是腥风血雨。

长江帮的人潜入江湾村里时,却发现这个村空空如也。

人都去了哪里?

原来,江湾村护豚行动小组的成员及其他青壮之人都行动了起来,他们都去了江边。剩余的,老弱病残妇,都被转移到了附近的村庄。

再往前,胡守江被自己的师傅等人救出后,几乎是第一时间回到村中与村长胡望水会合,商量对策。为防范长江帮的人伺机反扑,他们做了精心的准备。

长江帮果然反扑!

如果江豚不在江湾出现,那船上黄世仁等人也许不会针对江豚出手,毕竟大海捞针,有可能徒劳无功,胡守江等人也不会只是潜伏于江堤不动。

但是,有人要捕杀江豚,他们怎能袖手旁观,或者无动于衷?!

两只江豚在江湾的水面嬉游,它们似乎发现了船只,顿时跃入水中。

它们不出,但是,船上的大网和渔枪已经投向它们的位置了。

这帮恶人既要报复江湾村人,又要捕杀江豚,他们有备而来,全力以赴,还想做到两不误呢。

木就是罪恶滔天的黄世仁甚至咬牙切齿下了屠村的绝杀令。

村中人转移了。这个时候,村中却起火了!

护豚行动小组的人扒在江堤的大树上,看出江湾村映出的火光,迅速下树,向村长和胡守江报告。

糟了!

村中无人,却是连片的房屋,这要是起火,后果不堪设想。

村长急了,连忙抽调一部分的人力回村救火,而他与胡守江则带领护豚行动小组的人坚守江边阵地。

这一人员调动,暴露了目标。

潜伏在江边附近的长江帮的人蜂拥奔向江堤。

双方随即交上手!

胡守江悲愤站起,手中的弓箭连环而发。他身边的师傅司空山一跃而起,很快就与敌人展开了厮杀。

刀光剑影,惨呼声连连。有人倒地而亡,有人落水不知所踪。

那艘船从黑暗中驶近,船头亮起了马灯,船上人头攒动。

胡守江已然看出,黄世仁兄弟在船头指手画脚。

胡守江掌握角度,瞅准机会,四箭连发。由于船身离岸边较近,胡守江力道所至,那黄书郎胸口中箭,倒地,接着滚到水里。

看来,胡守江刺中他要害了。

黄世仁大为吃惊,欲上前施救。但是,胡守江连环箭又至,他只有抵挡的份,无暇顾及自己的弟弟了。

黄书郎落入水中再也没有起来。

黄世仁大怒,挡住弓箭后,连忙向胡守江投掷渔枪。力道之大,渔枪直接穿透胡守江身前的一棵大树,差一点伤及他身。

战斗进行得异常惨烈!

双方杀红了眼,死伤无数!

令胡守江震惊的是,村长胡望水中了长江帮金陵高手的一剑,猛吐一口鲜血,倒地而亡。

胡守江正要跃起,击杀那名杀害村长的金陵高手,结果被师傅拉住了。

"我们快撤,不然,就会全军覆没!"

胡守江悲愤不已,心在泣血!

正在这个时候,江堤之上突然跃出一个人影。

这人影,个头不高,速度之快,却非常人眼力所及。他更是像替代了胡守江,直奔那金陵高手身前,出手就是一拳。

只见那金陵高手身子一震,又一晃荡,接着倒下,连惨呼声都没有发出,就见到阎罗。

这人影是谁?

受此影响,胡守江及他的师傅哪里愿意撤出,重新投入了针对长江帮的厮杀中。

不一会儿,又 惊爆眼球,奇迹的一幕出现了。

只见那人影一跃而起,冲向江面。接着,他脚踏江水,轻飘飘地飞向那艘停在江湾的船。

似蜻蜓点水,又似踏浪前行。这就是绝迹江湖多年的"水上漂"?

这人影轻飘飘地上船。船上的人在他面前,分次倒下落水,唯一剩下的,就是黄世仁了。

两人的厮杀在船头展开。

大战几十回合,黄世仁突然冲着江边大喊一声"撤",然后虚晃一枪,跃入水中。

那"水上漂"的人影,似有迟疑,然后也跃入水中……

十一

阳光迷蒙,寒风劲吹。金陵下了第一场雪。

临近傍晚,金陵城大街小巷车水马龙的繁华景象不再,却是一片冷冷清清如雪的苍凉境地。

长江帮金陵总部所在地,红杉森林池。黄世仁穿上练功服,心里发出一声怪笑,然后走进密室。

密室是他独一无二的练功场地。他在这里练功都六年了。

密室被称为"禁宫"。

禁宫不大,直径为五米见方的封闭型的空间。禁宫中间的地面上摆放着一只精致的木桶。木桶里装着江豚血。

鲜血!

刚才黄世仁发出一声怪笑,许是以为他走进禁宫,再过一个小时,便大功告成了。

碧血拳功,已达九成,再过一小时,就是十成。十成之后,他以为,他就是天下无敌了。

什么"水上漂"的人影,什么金陵精武堂,到时在他面前都不堪一击!

这一个小时,相当于足球场上的临门一脚,更像是到达终点的最后几米的冲刺。所以,他希望这一个小时无人打搅。

何为碧血拳?每饮适量的江豚的鲜血,溶入体内气力之循环,受制于意念,暗力凝于拳,出拳时冲击力爆燃,无力阻挡,而拳本身坚硬如钢,无物能阻。这就是碧血拳。

"这一个小时之后,我将为我的弟弟,为所有的长江帮的弟子报仇,我将重整长江帮!"黄世仁在心里愤愤地说道。

禁宫外围,已有长江帮的高手在把守。

但是,这些高手在两个人面前,哪里算得上高手?

他们不到半个时辰就被这两人解除了武装,打到无法动弹,束手就擒。

你道这两个人是谁。

这两人就是父子兵,胡守江和胡水生。

当然,冲击长江帮老巢的不止他俩人,还有金陵精武堂的司空山和他的弟子,还有江湾村村长的儿子胡守明和护豚行动小组的成员。

当然,仅凭胡守江这些人是不可能打垮长江帮禁宫外围众多高手的。

绝对不能忽略一个人的力量。

这个人就是胡水生。

他今年才十一岁,还是个孩子。但是,他在少林寺这五年多,却学得金刚拳这一真正的上乘的功夫。

那个在长江帮与江湾人的厮杀中突然出现的人影,"水上漂"的人影,就是胡水生。人影不是鬼影,人影就是胡水生。

幸运的是,胡水生进少林,得益于父亲的师父司空山的引荐,使得他直接师承司空山的师门,也即当今少林方丈的释空净。

释空净的金刚拳,既是少林也是当世绝功。教授俗家弟子胡水生绝世武功,释空净方丈毫不保留。胡水生能不幸运吗?

江湾一战,黄世仁潜入水中逃窜,原来也是碧血功助了他一臂之力,使得他在水中犹如江豚一般。

胡水生暂时放弃了他,转而与父母乡亲相聚,并与他们全力救火。

胡水生走到禁宫的门前,示意所有人避开。

他双手合掌,暗运内力。

胡守江等人很快看到,缕缕青烟从他掌中升起。接着,他的上方青烟缭绕。

不一会儿,他双掌收缩,同时握拳,又是青烟升腾。

终于,他双拳挥出。速度之快,快于无形。

只听见禁宫铜门轰隆一声,霍然开启,接着又轰然倒下。

震惊的是黄世仁。他刚刚喝下鲜血,那鲜艳的红色顺着他的嘴角,淋到他的身上,以及他身下的地面上。

他都不敢相信自己的眼睛了。因为他的面前站着的这个人,就是前不久还与他交手的熟悉的孩子胡水生。

这一惊,令他所有凝聚的内力开始外泄。

又是仇人相见,分外眼红! 黄世仁不得不重新提振内力,投入战斗。

真正的高峰对决开始了!

自古武林邪不压正。碧血邪功,怎能抵挡得了威震武林的金刚拳?

更何况,黄世仁练碧血拳还不到十成的功力,而胡水生之金刚拳却是炉火纯青,出神入化。

他们从禁宫打到红杉森林池外,又打到紫金山上。

打到后来,近乎是胡水生出招,黄世仁拆招抵挡。打到最后,黄世仁节节败退,四下逃离了。

黄世仁又逃到了禁宫原地,再也无力抗击了。

他跪在禁宫被废的门口,请求水生饶命。

水生上前,伸出双手,按在他的头部。青烟又起,随着黄世仁的一声惨叫,他的武功,以及他的长江帮,都灰飞烟灭了。

水生确实饶了他的生命,但废了他的武功,就这样,作恶多端的黄世仁成了废人一个。

十二

寿宴虽然冷了场,却没有停下来,也没有人离开。

郎中拎着一个药箱,从外面如期而至。

他走到寿星胡水生面前,正要伸手去掐他人中,不想,胡水生身子一震,突然醒来。

胡水生醒来之后,睁大眼睛,看着郎中,又看着周围无数双惊异的面孔,问:"我怎么了?"

众人惊喜。

郎中刚缩回了手,便又伸出两手指,问:"老人家,这是什么?"

"这是二。"胡水生似是反应过来,回答。

"这是手指!"

众人大笑!

胡水生的大儿子胡江同问:"老爷子,你刚才是怎么了?"

胡水生若有所思,说:"我刚才记起,我当村长了!"

众人调侃他:"这是哪一年的事儿了?"

长江,你好!

胡水生突然想起什么似的,喊道:"江豚,江豚!"

众人异口同声:"江豚在江湾自由自在地游弋,好着呢!"

……

江一流

作者简介:

伯乐,本名李松,阜阳市颍泉区行流中学教师,阜阳市政协委员,鲁迅文学院第十届网络文学高研班学员,安徽省作协第六届网络文学专业委员会委员,安徽省网络作家协会副秘书长,阜阳市作协网络文学委员会常务副会长。自2014年以来,陆续创作《超级天才狂少》等都市类网络小说一千余万字。军事作品《我的1938》入围鹤鸣杯"网络文学奖"2018年度军事作品,入选2020—2021阜阳市第一批重点文艺项目,2022年5月更名《爷爷的小田庄》,由安徽文艺出版社出版发行。

长江,你好!

第一章　江水

滴答、滴答、滴答……

一滴一滴的鲜血从天空落到地上,淅淅沥沥,连绵不绝。

江水就站在血雨中,眼睁睁看着地上的血变成溪流,汇入江海。

脚下的海是又红又腥,头顶的天既黑又重。

江水捂着胸口,都要喘不过气来。

咔嚓!

一道霹雳撕裂天空,冷风骤起。

"你不得好死!"

披散着长发满身血污的女人从海天撕裂处嘶吼着冲了过来……

江水翻身而起,大口喘着粗气。原来只是个梦……他擦擦额头上的冷汗,现在还能闻到腥臭的海风,触到刺骨的冰寒。

江水穿上衣服出了屋,明媚的阳光打在脸上,这才感到几分暖意。

天很蓝,就像多年前她那一袭蓝裙,美得心都能嗅到清香和写意。

春娇正在灶屋忙乎,看到江水,清秀的面庞泛起几丝甜甜的笑意。

"爹,饭菜马上好了。"

江水"哦"了一声,把斑驳的小木桌支好。

过了一会儿,江春娇端着一陶盆米粥,轻轻放在桌子上。江水拿着木勺探进陶盆,舀了一勺,撇去米汤,把米倒在碗里,又舀了一勺。

春娇端着一碟腌咸菜走了过来,柳叶眉下的杏眼透着些许责怪。她正要说什么,那碗米粥已经摆在她面前。

"多吃点,我走后,你还要练剑,"江水随手盛了碗米粥,夹起一块咸菜,放进口中细细咀嚼,"字也莫落下了。"

江春娇轻轻"嗯"了一声,偷偷看了眼江水的脸色,发现他今天有些怪。自始至终江水都不曾正眼看她,难道是昨天的事让他生气了?生气也要说,不然,断不了他的念想!

正在这时,江水的目光落到她灰色的粗布衣衫上,不紧不慢地说:"明天去镇上卖鱼的时候,给你扯块布,做身像样的衣裳。女孩子要有女孩子家的模样,如此孙大娘过来了,也能多说几句好话。"

春娇放下碗,咬着嘴唇,顿了半晌,方才瓮声瓮气地应道:"爹,女儿昨天都说了,不想嫁人……"

"现在不嫁,以后总要嫁……"

江水打断了春娇的话,将面前的白米粥一饮而尽,深邃的目光落在春娇那张清秀的面庞上,一瞬间,一种熟悉的感觉扑面而来,让江水一时有些慌神,顿了几息,江水连忙别过目光,轻声劝说道:"张秀才比你长不了几岁,先前落水我曾救过他一命,若非有这份机缘,咱们连上门提亲的资格都没有。别忘了,你爹只是个打鱼的……"

春娇把筷子重重拍在桌上,每次听到江水这么说,春娇就气不打一处来。

"你这是做什么?"江水皱着眉头看向春娇。

春娇咬住嘴唇,一言不发。片刻,春娇霍然起身,噔噔冲进了闺房,取了一把古朴的长剑走了出来。

锵!

利剑出鞘,如九天龙吟。

阳光打在剑身上,泛着寒芒。

春娇横剑胸前,粉嫩的脸蛋涨得通红。

"既然让我嫁给书生,自小练字即可,为何还要我习剑?"

江水微微一怔,属实想不到春娇的反应这般大。他沉默了半晌,耐着性子,慢条斯理地诉说着:"为父捡你回来时,包袱里就有这柄古剑和剑谱。为父想,既是你家传之物,习练倒也无妨,更何况而今世道不好,一身武艺也能防身。至于让你嫁给书生,初衷是让你修身养性,习武之人难免心浮气躁……"

春娇锵的一声还剑入鞘。

"你未曾习武,何以得知习武之人心浮气躁?"

"你现在可不就是心浮气躁?"江水缓缓站了起来,不慌不忙地收拾着碗筷,"你自小性急,都十六了还不改,以后如何了得?为父生在江边,漂在江里,一些习武后生为父见多了。"

他端着碗进了灶屋,再出来时,春娇还一脸倔强地站在那里,一声叹息。

"张秀才苦读诗书,明年秋闱指不定要中举,为父这么安排,也是为了你以后着想,你再想想……"

"无须再想。莫说他中举,便是成了京城的大官,我也不嫁!"春娇提着古剑,倔强得就像村口那只大白鹅。

江水再好的性子,也被春娇的态度激怒了。他抬眼看向春娇,手一个劲儿哆嗦:"为父还是太宠你了,换了别人家,早将你打个半死……"

春娇举着古剑,铿锵有力地回道:"你打不过我!"

她的话就像晴天霹雳,江水听后愣在那里。他左顾右盼,抄起一把扫帚冲到春娇身前,高高扬起:"为父打死你这孽障,古往今来,父命如山……"

春娇一动不动,从檀口吐出的话语,让江水从脚跟凉到心里。

"莫一口一句为父,你不是我的生父,嘴里的话自然没有山重。你的养育之恩我会报,病了,我照顾,老了,我送终!"春娇转身朝着屋子一步一步走去,握剑的手禁不住颤抖起来。她生怕被江水看到,右手赶紧揉了揉左手腕,言语越发地冰冷:"莫逼我嫁人,你没那个资格!"

第二章 春娇

春娇抱着古剑坐在床上,江水错愕无助的表情久久印在脑中。春娇眼中微微泛起氤氲,羊有跪乳之恩,鸦有反哺之义,禽兽尚且知恩图报,何况人?

可今天不这么做,就破不了父女关系,也破不了伦理上的尴尬。或许他很伤心,但总有一天他会明白自己的良苦用心。等尘埃落定,他自然也能接受自己。

念及此,春娇悄悄打开窗户,看着江水默默出了小院。那孤单的身影,就像游荡在荒郊野外的游魂。

跟往常的晌午一样,江水没有回家。春娇练完剑,用了午饭,便挎着竹篮出了门。距离小渔村不远的树林,蝉鸣正酣,林间的野菜长得也颇为茂盛。春娇采摘了一些,就寻了处阴凉地坐下。

晌午的阳光很毒,几近无风。春娇抬头凝望着湛蓝的天,微微有些出神,也不知想到了什么,她的唇角突然抹过几丝笑意。

远处,一个身着黑衣的男子径直走了过来。

他眸中精光四射,太阳穴高高隆起,每走一步,周遭的空气都跟着战栗。

春娇这才收回目光,望向渐渐走来的男子,甜甜笑道。

"展叔!"

展天运点了点头,从身后取下长长的包袱放在地上,摊开之后,是一长一短两柄木剑。

春娇有些不情不愿。

"展叔,你都连输九次了,完全没有比的必要,还不如说说我父母的事。"

展天运看了眼春娇,声线间透着冰冷:"他们已经死了,死去的人有什么好谈的?与其追念过去,不如灭了柳叶帮,杀了江一流,为你爹娘报仇!"

展天运将长剑丢了过去,后退两步,反手持剑。

"一寸长一寸强,一寸短一寸险,你只是连赢我九次而已,实战中哪怕输了一次便前功尽弃。记住,你现在面对的不是展天运,而是柳叶帮帮主紫韵,她的柳叶短剑使得出神入化……"

话尚未说完,长剑便挥了过来。

展天运后退一步,身子后仰的同时,短剑朝春娇的脖颈抹去。哪想这一招尚未施展,长剑已架在脖颈之上。展天运看着满脸杀气的春娇,不住地点头。

"很好!连胜十次,紫韵已非你的对手。"

两年来,春娇进展神速,完全掌握了《碧水剑谱》的精髓。纵然功力与其生父水云间壮年时稍有差距,在技巧和沉稳上却将水云间撇在身后。特别是这半年,展天运原来和春娇还能打个平手,渐渐撑不过十招,最近两次,几乎没有还手之力。

如此说来,时机已经成熟,可以去找柳叶帮复仇了。

春娇把木剑丢给展天运,问:"江一流呢?"

展天运摇了摇头:"柳叶帮中除了紫韵,没人见过他,据说他擅长暗杀。只要紫韵一死,他肯定找你寻仇,届时注意防范,以你我之力,拿下他不成问题。"

春娇握紧拳头,咬着牙骂道:"上不了台面的东西!当年他和紫韵定是用了上不了台面的手段杀了我的父母,夺了我水家的家产!"

展大运把两柄木剑重新包好,冷不丁地问春娇:"大仇得报之后,还留在这个小渔村?"

春娇轻轻"嗯"了一声,看向远处波光粼粼的长江。

"我得留在这里,他总有一天会老,得有人陪。"

展天运背起包袱,顺着春娇的目光看去,眉宇间掠过几丝不解:"灭了柳叶帮就能拿回水家的银子,宿松县城虽比不了府城,却也比此处繁华,依然能给他养老送终。"

春娇微微摇了摇头:"若非两年前我在树林习剑偶然被你看到,不会得知自己的身世,也不会去复仇。爹说银子是好东西,可沾了血的银子,拿了折寿。那些银两交给展叔处置吧,分给穷人也好,自己拿着也成。我只是长江边上的一个小渔村的村姑,享不了城里的富贵,每天挖些野草吃些河鲜,偶尔陪着爹沿着江畔走一走,挺好的。"

展天运微微一怔,似有所悟。或许正因为她心无杂念,这两年来剑术方才突飞猛进,不像他在剑道一环已经原地踏步很多年了。

春娇拎起竹篮,抬脚要走,突然蹲下身来。郁郁葱葱的草丛中,一朵不知名的蓝色小花开得格外娇丽。

展天运看了眼略有些孩子气的春娇,一抹不忍在眸中稍纵即逝。其实不该把她拽进来的,可是凭借自己的实力,要想除掉紫韵,难度太大了。

"我们的事,你爹知道吗?"

"瞒着他呢,他只是渔夫,知道了也无能为力,还落得他担心。"

"既然你喜欢这朵花,怎么不摘?"

"我原来喜欢摘,但是被爹看到了,爹说万物皆有生灵,摘了就死了,不如静静看着的好。"

展天运很不解:"花是生灵采不得,那鱼就不是生灵了?"

春娇笑着回道:"他说不一样的,渔夫离了鱼活不了,但花对生计影响不大。"

展天运脑中不由得浮现江水的模样,嘴角泛起几分不屑。一个没怎么读过书的渔夫,道道儿倒是不少。

"他的话你少听,毕竟是没见过世面的渔夫,而你,是宿松县城水家的小姐。"

春娇对着蓝色小花,轻声说道:"他的话该听还是要听的,因为他把我养大,村里同龄的女孩有什么我有什么,她们没有的,我也有,甚至他还让人去张家,为我和张长生说媒。"

展天运身子微微一颤:"哪个张长生?"

"七里江的张长生。"

展天运当即陷入一阵沉默。

他听过张长生的名号。此人才华甚是了得,据说明年秋闱,宿松县城最有希望中举的便是他了。一旦有了功名,便是官,以后前途不可限量。

"张长生是秀才,张家能同意?"

"我爹救过张长生的命。"春娇伸出纤纤玉指点了下蓝色小花,又道,"不过我不想,为此上午还跟他大吵了一架,仇还没报,怎么成家呢?"

展天运松了口气。

"现在确实不是谈婚论嫁的时候,大仇报了之后再让你爹托媒人去说说,这门婚事其实不错,很多人家都想着张长生呢。我尽快设个局,你耐心等着。"

春娇瞟了眼渐行渐远的展天运,摘下那朵小花,放在鼻下深深一嗅。

与其让花独自凋零,不如把它摘下。你啊,就是傻,老是为我着想,怎么就不想想自个儿?难道真想江家绝后吗?

她挎着竹篮,扭头看了眼展天运消失的方向,脸上的笑意渐渐敛了下去。

"水家当年的管家真是了不得,不仅逃出了生天,还成了宿松县衙的捕头,细细想想,真是毛骨悚然。"

第三章　江水

江水坐在江边,回想上午的场景,还没缓过神来。春娇以前纵然性急,倒也听话,最近这一年,越来越难管。早知如此,就不该让她练剑,更不该在她的追问下承认她并非亲生。可是而今的世道,女孩子家不管在娘家,还是出嫁,都没什么地位。练就一身武艺,夫家要想欺负,也得先掂量自个儿的分量。再说这天下哪有什么秘密?到了某一天,那些没告诉她的东西,也该通通与她说了,总比她自己查出来要好。如此,也有个了解,这心也能安生下来。

"宿松水家啊……"

江水闭上眼睛,想到当时的场景,禁不住打了个冷战。

可能是今年的夏天属实炎热,江水忙了一下午,收获寥寥,船舱里大大小小的鱼加在一起也没有二十尾。江水叹了口气,划船到了江心处,取了根竹竿站在船舱。

啪!啪!啪!

江水很有节奏地抽打着江面。他的力道很足,竹竿落处,浮动的江水竟被分成两半。他的身子也很稳,停在江心的小船竟然没有随波而动。等他收了竹竿,在渔船坐了下来,船身这才轻轻摇晃,不急不缓,就像父母为子女编织的摇篮。

远处江面,两个黑点突然探出脑袋,又迅速沉了下去。又过了一会儿,两只铅灰色的江豚到了近处,叽叽喳喳叫了起来。江水从船舱取了两尾鱼丢了过去。投喂四尾鱼后,一只江豚游到船边,露出了钝圆的脑袋。江水揉了揉它的脑袋,就像对待熟得不能再熟的朋友。

"小黑,今天春娇跟我吵架了。原来大黑还在的时候,你还小,是不是也跟它吵架啊?"

叽叽喳喳一串回声。

可能是跟江水问候,也可能是回答江水的问题。

江水望着潺潺流动的长江,回想上午的场景,很是烦躁。

论才华,张长生在宿松县的秀才中首屈一指,明年秋闱的功名几乎是囊中之物;论人品,张长生知恩图报,莫说碰到同窗,便是贩夫走卒,他也以礼相待。若非去年张长生的正妻香消玉殒,若非江水救了他的性命,这样的良人,依照江水家的条件,是没有提亲资格的。

正在江水烦闷之时,小黑旁边的江豚潜入江中,而后又跃出水面,很是调皮地朝江水吐了一口水。江水抹了把脸,看着绕着渔船游弋的另一只江豚,小声嘀咕一句:"小花,你也觉得我错了?"

又是一串叽叽喳喳的回声。

头顶的太阳火辣辣的,无比烦躁的江水看着在水中嬉闹的小黑和小花,脱掉身上的粗衣,从渔船上一跃而下。

今天的收获应该不会太好,心情也是不佳,既然这样,倒不如在江中耍一耍,权当放松下身心。

男人至老是少年。

小黑和它的伴侣小花发出叽叽喳喳的声音,似乎达成了约定,迅速下潜到江中。此时江水尚未浮出江面,看到急速游来的小黑,咧嘴一笑,顺势趴在小黑背上。

小黑载着江水,在长江里乘风破浪。可能是分别已有一月,一人一豚刚开始略有些生疏,到了后来,在江中几乎合成一体。小黑的速度越来越快,江水脸上的笑意越发纯粹,就像二十年前,他和小黑的父亲大黑,成了长江里舞动的精灵。

小黑游得很快,过了一炷香工夫,渐渐慢了下来。江水又一次把脑袋伸出江面,深深吸了口长气,拍拍小黑的脑袋,翻身到了小花背上。没等江水打出手势,小花就掉转了身子,沿着来路迅速返回。

渔船就在不远处,小花很是调皮地跃出水面。就这一瞬间,江水右手撑起,足下一点,跃出江面一丈有余,稳稳落在渔船之上。穿上衣服的江水,挑了两尾鱼投了下去,小黑和小花分别接住,围着渔船又黏糊了一会儿,再次发出一连串叽叽喳喳的声音。

江水跟往常一样摆了摆手。小黑和小花恋恋不舍地离去。看着小黑和小花越来越远,渐渐没了踪迹,江水心中的烦闷也消散了许多。江风吹来,略有些凉爽,江水躺在船舱里,看着岸边的树林,那个身着蓝衣的女子又一次出现在脑海……

天色渐暗,江水带着下午的收获回了家。此时,春娇正坐在院里劈柴。

　　江水把装鱼的竹篓放在墙边,春娇赶紧走了过来,也不说话,很是麻溜地将鱼倒进木盆,收拾起来。江水看着忙碌的春娇,踌躇一番,清了清嗓子:"把手里的活放一放。"

　　春娇放下剪刀,洗了把手,偷偷看了眼江水的脸色,嗫嚅道:"我现在真不想嫁人,如果还是上午那档子事,就别说了。"

　　江水皱了皱眉头,沉声道:"你今年十六了,过了这个年纪,就是老姑娘,也很难找到好人家。"

　　"找不到好人家就不找,我也想好了,大不了就陪在爹身边,咱们爷儿俩这么多年都过来了,往后这日子就过不了了?"春娇越说底气越足,音调也从细若蚊蝇到了铿锵有力,"别人再好,我不喜欢,在一起过日子又有什么意思?那是遭罪!"

　　江水的脸色渐渐沉了下去。从春娇身上,他依稀看到了她的影子。当年她也说过类似的话语,可是后来呢?她变得自己都不认识了吧?想到那个身着蓝衫的女子,一股寒意顺着脚底板蹿向心口。

　　江水看着春娇,缓缓站了起来,声音略有些嘶哑:"现在你不想嫁人,难道要学那些习了武的男女,行侠仗义闯荡江湖?"

　　春娇愣了一会儿,反问江水:"为什么要闯荡江湖?为什么要行侠仗义?"

　　江水沉默了半晌,苦苦一笑:"人有了本事之后,原来的地方就盛不下他了,总想看看外面的风景,翻过一座山,还想翻越另一座,做一些寻常人做不了的事,走着走着可能路就偏了,也找不到回家的路了。"

春娇似乎明白了什么,咯咯笑了起来。

江水皱着眉头,面有愠色:"你这孩子,笑什么?"

"我总算知道爹为什么让我嫁人了,原来是怕我成为江湖中人。"春娇眼珠子一转,拿起剪刀,很是麻溜地剖开鱼腹,挖出内脏,在木盆中刷洗,"放心,我才不想跟那些人一样,年纪轻轻就到江里喂了鱼。其实啊,山那边的风景跟山这边差不多,可能还没这边好。反正我是不会出这个村子的,你打鱼,我做家务,就这样过日子,安逸舒适。"

江水叹息着摇了摇头,春娇现在这么想,以后也这么想吗?人,总是会变的。

春娇瞥了眼忧心忡忡的江水,冷不丁地说道:"我的婚事你别操心了,这里有你,就是家,真嫁出去了,那也不一定是家,可能是牢笼。"

江水觉得春娇这话有些不对味,正要说些什么,春娇提着洗好的鱼进了灶屋,从檐口吐出的话语,如风铃一般悦耳清脆:"累了一天,先歇一会儿,我去做饭,清晨你还要打鱼卖鱼,家里的盐巴不多了,得买点回来。"

第四章　紫韵

宿松县城。

晨曦穿破云层照在地上,让原本沉寂的街道喧嚣了起来。

两个轿夫抬着一顶轿子,如寻常一样,笑得很真诚很满足。

当今世道不太平,想要寻个稳稳当当的生计都不容易,可他们只是偶尔帮贵人抬抬轿,每月就有三两碎银入账。更重要的是,有贵人护着,宿松县城方圆百里之内,谁敢不把他们当回事?这般地位,其实已经超过宿松县衙的捕快,家人也跟着光荣。

走过青石铺就的街道,前方就是菜市场。贵人喜洁爱静,往常都是绕着走,今天也不知怎么回事,她偏偏要从这里转一圈。

刚到菜场东头,宛若夜莺的声音飘到耳畔:"停!"

前面的轿夫怀疑自己听错了,回头看向蓝色的轿帘:"江夫人,您说停?"

没有回话。

轿夫赶紧放下轿子,退到一侧躬身行礼。

"对不起,江夫人,周遭太吵,小的一时有些分心。"

"分心不可怕,怕的是自以为是,死都不知怎么死的。"

一只纤纤玉手探出轿帘,向一侧微微一分,露出一张略施粉黛的精致面庞。

轿夫微微有些失神，赶紧低头，颤声回道："夫人教训得是。"

江夫人不屑地瞥了眼轿夫，出了轿子。听着小贩的叫卖，感受着晨曦打在脸上的触感，她似乎又回到多年前那个清晨。如今天一样，那时的她身着一袭蓝裙，就站在这个地方，看着那个从江心迅速到达岸边的少年。

身后背着一柄汉刀的少年！

只是当初的少年早已寻不到踪迹，昔日的少女也不复曾经的稚嫩……

"你买鱼怎的不给钱？"

"给钱？瞪大你的狗眼看清楚，老子是谁！在宿松这条街上，谁不认识我王六子？"

远处，身着粗布衣衫的人们围在那里，应该是菜市场里起了争执。

这样的事几乎每天都会发生，很多年前，江夫人就见怪不怪了。她只是看向远处流动的长江，失神了一会儿，便掀起轿帘，提着长裙上轿。正在这时，耳畔又传来低沉的怒吼："不管你是谁，买鱼都要给钱！你不仅不给，还掀摊子，有没有王法了？"

江夫人身子微微一颤。

唰！

她甩下轿帘，疾步走了过去。

场中，身着锦衣的王六子已经捋起袖子，朝地上吐了口唾沫，嘴里骂骂咧咧："没见过世面的乡巴佬,在宿松县城,老子就是王法!打,给老子朝死里打!"

两个家丁模样的男子对着倒在地上的小贩一阵拳打脚踢。

王六子觉得这个面生的小贩有些怪,换了常人,此刻早已哭爹喊娘,哪想这个小贩如此硬气,竟然一声不吭。

王六子戾气大涨,从腰间抽出匕首,正要当街行凶,耳边传来宛若夜莺的问话："你说在宿松县城,你就是王法?"

嗯?

王六子顺声看去,眼前当即一亮。

一名身姿婀娜的女子站在身前。纵然她上了年纪,风韵却比妙龄少女强了太多。特别是那精致的眉眼,仿若从画中走出的仙子。还有吹弹可破的肌肤,宛若温玉,走到身前,更有几缕清香飘到鼻畔,说不出地受用。

王六子一时有些失神,冲着美妇咧嘴一笑："小娘子,你在跟哥哥说话吗?"

两个轿夫当即大怒。莫说他人,便是宿松县丞见了夫人也要礼敬三分。这个王六子不过城里的地痞流氓,胆敢冒犯贵人,当真不知"死"字怎么写的。

走在前方的轿夫狠狠推了王六子一把,毫不客气地骂道："不长眼的东西,活腻歪了!"

王六子一个趔趄差点摔倒在地。狠惯了的他正要拼命,冷不丁看见轿夫胸前那片绿色柳叶刺绣,手里的匕首当啷一声落在地上。

江夫人冲王六子嫣然一笑,轻声笑道:"你比我年幼,我怎能称你为兄长?这辈分不就乱了吗?"

王六子脸色当即煞白。

轿夫胸前绣着柳叶,身前的女子又一袭蓝衣,难道她就是柳叶帮帮主紫韵?当真如此,自己便是有九条命也没了。王六子扑通一声跪在地上,不停地磕头告饶。

"帮主大人大量,小的有眼不识泰山,求求你,饶我一命,饶我一命啊!"

此言一出,围观的百姓旋即看向紫韵。这些年,柳叶帮在宿松县只手遮天,莫说寻常百姓,便是县太爷都不敢轻易招惹。此番碰到若不赶紧开溜,就是老寿星上吊——活腻歪了。

方才对着小贩拳打脚踢的两个地痞见百姓作鸟兽散,正欲拔腿开溜,冷不丁看到跪在那里不停磕头的王六子,赶紧灭了这个念想。偌大的县城都是柳叶帮的地盘,能跑到哪里去?他们老老实实挨着王六子跪下,吓得大气都不敢出。

江夫人走到王六子身前,柔声说道:"莫叫我帮主,要叫我江夫人。莫哀求哭喊,跪在那里别动,我素来喜静,发出一点声响,你以后就说不了话了。"

江夫人？

那个趴在地上的小贩身子微微一颤,把斗笠朝下压了压。

啪!

江夫人打掉小贩的斗笠,直勾勾地看着他,从檀口吐出一句话来:"莫说戴了斗笠,便是剥了你的皮,我也认得你。"

小贩抬眼看着江夫人。她还是先前的脾性,十多年过去,样貌也没太大变化,只是青丝之间已有几根银发。真是岁月不饶人。

小贩眼眶微微有些湿润。这些年他做梦都想再见她一面,哪怕喝喝茶说说话都行,可他实在接受不了她的性子,也看不惯她的手段。就像现在看到真人,听到她方才的话语,心间的厌恶便盖过了思念。

见小贩默不作声,江夫人抽出一张绣帕,替他擦拭脸上的污渍,竭力让自己的语气显得平静,就像一池无风的湖面:"这些年过得怎样?应该娶妻生子了吧?"

小贩轻轻点头:"女儿十六了,最近正张罗着人说媒。你呢?"

江夫人的手微微一抖,绣帕飘落污水中,白色绣帕上的那片柳叶再也没了先前的娇嫩艳丽。顿了几息,江夫人嫣然一笑,甜美的嗓音略有些不自然:"我也嫁为人妇,不然,也不会让人称我为夫人,而不是紫韵。"

小贩低着头,避开江夫人的灼灼目光,把鱼捡进竹篓里,淡淡说道:"能被你看上,自然非富即贵……"

紫韵缓缓站了起来,俯视小贩,敛去了笑意:"天下熙熙,皆为利来;天下攘攘,皆为利往。我追求荣华富贵有错吗?难道要我跟你一样,跑到菜市场卖鱼,闻着令人作呕的臭气,受地痞流氓的欺负?"

小贩面色一窒,顿了许久之后,摇了摇头:"你都是对的,即便杀了那么多人依然能寻到理由,可你有没有想过,有些人是无辜的,有些人也罪不至死。"

紫韵的呼吸渐渐急促起来,眼眶也开始湿润。当年,他就是用这种语气跟她说话,吵了一番各奔东西。没承想,十六年后两人好不容易重逢,又是这番场景。

她竭力压抑着内心的憋屈和愤怒,想到最近柳叶帮遭遇的种种,突然咯咯笑了起来。

小贩静静看着她,戴上斗笠站了起来:"帮主若没有其他吩咐,我就走了。"

"有!"紫韵走到王六子身前,攥着他的头发,让他正对小贩,温婉的笑容在精致的面庞上浮起,"他也罪不至死,可你信不信,若今天不是我出现,他见你一次打你一次?"

王六子吓得身子直哆嗦,颤声哀求。

"帮主……不,江夫人,小的真不知道他是你的朋友,不然就是给小的吃熊心豹子胆,也不敢……"

刀光闪过。

王六子捂着脖子倒在地上,鲜血从脖颈处喷涌的声音就像风声,沙沙作响。

另外两个地痞看着王六子捂着脖颈趴在地上,吓得身子都软了。他们呆呆地看着紫韵走了过来,不停地摇头,可是,紫韵没给他们机会。就像十六年前,她带人冲进水家,男女老少,一个不留。

"不是我狠辣,是我不想给自己找麻烦,可能有些人要不了你的命,但他们就像趴在脚面上的癞蛤蟆,不咬人,恶心人!"紫韵用地痞的衣服擦了擦匕首,又塞到王六子手里,问默然不语的小贩,"是不是还要骂我狠辣?"

小贩看了眼倒在血泊中的三个地痞,扶了扶头上的斗笠,摇了摇头,转身朝江边走去:"我说不过你,你都是对的,等你有一天明白了,我们再见,怕就怕到时见面的地点不是人间,而是阴曹地府。"

紫韵冲着小贩的背影大喊一声:"小流!"

小贩的身子微微一震。他停下脚步,回头看了眼紫韵,微微一笑:"小流早就死了,我叫江水。"

紫韵竭力不让眼眶中的泪水掉下来,唇角浮起不屑的笑意:"你死八百遍,我都还活着,因为我有脑子,足够狠!"

江水点了点头,从口中吐出的话语不带任何感情:"既然如此,就祝江夫人前程似锦,永享富贵。"

紫韵就站在那里,眼睁睁看着江水远去。也不知过了多久,她抬头看向湛蓝的天空,唇角抹过一丝说不清道不明的笑意。

紫韵看了眼绣帕飘落的地方,只是那里哪有什么绣帕,似乎它从未出现过。

"初九那天,若是一切顺利,我去找你;若不顺利……"

紫韵低头看着脚下,言语轻得几不可闻:"我夫君江一流早逝,我独活十六年,也要随他去了。"

第五章　江一流

初九,清晨。

天刚蒙蒙亮,春娇就备好了早饭。

如往常一样,江水匆匆喝了碗米粥就要出门,春娇急忙喊住了他:"等一下。"

江水扭头看着跑进灶屋的春娇,心情很复杂。自从那天上午争吵过后,春娇再没叫过他爹。是她还在生气,还是他们之间没了父女情分?

江水正胡思乱想之时,春娇用手帕包了两枚煮好的鸭蛋递到面前。

江水皱了皱眉头:"哪儿来的?"

"当然是用鱼干跟村里人换的!"春娇生怕江水不要,直接塞进江水怀中,一抹柔情在眸子里荡漾,"多打些鱼,天很快就凉了,咱家得多备些粮食。"

江水"嗯"了一声,出了门后,越发觉得春娇最近极不对劲。

春娇倚着门框,目送江水渐行渐远,就像望着远行的恋人。直到江水的身影消失许久之后,她这才回到小院,支好斑驳的木桌,取来笔墨纸砚。

展天运的局已设好,到了结的时候了。如果回不来,至少让他知道自己去了哪里;若是回来,也要让他明白自己的心意——

不想让自己仗剑天涯,从此天人永隔,便接受这份不被世俗接受的感情,若现在的渔村容不下他们,便另寻安身之所。

春娇把书信用陶盆压好,提剑出了门。她回头看了眼生活了十几年的家,眸中有迷茫,有决然,更多的是忐忑和不舍。

宿松码头。

春娇换了身衙役行头上了画舫亭阁。

展天运扶着栏杆眺望远处,觉得天高地阔,好不舒畅。过了今天,再无紫韵,也不会再有柳叶帮,如此不仅能得到府尊的封赏,紫韵这些年来搜刮的银两,也会被大家瓜分。

春娇问忐在必得的展天运:"紫韵什么时候到?"

"最多一炷香工夫,她和左县丞便到了。记住,左县丞摔杯为号,你便动手!"展天运想到多年前的旧事,生怕节外生枝,紧跟着又道,

"紫韵阴险奸猾,擅长攻心之计,不管她说什么都不要理会,直接取她性命便是。"

春娇瞟了眼画舫上那些严阵以待的衙门差役,蹙了蹙黛眉:"紫韵不可能一个人上船,衙门这些人,怕不是柳叶帮大长老司徒空的对手。"

"这就不用你操心了,既然设了这个局,便有十拿九稳的把握!"展天运迎着江风,一副成竹在胸的模样。

春娇也不多言,把长剑在画舫藏好,静静等待着。

不多时,一黑一蓝两顶轿子到了码头。

黑轿中走出一位身着官服的中年男子。他大腹便便,面带笑容,正是宿松县衙左县丞。他意气风发地看了眼停泊在岸边的画舫,来到蓝轿前,拱了拱手:"见过江夫人。"

紫韵用纤纤玉手掀起轿帘,浅浅一笑:"承蒙左县丞看得起,赏脸喝杯酒。"

左县丞微微摇头,做了个请的手势。

"江夫人说笑了,宿松方圆百里之内,谁敢不给夫人面子?"

紫韵扭头冲肃立一旁的司徒空嫣然一笑:"这么多年过去,左县丞还跟原来一样谦逊有礼。"

司徒空一声冷哼,小声嘀咕:"怕就怕某些人口蜜腹剑,吃起人来连骨头都不吐。"

左县丞不以为忤,爽朗地笑了起来。他撩起下摆,即将登上画舫之时,回头看向满脸不忿的司徒空,笑着说道:"司徒长老说左某吃人不吐骨头,十六年前水家大院,大长老吐骨头了吗?"

司徒空眸中厉光一闪,手不由得按在腰间。

左县丞唇角掠过几丝不屑。他抬头看了看无云的天空,冲紫韵笑笑。

"月黑风高夜才是杀人放火天,可现在青天白日的,大长老莫非动了杀心?江夫人,柳叶帮该收敛一下了,这天下是圣上的天下,即便江湖中人没把他放心里,至少也要给几分颜面不是?"

紫韵笑而不语。左县丞也不多说。

很快画舫就离了岸,顺着江水游弋。紫韵端着香茗,看着波光粼粼的江面,唇角泛起几丝笑意。

左县丞见状,端起茶杯,吹了吹悬浮的叶片,摇头笑道:"江夫人,最近柳叶帮的动作太大了,孙家米行不仅全家被灭了门,埋在地下的银子也不翼而飞,府尊极为恼火,你不给个说法,县尊大人不好交代啊。"

紫韵意味深长地看了眼左县丞,依旧笑而不语。

左县丞呷了口香茗,放下茶盏,终于敛去了笑意。

"江夫人一声不吭,是什么意思?"

紫韵抬手指向两岸十几艘小船,黛眉微微向上一挑。

"到了这步,左县丞嘴里还是没句实话,属实无趣得很。孙家的事是你自导自演贼喊捉贼,所为不过是白花花的银子和柳叶帮,若小女子没猜错,怕是芦苇丛中藏了不少好汉,这会儿正磨刀霍霍呢。"

左县丞微微一怔,眸中掠过几分惊恐,不过随后又恢复如常。他瞟了眼坐在一侧的司徒空,以慵懒的腔调问道:"如此说来,我的人已经被大长老安排的人做掉了?"

紫韵轻轻嗯了一声,嫣然一笑:"他们不死,就是我亡。"

左县丞扭头冲司徒空微微一笑:"大长老,好手段。"

扑哧!

紫韵的身子微微一顿,瞪大眼睛看着一脸狠厉的司徒空,眸中满是不可思议。

这些天,柳叶帮内怪事不断,她知道出了叛徒,可任凭她怎么想,都不会想到叛徒竟是司徒空。

"为什么?"紫韵寒声问道。

左县丞又呷了口茶水,满脸的自得。

"男人跟着女人混,要么图人,要么图权,可是江一流都死那么多年了,你却仍以江夫人自居,丝毫看不到大长老一片痴心,属实让人绝望,得亏大长老宅心仁厚,换成我,早把你杀了。"

哗啦!

紫韵掀翻了桌子,茶杯和糕点滚了一地。

她一手捂着小腹,一手持剑,边后退边直勾勾望着司徒空,声线中透着悲愤:"只要你开口,帮主之位可以给你,为什么要这样?"

远处,五六十个黑衣壮汉已经登上小船,手持刀剑,朝着画舫快速驶来。

司徒空反手持刀,看紫韵的眼神就像看一具尸体:"我不要你的施舍,我要自己取!既然你痴心不死,就去地下寻他吧!"

紫韵后退一步,反手持刀,缓缓点了点头:"好,刀下见分晓。"说着她足下一点,朝着司徒空刺去。

司徒空旋即后退,正要弯身避过,哪想紫韵足下一碾,身子陡然转了一圈,短剑划过的轨迹,就像一片柳叶。

当啷!

匕首应声落地。

司徒空捂着脖颈,难以置信地看着紫韵。他知道紫韵的柳叶刀法出神入化,却从未想到,自己在她手里,竟然过不了一招。

左县丞看着倒在地上,身子不停抽搐的司徒空,冷冷一笑。

"自古以来叛徒都没好下场,大长老,一路走好!"

砰!

左县丞摔碎了杯子。

蓄势待发的春娇单手持剑,刺了过去。

这一剑她练了足足十年,就像惊鸿,既快又准。

春娇确信,紫韵只有七成把握避开这一剑。

只要她避开,就像与展天运林间对练时一样,长剑便会斩落紫韵的脑袋。

可是紫韵没有躲闪,而是迎剑而来。

扑哧!

剑尖刺穿躯体的同时,紫韵的短剑反手抹向春娇的脖颈。

这一瞬,春娇的眼瞳因为惊恐缩成了一个黑点。

自从紫韵上了画舫,她就盯着紫韵的一举一动,甚至紫韵反杀司徒空那剑,都被她料中。然而她万万没想到,紫韵竟要同归于尽。

这个女人属实阴狠歹毒。

就在剑刃即将碰到肌肤那瞬,紫韵握剑的手微微一抖。电光石火间,春娇躲过一劫,她身子向右一侧,抬脚踹向紫韵的小腹。

砰!

紫韵的身子重重撞在栏杆上,大口吐着鲜血。

她没看春娇,也没看左县丞等人,而是攥着栏杆看向远处的江面,用尽全身气力大声嘶喊:"别过来! 走,快走啊!"

远处,一个黑点刚从江面露出端倪,便不见了踪迹,仿佛从未出现的幻觉。等那黑点再次从江面冒出,距离画舫近了五丈,众人方才看得分明——

一个身着紧身黑衣的男子趴在江豚背上,朝着画舫快速而来。

左县丞一脸慌乱。

作为十六年前水家灭门惨案的主谋之一，他不可能不知道那是谁。

江一流！

之所以有此绰号，是因为他在江中的速度一流，刀法更是一流。

左县丞狠狠推了把展天运，指着攥着栏杆还在呼喊的紫韵，大声吼道："杀了她，她一死，江一流定会方寸大乱……"

话音未落，浅灰色的江豚跃出水面，与之一同蹿出江面的还有一个身后背着汉刀的男子。他足下一点，跃起一丈余高。

啪！

他一手抓住栏杆，又跃上了画舫亭阁。

左县丞大惊失色，指着江一流正要发号施令，扑哧一声，长剑贯穿了左县丞的胸口。

左县丞低头看了眼穿胸而过的长剑，转身无比惊讶地望着春娇，怔怔地说不出话来。一直以来，展天运都稳稳掌控着局势，春娇怎会……

"你们都是杀我父母的凶手！"春娇抽出长剑，一脚踢倒了左县丞。

江水曾经告诉她，不能偏听偏信，所以这两年来她也在查，功夫不负有心人，终于让她查到左县丞也是当年的元凶之一，而展天运，不过是他的爪牙。

紫韵中了一刀一剑,活不成了,左县丞也毙命于剑下,剩下的只有江一流。

春娇双手持剑,正要劈砍,看到那熟悉的身影,她当即瞪大了眼睛,禁不住失声问道:"爹,怎么会是你?"

展天运也被眼前的场景惊呆了。

他无论如何都不会想到,那个不起眼的渔夫就是赫赫有名的江一流。他更不明白,江一流为何把春娇抚养长大,这不是养虎为患?……

想到这里,展天运突然反应过来。他不是春娇的对手,更何况江一流?为今之计,趁春娇心神大乱之时,将其挟持,才有活路!

哪想这个念头刚闪过,他的头就飞了出去。

江水双手持刀,护在紫韵身前,看着眸中泛着泪光的春娇,沉声回道:"原本我想等你大婚之日再告诉你,不承想,后面竟有那么多人捣鬼。"

啊——

春娇握剑的手在抖,发出一声嘶吼:"为什么?"

此时,十几艘小船已经靠近画舫。其中一个领头的看到亭阁中的景象,兴奋得声音都在颤抖。

"兄弟们,紫韵死了,县丞和捕头都死了,把他们全杀光,折返宿松城,那些银子都是咱们的!"

四五十名黑衣壮汉好像闻到血味的狼群,把铁钩抛向画舫,疯狂地涌了上来。

春娇站在那里,对周遭的一切熟视无睹,只是看着江水,再次颤声问道:"为什么?"

"因为你父母作恶多端,杀了他全家。"紫韵捂着伤口,嘴里不停冒着血水,抬眼看向江水,眸子变得柔和起来,"你就是心太善了。"

"这不可能!"

春娇崩溃了。

两年来,她为了复仇付出诸多,却没想到最大的仇人就在自己身边。江一流,既然你杀了我的父母兄弟,为什么偏偏将我抚养长大?你是何居心? 难不成……

春娇恼怒非常,挥着长剑刺向江水:"你这禽兽不如的东西!"

扑哧!

江水没有躲闪,任凭长剑贯穿了胸膛。

春娇一脸错愕。

她松开了剑柄,不住后退,呆呆地看着江水:"你……为什么不躲?"

江水微微一笑,柔声回道:"你仇报了,都结束了,张秀才才是你的归宿!"

然后他吹了声口哨,抓住春娇,丢到江中。

伴着一片水花,小黑和小花好像有了灵性,驮起了春娇。

春娇看着那些不断拥向画舫的黑衣壮汉,大喊一声:"不!"

亭阁之上,江水双手持刀,砍飞了一个黑衣壮汉的脑袋。

这一刀行云流水,干脆利落,似乎身上的剑伤对他没有任何影响。

"等我回家!"江水冲着江面大喊,"到时再告诉你缘由!"

紫韵捂着伤口,望着江豚驮着春娇越行越远,很是艰难地转过头来,冲正在厮杀的江水甜甜一笑:"原来,老实人骗起人来,才……最要命……"

扑哧!

一黑衣人朝她身上砍了一刀。

此时紫韵已经感觉不到痛楚,她的眼里只有江水。

鲜血如雨,不停淋到她的脸上。

也不知过了多久,周遭安静下来。

那个手持汉刀的男人趴在她的身上,用早被鲜血浸透的手帕帮她轻轻擦拭脸上的血,就像那一年,那一天……

十八年前。

一个背负汉刀的少年趴在江豚身上到了岸边。

那是紫韵第一次看到江豚,她从未想过被称为江猪的动物竟然那么可爱,就像长江在微笑。

长江,你好!

她用手帕帮少年擦擦脸上的江水,笑着问道:"你怎么把江猪训得这样好?"

"因为……我要复仇!"少年紧紧攥着汉刀,眸中闪烁着利芒……

守护者

作者简介：

周林，网名"骑着毛驴的军长"，作家、编剧，中国作协会员，安徽省网络作协副主席，中国广播电视协会电视剧编剧工作委员会会员，安徽省作协网络文学专委会委员，鲁迅文学院38届高研班学员，爱奇艺文学"明星作家团"成员。安徽铜陵人，曾在武警天津总队服役，先后

长江,你好!

在四家民企担任高管,现居杭州。

已出版长篇小说《退伍了》《军心如铁》《雄兵漫道》《给我一个连》《繁星若沧海》《生死追击》《拯救》,编剧作品《勇敢的心》《大道青天》等五部。网络小说先后荣获第五届新浪文学原创大赛分类冠军、新浪文学流光盛典"出版之星"奖、盛大文学首届全球写作大展军事文学类首奖、中国广播电视协会"优秀作品"奖、第二届爱奇艺文学奖"最佳悬疑奖"。

天刚麻麻亮,男人就被一条秃了背的大黄狗拽着裤脚,从车厢斗里拖到了地上,摔得眼冒金花。他气得抬脚便踢,大黄嗷呜了一声,蹦起一丈多高,连滚带爬地蹿进了黄豆地。男人爬起来晃了晃脑袋,下意识地瞄了眼楼上,二楼东面的窗户被格子窗帘捂得严严实实,郭翠萍这会儿应该还在打着呼噜磨着牙。这已经是他入秋以来,第三次睡在门口了。

昨天早上出门的时候,郭翠萍就警告他,要是再敢去找她堂侄的麻烦,就不跟他过了。这话,他听得耳朵都起茧子了。别看她生得威猛,嗓门又大,整天叨叨个没完,却是个刀子嘴豆腐心的小女人。对付自己男人最大的本事,也不过就是反锁大门,不让他回家睡觉。

男人打了个喷嚏,嘴里嘟囔着:"大爷的,老子要是冻感冒了,你还不得乖乖地侍候着?"然后一屁股坐回到三轮车上,茫然地看着前方。江上薄雾渺渺,伴随着汽笛声。几艘货轮在氤氲中悠然穿梭。又是个难得的好天气,但他的心情却怎么也好不起来。刚刚,他又梦见了那头瘦骨嶙峋的江猪,和以前一样,穿着郭翠萍的涤纶大衣爬进了船舱,敞开衣襟露出胸前一道狰狞的伤疤,眼泪汪汪地说:"江里都没鱼了,你让我吃啥?"要不是大黄,这会儿他肯定又跪在它面前不停地忏悔。

昨天中午,他喝断片了,躺在政府会议室的长椅上睡了一下午,完全想不起来在酒桌上说了些什么。但他知道,说来说去无外乎那点儿破事。直到送走了那几个来江心洲采风的记者后,张东江才把他拖起来说他捅了大篓子,他还没当回事,转头去找郭翠萍的堂侄儿郭胜利。没想到,这小子关上门就跟他拍桌子,眼睛瞪得比牛卵子还大,说他拿着鸡毛当令箭,一把年纪了,嘴巴也没个把门的,整天呜呜喳喳。要不是张东江拦着,他就一巴掌呼到这小子脸上了。官儿不大,脾气不小,自己当老好人,没担当,还不让人说实话。

"凭什么你们能做,我就不能说?"男人越想,心里越堵得慌,从口袋里掏出一根烟点上,吸了两口才发现燃着的是过滤嘴。大黄从豆丛里探出脑袋,瞪着浑浊的双眼远远地看着他,那眼神复杂得很,嘲讽、鄙夷,还有那么一点儿可怜的意味。男人扔了烟,冲它招招手,大黄摇了摇尾巴,怯怯地往外走了两步,接着又像见了鬼似的,呜咽着转身往江边跑去。

"何金宝,你个短命鬼!"一个声音从头顶炸响。男人转过头,搓了搓手,嘿嘿直笑,"后门明明开着,你不进屋睡,怎么没把你冻死?"郭翠萍穿着睡衣叉起腰,黑塔般居高临下。男人挠挠头,梗着脖子挑衅:"我昨晚在宾馆睡的!"郭翠萍乐不可支,咧开大嘴,在阳台上前仰后合,笑得像只噎了食的大灰鹅。

在一起过了三十年,何金宝早就把自己女人的性子拿捏得死死的,两个人鲜少拉开架势吵过架。平素就算闹点小矛盾,只要他厚着脸皮逗她几句,顷刻间便能烟消云散。年轻的时候,在家闹完别扭,郭翠萍只要没忍住张开嘴傻乐,他就忍不住拦腰抱起她往床上扔。现在抱不动了，也没了这个心气。但即便如此，昨天晚上回来，他还是有点惴惴不安。据说郭胜利已经被上头提名接任镇长，马上就要公示了，正在节骨眼上，郭翠萍要是知道他在省城记者们面前乱放炮，肯定饶不了他。

郭翠萍没事人一样，笑盈盈地开了门，转头又钻进厨房里给他张罗早饭去了。何金宝松了口气，还跟到厨房里打算亲一口，被郭翠萍一胳膊肘撞了个趔趄，笑呵呵地去洗澡了。

他不知道，郭胜利昨天跟他发完火后，转头便被他堂姑骂了个狗血淋头。郭胜利一开始在电话里发牢骚的时候，郭翠萍还唯唯诺诺，因为堂侄占着理儿。但郭胜利越说越来劲儿，说他姑父话太多了，跟个农村老娘们儿似的，还没大没小地叮嘱她，管好自己的男人。郭翠萍脸上终于挂不住了，自己的男人只能自己损，何况郭胜利还是她的小辈。她拿着手机一边追本穷源，历数何金宝为了照顾他这个副镇长的脸面，这些年做过的那些委曲求全的事；一边痛斥他当了官就没了轨，自以为是，听不进去好赖话。郭胜利被她呛得一声不吭，连屁都没敢再放一个。

郭翠萍下了碗阳春面，还煎了两个荷包蛋，趴在桌子上等到男人快吃完了，才问道："金宝，你昨天到底跟那些记者说了啥？"

何金宝一愣，装着若无其事："我喝多了，记不得了。胜利又找你告状了是吧？"

"他说那些记者只要把你说的话都写上,他不仅升不了职,估计连副镇长的位子也保不住了。他是我俩看着长大的,这些年啥事都冲在前面,上进得很。这次要真升不上去,我以后哪还有脸回娘家?"郭翠萍神态黯然,连眼眶都红了。

"你别听他瞎咋呼!"何金宝把筷子往桌子上一拍,"我喝得再多也不可能说瞎话。昨天是他让张东江找我去的,也没交代哪些能说哪些不能说。再说了,那几个记者是来采风的,又不是来调查问题,能写什么,不能写什么,上面会有人把着。"

郭翠萍吸了吸鼻子,说:"胜利说他根本就没叫你。都知道你这脾气,没人敢安排你去座谈。"

何金宝心里咯噔一下:"不可能吧?桌子上明明摆着我的名字。再说了,我们巡江队也是在响应国家号召,没拿政府一分钱还往公家脸上贴金,这事不该宣传吗?"

"我早跟你说了,别再干这种吃力不讨好的事,把人都得罪完了。"郭翠萍说完,又叹了口气,"胜利说昨天杨书记也在,县里还来了个副部长,你当着他们的面,翻来覆去,讲了半天废话,没有一句在点子上。"

"这张东江,拿我当枪使!"何金宝猛地站起来,抬手就要拍桌子,见郭翠萍一脸惶然,又软了下来,"胜利肯定是在吓唬你,他就是借题发挥,想让我别再纠缠前面的事。你别着急,我先去找老张问问清楚。"

何金宝骑着三轮车出了门,一路上懊悔不已,认定了张东江在故意坑他。他在江里捕了半辈子鱼,风里来雨里去,上了年纪后跟人吹牛,常把"老子什么大风大浪没见过"挂在嘴上,没想到,这才上岸不到两年,就在同一条阴沟里翻了两次船。

他跟张东江的恩怨由来已久。以前大家都叫他"黑铁",这诨号就是江西佬张东江给取的。张东江倒插门到江心洲的头几年,整天夹着尾巴跟个孙子似的,除了他何金宝,没人看得起他。等到他们混熟了,一起在江里洗澡,张东江脱了他的裤衩,然后逢人便说他不仅脸长得黑,连屁股都是黑的,身上更是跟江猪一样冰凉。那时候,他正跟郭翠萍搞对象,连手都还没牵过,被这么一编排,一气之下攥着把拖大鱼的铁勾追了张东江五里地。要不是放学路过的郭胜利报警,他俩坟头上冒出的刺槐,砍了都能做船板了。后来,直到他结婚,张东江厚着脸皮来随礼,塞了个红包比他亲舅舅给的还厚,两个人才冰释前嫌。

张东江最后一次管他叫黑铁的时候,"长江禁捕,渔民上岸"的政策刚出来,何金宝已经五十四岁了,脱了衣服还是一身腱子肉,觉得自己还能打二十年鱼,便领着十多个渔民,气势汹汹地跑到镇政府去要说法。那天县里正好派了人来摸底,他举着大喇叭质问他们:"渔民不让打鱼,让我们住在江边的喝西北风啊?"大家跟着七嘴八舌,群情鼎沸,镇里的干部根本就插不上话。就在双方剑拔弩张之际,张东江突然从人群中跳出来,晃着他那颗秃了顶的大脑袋,一脸凛然地疾呼:"黑铁,你把喇叭关了,听听政府怎么说。生态恢复和生态修复是惠及子孙的百年大计,国家不让捕鱼,肯定有配套的安抚政策,不会亏待了咱老百姓!"

他当时就蒙了,这事说白了,还是张东江挑唆的,刚来的路上,这家伙还在拼命地拱火。头天晚上,张东江跑到他家里发了一通牢骚,说政府这是不给他们渔民活路,说着说着眼眶都红了。他原本想着先找在党校学习的郭胜利打听一下,但张东江说郭胜利只会说官话,这事儿只有大家一起去找杨书记才管用。

后来,杨书记把他们请进了会议室,县里下来的干部把国家和地方的优待政策一条一条掰开了分析给大家听。张东江又跳出来第一个表态,无条件服从政府的安排。杨书记要他也表个态,他便当众提了两个条件,一是政府不能为今天的事给他老婆的堂侄郭胜利穿小鞋;二是张东江必须对天发誓,往后再叫他"黑铁",就把自己那玩意儿割了扔江里喂鱼!

张东江那天虽然没发誓,但从此以后,再也没人叫他黑铁了。郭胜利后来也没找他麻烦,只埋怨他这个堂姑父沉不住气,还像个年轻人一样冲动。然后便感叹基层干部工作难做,老百姓大多数单纯得很,见风就是雨,只相信自己愿意相信的。这事,何金宝自己也挺后悔的,后悔不该信了张东江的鬼话。但张东江的脸皮比江堤还厚,见了面,照旧觍着脸龇着牙,跟没事人一样。而关于那天他翻脸比翻书还快的解释是,他听到了镇长在给派出所所长打电话。这意思就是告诉他,要不是他老张机灵,你何金宝那天就得被铐起来去蹲班房。

明知道张东江在诳他,但棒子不打笑脸人,他打定主意,往后离得远远的,再也不跟他啰唆了。奇怪的是,他跟张东江闹了几次大矛盾,但郭翠萍似乎对这个江西佬的印象一直都不错。女人看人都是凭直觉,郭翠萍的眼里又从来都没有坏人,在她看来,张东江活得通透,老于世故,脑子还特别好使。不像她男人,一根肠子通到屁眼,说话办事全凭意气。

只要聊起张东江,尤其是这两年,郭翠萍都要教导他多向这个江西佬学习。虽然他每次都梗着脖子,竭力地表现出自己对张东江的不屑,但也不得不承认,张东江是真有眼光。当其他的渔民还在绞尽脑汁,算计着怎样才能多要点儿补偿款,是外出打工还是听从政府的安排就地上岗的时候,张东江就按照政府文件规定的标准,拿了渔船补偿款,在江心洲上承包了几百亩地种庄稼,后来镇里又帮他协调了一笔助农贷款,开了农家乐和酒坊。据说,去年光是政府发放的各类补贴和奖励就有小二十万。今年过完年,张东江还去注册了一家公司,名字霸气得很,叫什么"江心洲农业发展有限公司"。那个刻着公司名称的大铜牌,就挂在他家二楼阳台上,赶上晴天,隔着好几里地,都能感受到那儿闪耀着的光芒。

现在在江心洲上,谁见了这个三十年前逢人就谄媚的江西佬,都得远远地叫上一声"张总"。若是有人跟他提起张东江,他也会竖起大拇指,由衷地夸上几句。如果没有昨天这事,张东江过去在他心目中的形象已经完全被颠覆了。

昨天早上,他原本是要去巡江的,结果张东江给他打电话,说省城来了一群记者要采访他们渔民的先进代表,郭副镇长点名要他代表"巡江队"去座谈,还说这事是镇里统一的安排。他当时深信不疑。张东江是县里树立的渔民上岸创业模范,他何金宝也不差,这一年领着几个渔民组成的巡江队,守着江心洲这周边几十里的江岸,被县长和书记都点名表扬过,完全有资格去说几句。

在会议室里坐谈的时候,他一直没机会说话,都是镇里的几个干部在发言,好不容易轮到他和张东江,又到了饭点。本来是个工作餐,张东江偏偏带了几瓶自家酿的烧酒。张东江是个酒仙,以前打鱼的时候,每天都要灌一壶酒带上船;他也好酒,但有酒品没酒量,经不得人劝,遇上酒局十次醉八次。昨天在场的公家人都滴酒未沾,杨书记还劝他们也别喝,但张东江说"八项规定"管不着小老百姓,硬是将他和那个姓秦的记者的杯子倒满了。他记得自己一口气炸了三个雷子,再往后的事,就断片了。

他越想越觉着张东江昨天早就设计好了,处心积虑地要把他拖下水。今天必须得给张东江点教训,他甚至想好了等会是先用拳头砸张东江的鼻子,还是拿脚踢张东江的蛋,万一张东江要是跪下来讨饶,那就把张东江后脑勺上剩下的那一圈毛全拔了。

张东江这会儿正捧着个茶杯,躺在自家门口的桂花树下,悠然自得地听着黄梅戏。像是料到何金宝要来找自己的麻烦,没等他下车,便迎上来笑嘻嘻地说:"昨天确实是我叫你去的,但叫你之前就跟胜利说了,他还不放心,我说你是不会乱说话的。我觉得你做的事情有意义,人家记者不也说了吗?江心洲的渔民巡江队,全国独一份。"

张东江说完,跟着就递了根烟上来。何金宝摆了摆手,憋了一肚子的气,这会儿突然就泄了大半,嗫嚅了半天,说:"我昨天到底说什么了?你为什么不拦着我?"

"你的脾气,我能拦得住吗?"张东江说着,把那根烟直接塞到何金宝的嘴里,帮他点上后,接着卖关子,"这事可大可小,就看杨书记跟不跟你计较了。"

何金宝气得把烟扔在地上,一脚踏上去,说道:"你要是一口气倒不过来,我就送你去医院插几根管子!"

"你看你,一点就炸,肝火这么旺,也就我翠萍嫂子能忍得了。"张东江仍旧不慌不忙,"你说镇里干部不作为也就罢了,还说他们说一套做一套,整天搞表面文章。副部长叫你举个例子,你又吭吭哧哧地不说,这不成诽谤了吗?"

长江,你好!

"我想说的那些事,杨书记和胜利不都知道吗?再说了,我又没指名道姓,他们自己平常也没少发这种牢骚吧?"何金宝暗暗松了口气,他一直担心自己骂的是郭胜利,把那些事情全安在老婆这个堂侄的身上。他不怕得罪任何人,怕的是无法面对郭翠萍。

张东江叹了口气,一脸无奈的表情:"黑……你真是一根筋。就那点事,说了倒还好,又不是胜利一个人的责任。你倒好,遮遮掩掩的,人家还以为出了什么不得了的大事。你说,那副部长要是回去跟领导一汇报,或者哪个记者写上几笔,这事能小吗?搞不好纪委下来抓人都说不定!"

何金宝脑袋轰地一下,嗡嗡作响。他站在那里,身体直晃悠,索性一屁股坐到了躺椅上。

张东江又给他递了根烟,笑着说道:"我听说那个副部长是杨书记的学弟,那几个记者也都是人精,估计这事也就过去了。但你那点破事,就别再提了,胜利根本就做不了主。也别巡什么江了,反正人心都散了,吃力不讨好。再说了,政府有人管着呢。"

何金宝猛地站起来,瞪大眼盯着张东江。张东江被他盯得心里直发毛:"你要不相信,自己去问胜利,我有没有说瞎话。"

"我早就看出来了,你跟郭胜利穿一条裤子!"何金宝说完,又咬牙一字一句地往外蹦,"你发誓,这事你没陷害我。"

张东江火了,把手里的茶杯往桌子上一摔:"我发什么誓?发誓?

我看你就是狗咬吕洞宾！你知道那几个记者来干啥的吗？都是县里请来的,给咱江心洲露脸的机会。本来今天还安排了去走访,被你这么一搅和,人家转头就走了！"

何金宝讪讪道："你为什么不早点说？你不该让我喝酒的。"

"说什么呀？你是三岁的孩子吗？你女儿不也当过记者吗？我看你这脑袋真是被门给夹了。"张东江越说越来气,"你知道我损失有多大吗？咱江心洲这风景,再加上江豚的保护地,只要好好宣传,全都是游客。咱们打了半辈子鱼,活到这把年纪又被赶上岸,大部分人只会下死力在土里刨食,要不就出门干苦力,守着这么大块宝地,一辈子就这么苦哈哈地过,你就这么心安理得吗？你何金宝也是个能耐人,怎么就不能动动脑子,体谅体谅公家的难处呢？非得揪着那点破事,纠缠不休,那钱就是给你们了,你一分钱又拿不到;那几个人真要按你的意思处罚了,以后谁还敢来咱这投资？"

张东江这道理,看起来无可辩驳。那一刻,何金宝有点动摇了,看着他那颗在晨曦中熠熠闪光的脑袋,突然感觉自己比这个斗了半辈子的江西佬矮了半截。他笑了笑,自己都觉着笑得尴尬,但那张嘴不依不饶："我没你这个境界,更没你见风使舵的本事。"

"你在江上过活,不也是见风使舵吗？我老张折腾了半辈子,只懂得一个道理,人的脸皮是最不值钱的！"张东江不急不恼,但他跟大黄一样夹杂着鄙夷、嘲讽,还有那么一点可怜意味的眼神,深深地刺痛了何金宝。何金宝已经完全败下阵来,嘴里嘟哝着:"我只知道,人活着要有个尊严。"就要往回走。

张东江追了几步说:"金宝,别犟了,去跟胜利认个错吧。该翻篇的就翻篇,别再跟公家对着干了,没人一直惯着你。"

"不要你管。"何金宝愣了一下,倔强地扭过头去。

何金宝的臭脾气,跟他宠老婆一样,在江心洲是出了名的。用他老婆的堂侄郭副镇长的话说就是,讲道理,但认死理,没什么本事还喜欢出风头。这话说得有点儿狠,明显带着情绪,何金宝自然是不服气的,但在熟悉他的人们看来,一点儿都不过分。

江心洲上的人都知道,何金宝年少丧父,十七岁就当家做主,老成持重,压根就没什么脾气,要不江西佬张东江也不敢去脱他的裤子。结了婚,尤其是女儿出生后,他更是只顾着埋头打鱼,勤勤恳恳,从不与人交恶。他第一次出风头,还是二十年前,不声不响地在江边建了幢二层小洋楼。那时候,附近的渔民多半还在船上生活,江心洲上还是清一色的青砖瓦房。也就是从那时候开始,他说话的嗓门开始变粗了,但仍旧本分得很。2010年,郭胜利毕业被分到镇里当宣干后,在报纸上发表的第一篇通讯稿,写了江心洲上几个勤劳致富的渔民,其中就有他这位默默无闻的姑父。

何金宝开始变得张扬,是他女儿何洁考上武汉大学的那一年。拿到女儿的录取通知书后,他在县里最豪华的酒店摆了二十桌。那天,他喝得五迷三道,左手攥着县政府奖励给文科状元的五千块钱现金,右手提着把崭新的"龙泉宝剑",当场给来喝喜酒的乡邻们立了几条规矩,宣称谁下绝户网,谁捕杀珍稀鱼类就是在跟他何金宝过不去,只要有人举报到他这里,这钱就奖励给他。乡邻们都把这事当作笑话看,只道是他女儿出息了,喝了点儿酒才如此张狂。不料,没过几天,同村的瘸子周五八自己举报自己下绝户网,然后拿着那天在酒席上拍的视频,揪着他要奖赏。大丈夫一言九鼎,明知被坑,但他还是兑现了自己的承诺。

郭翠萍为了这事,平生第一次闹着要跟他离婚,大家也都以为他当了冤大头后会老实起来。没想到,他不仅没消停,反而变本加厉,整天盯着那些打鱼和贩鱼的,三天两头往渔政、水利、工商和派出所打电话,什么偷挖江砂、下绝户网、扰乱鱼市、拿池塘里养殖的水产品冒充江鲜,甚至连人家在船上推牌九打扑克,凡是跟渔民沾边的事儿,他看不过眼的都要举报。那些执法的部门,十扑九空,没一个人对他有好脸色;派出所所长和指导员为此还专门请他撮了一顿,两个人一唱一和,婉转地要求他睁一只眼闭一只眼,别弄得天怒人怨。但他吃了秤砣铁了心,酒喝了饭吃了,仍旧我行我素,乐此不疲。

直到几年后,他被渔政罚了款,还差点儿被派出所关起来,才停止了举报。那是夏天的一个夜晚,一头江猪闯进了他的网箱,肚子被钢筋做的沉子划伤,等到第二天一早被路过的渔船发现的时候,半个身子都浮出了水面。渔政执法大队的人呼啸而至,何金宝还蒙在鼓里。这事当时都惊动了省里的渔业部门,加上之前被他举报过的几个渔民串通起来落井下石,说出事前的几天有个外地老板在江心洲上四处打听哪儿能弄到豚脂,治他老婆的皮肤顽疾,说得有鼻子有眼。在江豚被列入国家保护动物之前,当地确实有捕江豚做豚脂的传统。迫于压力,几个执法部门一联合,开始调查取证。

那时候,郭胜利刚提副科,他小的时候脚掌被开水烫过,就是他堂姑拿豚脂给涂好的。听到传言时,他倒不相信何金宝为了钱去违法,但他那个堂姑是出了名的烂好人,不会拒绝人,要饭的想吃肉,她马上就会去杀鸡。他担心何金宝妻管严,犯糊涂,赶紧跑来找他堂姑,软硬兼施,话说得也很难听。郭翠萍从屋里抱出一摞武侠小说,还有五六把长短不一的宝剑,扔在堂侄面前,然后又指着挂在客厅中堂上那幅"侠之大者"的字画,叉起腰柳眉倒竖:"你姑父虽然没什么本事,但做梦都想当大侠,绝不会干违法乱纪的事!"

调查结果还了何金宝清白,造谣生事的也被行拘了,但他那个在商报实习的女儿何洁,却死活要让他卖了渔船上岸,然后帮他在省城找份力所能及的工作。郭翠萍跟着加码,说他得罪的人太多,头脑又简单,要是再被人算计了,搞不好连女儿的饭碗都保不住。母女俩串通好了,轮番上阵。都说一个女人的嘴能顶五百只鸭子,何金宝哪能顶得住这一千只鸭子？索性躺在床上不吃不喝、不声不响，睡了整整三天。郭翠萍拗不过他，只得给女儿打电话，说卖渔船就是要了她爹的命。

这何洁伶齿俐牙，在大学是院学生会主席，还参加过全国大学生辩论赛，可惜空有一身本领，碰到父亲耍起无赖亦无计可施。

经历此事后，何金宝像换了个人似的，确实沉寂了许久，也没了之前的干劲，三天打鱼两天晒网，没事的时候就宅在家里，捧着女儿给他买的 iPad 看网络小说。大家都以为他怕了，只有天天睡在身边的郭翠萍才知道，自己的男人没尿，他只是心寒了。但就连她都不知道，从那之后，那头受伤的江猪时常闯进何金宝的梦中，披着她结婚时何金宝买的涤纶大衣，站在她男人面前，一边抽泣一边诅咒。这个梦断断续续地困扰了何金宝好几年，直到禁渔政策出来后，他签了补偿协议，把捕捞证、渔船、渔具都交给了公家，跪在江边给他那个死在江里的老子，烧了几刀纸后，那头江猪才消停下来。

渔民上岸时，何洁已经离开报社进了一家互联网公司当主管，买了房子结了婚，一心想把父母接到身边。郭翠萍心动了，但何金宝觉着自己还年富力强，加上故土难离，死活不愿去。后来，镇里在安排渔民再就业的时候，郭胜利知道他要面子，费尽心思帮他谋了个邮递员的差事，这可比那些扫马路、看大门的岗位体面多了，但他不领情，偏要跟几个年轻人争着去派出所当协管员。派出所的那个老所长一听到他的名字，头都大了，急得口不择言，说何金宝来了，江心洲就得乱成一锅粥。

但何金宝咬定青山不放松，上蹿下跳，又是请客吃饭，又是写保证书的，甚至连只干活不拿工资的话都说出来了，折腾了个把月，最后还是被人家给拒了。等到他回头再想去当邮递员的时候，黄花菜都凉了。郭胜利硬着头皮，又出面帮他协调了几个岗位，他都不满意，还放出话来，耗到那个老所长退休，也要进派出所当协管员。

这事儿除了家里那"一千只鸭子"，别人都想不通。就连知道他揣着大侠梦想的郭副镇长都觉得他不可理喻，若不是走火入魔，一个无才无能、无权无势的百姓，又是一把年纪了，哪儿来的勇气去追求那些不切实际的梦想？他劝表妹，带她父亲去看看心理医生。何洁没心没肺，在电话那头笑得上气不接下气，说他这个公仆当得不及格，搞不清楚事情的症结，她爸何金宝的毛病都是他堂姑郭翠萍给惯出来的，他要真想这个姑父好，就磨磨他的性子。

那时候，何金宝身上揣着渔民补偿款和多年的积蓄，政府又帮他们交了养老保险，女儿拿着大几十万的年薪，他跟郭翠萍的生活根本就没有压力。每天除了侍弄那几分地的蔬菜，就是带着大黄在江心洲四处晃悠，日子看上去逍遥自在。都说他命好，女儿争气，该他何金宝享清福。可每次听到有人这么说的时候，他都苦笑着摇摇头，也不争辩，一脸"我也不想过这种日子"的表情。那些说话的，原本就心怀嫉妒,见他这般神态,便认定了他在惺惺作态,嘴上不说,心里都不舒服。

要说这个世上还有懂何金宝的人,那就只有他一直看不上眼的那个"人精"张东江了。这张东江早就觉出了他眼里的悲伤,知道他闲不下来,心有不甘。在他的眼里,何金保就是个天生的渔民,为打鱼而生,但潮水退去,他就像一条被人扔在河滩上的乌棒鱼,一身劲头,突然被摔蒙了,不知道往哪儿蹦跶。他曾经动过想让何金保拿钱往自己这里入股的心思,但何金宝想都没想,就断了他这个念头。

这日子一晃就是大半年,江心洲上的渔民都有了自己的新活路。上了点年纪的,政府基本都给安排了活干,年轻的渔民都出门打工了,就连郭翠萍都去了省城帮女儿带娃,还乐不思蜀。何金宝有时白天在江心洲转一圈,也碰不上一个能说上话的人。以前他都有意无意地躲着张东江,也从来不往他家那块溜达,那天实在是无聊,便想着去看看张东江承包的那几百亩田地,结果半道上就撞见了。张东江还是那副嘴脸,皮笑肉不笑,隔着几十米远,就迫不及待地揶揄他:"金宝,你那帮打鱼的兄弟都出门打工了,家里水田变旱地,都快干死了。你这一天天地瞎晃悠,还吃香喝辣的,翠萍又不在家,肯定憋坏了吧?我给你找个活儿呗?不怕你不肯下力气,就怕你那玩意儿蔫头耷脑的使不上劲。"

何金宝说:"狗嘴里吐不出象牙。"

"吐不出象牙,可以吐金宝呀。"张东江说完,撇撇嘴,冲着他脚边就是一口老痰,跟着又举起胳膊一划拉,"我老张这七百多亩芝麻,只要不遭灾,每年闭着眼就能赚两条渔船。收完了接着种油菜,又是两条船。像你这样混吃等死,过个三五年,想给我老张提鞋都不配!"

何金宝脸都气绿了,刚要张嘴反击,便又听张东江说:"你别嫌我讲话难听,这江心洲上打鱼的,没一个孬种,我老张从来也没有看不起你,是你自己非要活得没皮没脸!"

那天晚上回去,何金宝辗转难眠。好不容易闭上眼,那头受了伤的江猪,时隔半年,又穿着郭翠萍的涤纶大衣闯进了他的梦境。他被惊醒后,爬起来走到江边坐了两个小时,抽了整整一盒烟。天亮的时候,他终于下定决心,去实施那个在他脑子里萦绕了半年,每次提起来都会被郭翠萍痛骂一顿的想法。跟着便回家提了两瓶"古16",去找十年前讹了他五千块钱,现在跟他一样无所事事的周五八。

三天的时间,他用女儿送的一箱古井贡加四条五星金皖,召集了五个渔民,加他六个人,成立了"侠客行"江心洲渔民巡江队。他记得那天微风拂面、天朗气清,他站在自家门前的江堤上,以"桃谷六仙"大哥的身份,誓言要守护长江十年,待到鱼肥水美再当回渔民。说完这些,一群江豚突然从他们眼前游过,接二连三地跃出水面。这盛况已几十年未见,几个大老爷们都激动得忘乎所以,周五八像个孩子,一瘸一拐地冲到江滩上,又蹦又跳。何金宝用手机录下了这群江豚隐入浩渺前的十秒视频,发到了他们一家人的微信群里,郭翠萍和女儿何洁疯了一样,接连给他打电话,声称要带着他那个才几个月的外孙回江心洲上看江豚。

巡江队成立的时候,何金宝没想把这事张扬出去,他一开始想得很简单,遇见偷鱼的就劝退,不听劝的,再打电话报警。没想到才过了两天,镇里就知道了。杨书记让郭胜利把他们请到会议室,当着大家的面,说政府就是他们坚强的后盾,要他们敢于亮剑,还交代郭胜利要好好宣传一下他们。郭胜利答应得好好的,转头便在镇党委会上说:"我担心他们一时兴起,又都没什么文化,讲不通道理,做事简单粗暴。要是管不好,只会给镇里添麻烦。"杨书记便当场拍板,说只有他郭胜利才能拿捏住何金宝这条乌棒子,让他这个副镇长负责监管巡江队,出了问题就拿他是问。

郭胜利直扇自己的嘴巴,懊悔了好几天。但既然接了这块烫手的山芋,就不能当甩手掌柜,他带着综合办的一个下属,接连熬了几个通宵,打了几十个电话,查了无数资料,给巡江队整理出了一套规章制度和流程。然后又带着他们逐条学习,最后宣称只要他们照上面的要求去做,好好干,不要胡来,政府能给的,他会想尽一切办法争取到。

有了郭胜利这番话,何金宝这一年循规蹈矩,带着兄弟们风里来雨里去,还自掏腰包买了两辆二手面包车,在江边装了十多个监控探头,给巡江队的所有兄弟定制了印着队标的四季服装,甚至每个月都要请他们喝上几顿酒,差不多把自己那点儿补偿款全搭了进去。可他想不通的是,都做到了这个份上,这郭副镇长不仅没兑现当初的承诺,还指责他们无事生非,想拿不该拿的钱,得罪了不该得罪的人。现在倒好,这"拿钱"和"得罪人"的事情没个说法,又给他扣了顶"拿着鸡毛当令箭"的大帽子。

从张东江家出来,何金宝跑到江边溜达了一圈。一边是自己酒后失言可能会影响郭胜利的仕途,一边是那两件郭胜利一直在回避,但又只能是他出面才能解决的事情。于公于私,于情于理,他都需要好好斟酌一下。这一年的队长生涯,他学会了很多,包括遇到事情要学会冷静。张东江讲的不是没道理,但何金宝认定了这不是非此即彼的单项选择题。对他来说,郭胜利给他们扣帽子的那两件事必须得解决,这事关他们的尊严,更关乎巡江队的生死存亡。

说实话,他根本不在乎郭胜利能不能当镇长,那是他自己的造化。他在乎的是老婆郭翠萍和那几个兄弟,无论如何都要给他们一个交代。

夏天的时候,有个民间环保组织给巡江队捐了十万块钱,被镇政府给截留了;郭胜利的意思是让他们做个预算,这笔钱全部用来购置设备。他本来没什么意见,但那几个队员都觉着该有的设备都有了,大家辛苦一整年,政府一分钱补贴都没给过,这些钱得由他们自己来支配。这么一说,何金保自己也觉着委屈,便提了个折中的方案,这笔钱一半用来给大家发补贴,一半留着备用。但郭胜利坚决不松口,说人家捐款的时候,就已经指定用来给巡江队添置设备,而且巡江队还不具法人资格,真要把这钱揣到口袋里,就是违法。两边都有道理,看着就是个解不开的死结,何金宝头都大了,除非他继续掏钱扛着,但就算郭翠萍再惯着他,那点儿家底也经不起这么折腾。

跟着后面又发生了一件事,彻底引爆了队员们的怒火。

周五八和一个队员当班巡查的时候,发现几个人在江边钓鱼,摆了十几根大抛竿,他认出其中一个是镇里一家建材厂的浙江老板,便劝他们收起渔具离开。没想到,这老板的朋友却骂他俩是不长眼的狗腿子。周五八一气之下,没收了他们的渔具,还打电话报了警。没想到,这几位不仅没被抓,郭胜利还把队员们都叫到办公室给训了一顿,还说骂人的那位是准备来这儿办厂的大老板,投资上亿,要是被搅黄了,谁也担不起责任,跟着便把没收的渔具还了回去。周五八气得当场就大骂郭胜利是资本家的走狗,然后摔门而去。其他人也都没了心气,都想撂挑子不干了。

郭胜利后来提出一个哥几个都能勉强接受的方案,就是让当事人私下来跟队员们道个歉。可这事说了都快两个月了,也没见对方的人影。还不能问,一问,郭胜利就炸毛,说他何金保吹毛求疵,做事没格局。甚至还故意混淆概念,说他们几个在家里被老婆骂,被儿女们嫌弃,也没见他们来找他要过说法。为了这事,何金宝隔三岔五往郭胜利的办公室跑,两个人的火气也是越来越大,越来越聊不到一起去,后来这郭副镇长干脆就躲着他。

刚才在张东江那里,三天两头催促他去要说法的周五八,又在巡江队的微信群里发狠,说再等几天没回应,他就给县纪委写信举报郭胜利;另外几个跟着说,再不给说法,他们就不玩了,古德拜(Goodbye)。何金宝知道他们的性子,能忍到现在一个没走,都在等他的态度。话都说到这个份上,不能再拖了,今天必须得有个说法。他想好了,酒后失言的事去找杨书记认个错;巡江队的事直接跟郭胜利摊牌,给他下最后通牒,如果解决不了就解散。他相信,县长书记都点名表扬过他们,那个捐款的环保组织也来队里考察过,还有昨天来的那几个记者也知道他们了,巡江队早已名声在外,给他郭胜利十个胆子,他也不敢再糊弄。

何金宝踩着上班的点进了镇政府,这个时间,当官的应该刚到办公室,想躲都躲不掉。刚进办公楼,他女儿的电话就来了。何洁问他昨天是不是跟姓秦的记者喝酒了,那人是她原来在商报实习时的同事,现在是省城晚报的主任记者。他们还在县城没走,想再约他做个采访,专门写一篇关于"侠客行"巡江队的专稿。

何金宝没等女儿说完便灵机一动,拿着手机躲到一旁,问她:"这事你跟郭胜利说过没有?"

何洁说:"秦老师专门交代我了,说这事最好别让当地政府的人知道。"

何金宝拿手机压着嘴唇,低声说道:"等会我们说完了,你马上给你表哥打个电话,就说那个记者要当面采访我,都约好了,我下午就去找他。"

何洁似乎知道他的用意,在电话那边笑了半天,才说道:"老何您悠着点,别到时候一激动,把我也出卖了。"

何金保想了想,又交代:"你就说刚给我打过电话,我正在来找他的路上。"

挂了电话,何金宝看了下时间,径直上了三楼去找杨书记。他知道这杨书记的脾气也不好,下面的人就没有一个不怕他的。在来的路上,他就做好了挨训的准备。敲开门后,他也不啰唆,直接说明了来意。没想到,杨书记大手一挥,说:"这事算个屁。我们工作没做好,老百姓发几句牢骚算什么?记者要写就让他们写去呗!"

何金宝瞪大眼看着他,一脸不可思议的表情。

杨书记像是看透了他的心思,笑道:"老何,我说的都是实话,无论你说了什么,都是在鞭策我们。你如果专门为了这个跑来跟我道歉,那就是在打我的脸。"

直到从书记办公室里出来,上完厕所,何金宝的脑子里还是乱的。杨书记那几句话说得冠冕堂皇,但他听着就是不对劲,总有一种被应付的感觉。他宁愿被臭骂一顿,也比现在这感觉踏实。脑子里还在恍惚的时候,郭胜利的电话来了,问他在哪里,有没有时间现在去他办公室。

郭胜利见到他时,跟换了个人似的,笑容满面,泡了杯茶放在他面前,没等他开口便说道:"姑父,那两件事你不用再纠结了,今天我就把话给你说清楚。那笔捐赠的钱没的商量,但镇里给你们申请了补贴,每个月都有一点……"

何金宝被胜利冲昏了头脑,快到家的时候才想起来,赶紧掏出手机在"侠客行"微信群里艾特所有人,约他们晚上到张东江的农家乐吃饭,说那天骂人的老板请客,郭镇长陪同。然后他突然冷静下来,觉得这郭胜利也不对劲。从何洁给他打电话到自己去他办公室,中间最多十分钟,这两件事情不可能一下子就处理好了,尤其是政府的补贴,他心里肯定早就有底了,那之前为什么不说呢?还有,郭胜利明明知道他下午要接受晚报记者的采访,为什么都不提醒他一下,怎么突然就不怕他管不住自己的嘴了?

他想了半天,又拨通了女儿何洁的电话,问她:"你那个秦老师有没有跟你说过,昨天我跟他喝酒的时候,都讲了些什么?"

何洁说:"说了呀,他昨天晚上就给我打了电话,确认了你是我老爸后,说你特别可爱。吃饭的时候一直夸杨书记,夸我表哥,夸他们鞠躬尽瘁、敢为人先;还夸国家的政策好,渔民上岸后安居乐业……"

"不可能!"何金宝打断女儿的话,说,"你在逗老何开心是吧? 我怎么可能会说这些话?"

何洁笑道:"老何,你是不是喝断片了? 这些都是秦老师的原话,后面还有好多呢,我都记着了,说的全是他们的好。"

何金宝一屁股坐在路边:"秦老师肯定在骗你。"

"秦老师一直跑新闻,老记者了,不可能说谎!"何洁义正辞严。

- 长江,你好!
- 336

附录:

触摸大地的律动　感受长江的微笑
——安徽网络作家奔赴皖江沿线开展"长江的微笑"采风创作活动综述

2022年8月8日至8月11日,安徽省网络作协"长江的微笑"主题创作活动先后走进安庆、芜湖、铜陵等地,数十位安徽网络作家奔赴八百里皖江沿线,顶着高温,深入生态保护基地、江豚保护学校、两山理论实践展示馆等,走出书斋沿江而行,触摸大地的律动,见证新时代的"山乡巨变",感受"长江的微笑"。

带着微笑出发

长江大保护战略实施以来,长江生态得到了很大程度的改善。作为长江旗舰物种,被称为"微笑天使"的江豚,生存环境得到了极大改善,种群数量显著增加。安徽省网络作协通过调查研究,计划以江豚保护为切入口、以"长江的微笑"为选题,用网络文学的形式书写长江生态保护的阶段性成就。

省文联党组成员、主席、书记处书记陈先发参加启动仪式并为采风组授旗,省作协主席许春樵、省文学艺术院院长戴瑞、省作协副主席兼秘书长李云等参加。

为了做好本次采风活动,在省文联、省作协的指导支持下,省网络作协先期与长江沿线一些县、市等进行了对接,确定三处特色采风点,争取最大限度地让作家们了解长江大保护现状,听到故事,见到人物,感到情怀;经过反复斟酌,确定10名网络作家参加此次采风创作活动,这10名网络作家,既有60后,也有70后,多为80后、90后,既有写武侠、推理、悬疑的,也有写玄幻、修仙、情感的,既有写网络剧的,也有写网站长文的,可谓丰富多样;活动计划结合参与作家擅长的写作风格,创作出一批以长江大保护为题材的短篇小说,这既是一次安徽网络作家的集体亮相,也是一次对网络文学写作的积极探索。带着一份憧憬,带着一份期待,这群平均年龄36岁的网络作家向着长江出发了。

烈日下的"深扎"

采风期间,正值江淮地区出现罕见高温,室外温度一度高达40多摄氏度,作家们顶着烈日,深入村镇,采访、记录、探寻、思索,在大地上留下了坚实的脚印。

"此日澄清方万里,好斟桑落看江湖。"8月8日,活动第一站来到位于皖、鄂、赣三省结合部,古称"桑落洲"的宿松县汇口镇,当地八里江江段被称为"中国江豚第一湾"。采风组成员参观了全国第八所"守护江豚示范学校"汇口镇曹湖完全小学,采访了八里江江豚保护协会志愿者,积累了丰富的写作素材。

8月9日至10日,采风组一行来到南陵县何湾镇龙山村,实地参观龙山村美丽乡村建成点塘埂村民组和双龙村民组,了解该村在乡村振兴中的大胆探索与生动实践,特别是当地垒石为田,保护耕地,发展特色生态经济的做法深深触动了作家们;随后,作家们来到藉山镇杨树塘野生扬子鳄保护基地,张金银老人一家三代接续数十年保护扬子鳄的故事让作家们深受感动。

采风最后一站在铜陵大通古镇和悦洲上的淡水豚国家级自然保护区,听取保护区管理局水生动物专家的介绍,对长江"十年禁渔"等生态保护措施有了更深一层的了解,大家还专程采访了"中国好人"、连续18年从事江豚喂养保护工作的张八斤老人。

短短三天,整个采风行程达1000余公里,网络作家们深入3市3县5镇8村,举行了2次座谈会,与20余位相关人员对接采访,可谓收获满满。

星空下的夜话

活动期间,采风组还进行了两场网络文学的"星空夜话"。

8月9日晚,南陵县何湾镇龙山村,星垂平野,月涌江流。星空之下,网络作家们围聚在一起,就网络文学写作等话题进行讨论。大家各自分享了自己的创作经历,也对当下网络文学现状进行了热烈的讨论。

8月10日晚,在大通古镇,网络作家们在江涛声中召开采风总结座谈会,畅谈采风感想以及"长江大保护"小说题材个人创作的方向。作家们表示,通过这次采风,走进江豚保护第一现场,对长江生态保护有了更直观的认识,在酷暑之下,锻炼了脚力、眼力、脑力、笔力。

存叶、衡尔、七夏不会笑都是95后的网络作家,在网文创作上都取得了不俗的成绩,有着非常成熟的作品。关于此次采风,他们也有年轻人自己的见解。存叶一直对南陵县那条通江达海的龙井和野生扬子鳄自然保护站张金银老人与扬子鳄"张龙"的故事念念不忘,并准备以此题材创作一篇20余万字的网络小说。衡尔则已经在构思一出架空分幕式短篇小说。七夏不会笑则试图在南陵县何湾发现的一块龙鳞石身上做些文章……

江风吹拂,星空灿烂,夜已深沉,关于网络文学,关于现实题材的创作,关于文学与新时代,讨论在继续,大家的心中也激荡着文学的梦想,可以预期,由此出发,安徽网络文学创作一定会走向更宽广与深邃的星辰大海。